光文社文庫

首イラズ

華族捜査局長・周防院(すおういん)円香(まどか)

岡田秀文

光　文　社

首イラズ

華族捜査局長・周防院円香

目次

九鬼梨家

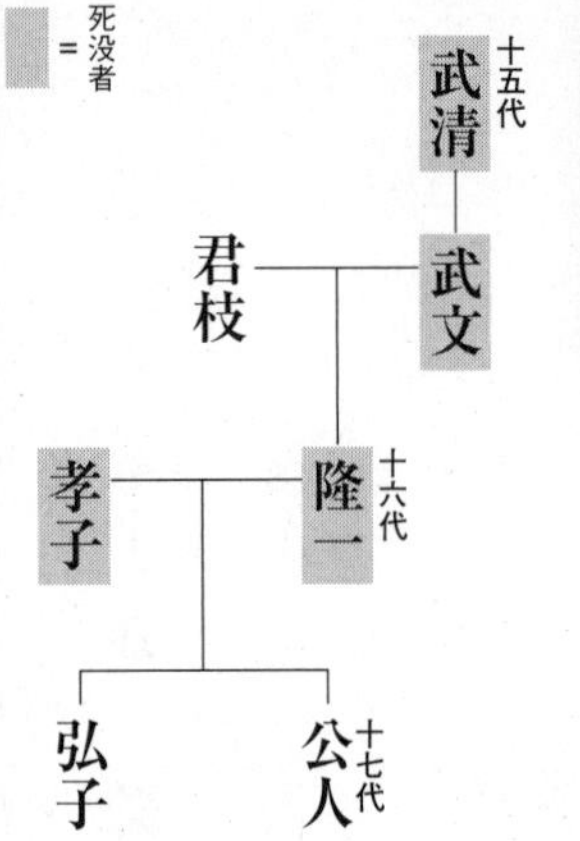

□＝死没者

武清（十五代）
武文
君枝
隆一（十六代）
孝子
公人（十七代）
弘子

九鬼梨家家範

◆本家に家督を継ぐ男子がいない場合、御三門から養子を迎えるべし
◆九鬼梨家の女子は他家へ嫁ぐこと。養子との縁組は禁ずる

出典／『阿野九鬼梨譚』

阿野六人衆

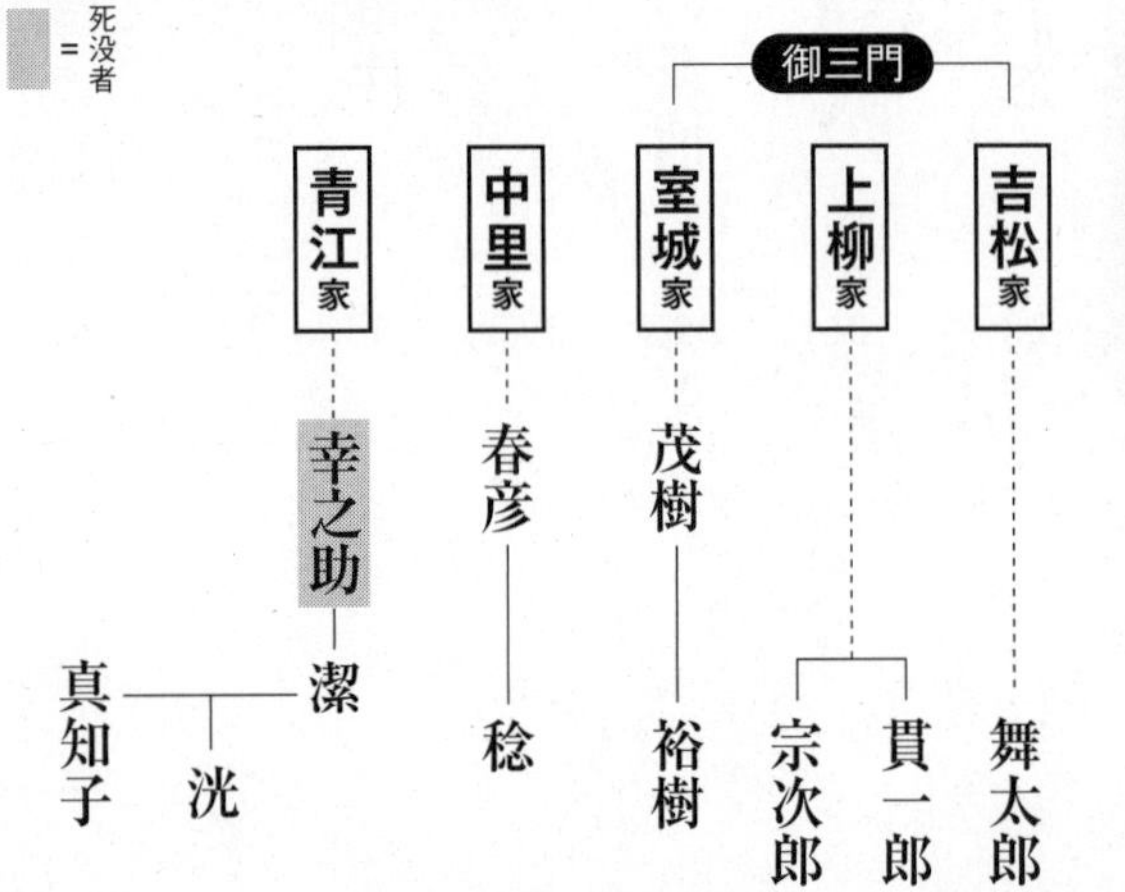

□＝死没者

御三門

吉松家
舞太郎

上柳家
貫一郎
宗次郎

室城家
茂樹
裕樹

中里家
春彦
稔

青江家
幸之助
潔
真知子
洸

主な登場人物

周防院円香
内務省華族捜査局長

来見甲士郎
警視庁警部補

九鬼梨君枝
九鬼梨家の女主人。九鬼梨武文との間に長男・隆一をもうけた。公人と弘子の祖母にあたる

九鬼梨公人
十七代当主。22歳。武文の長男・隆一の長男

九鬼梨弘子
隆一の長女

中里春彦
九鬼梨家の家令。筆頭家老

中里　稔
春彦の長男。35歳

吉松舞太郎
吉松家の長男。28歳

上柳貫一郎
上柳家の長男。27歳

上柳宗次郎
上柳家の次男。17歳

室城茂樹
室城家の長男。46歳

室城裕樹
茂樹の長男。24歳

青江　潔
九鬼梨家の法律顧問

青江　洸
潔の長男。22歳

白峰諒三郎
捜査法をスコットランドヤードで学んだ青年

プロローグ

九鬼梨(くきなし)家の悲劇が起きて、吉松舞太郎(よしまつまいたろう)の名が世間にも知られはじめたころ、一族と親交のあった者たちは例外なく、昔のある事件を思い出したものである。

それはとある小春日和の昼下がり——。

九鬼梨邸別館の大座敷に、九鬼梨一族男子の面々と来賓たちが、直垂(ひたたれ)、立烏帽子(たてえぼし)の古めかしい装束で居並んでいた。

この日は、九鬼梨隆一(りゅういち)伯爵の長男公人(きみと)の満八歳の誕生日であり、元服の日であった。満八歳での元服はいかにも早いが、これは九鬼梨家中興の祖とされる安清(やすきよ)が苦境の中、八歳で元服した古例に則(のっと)ったもので、江戸初期から三百年続く伝統である。

大座敷上段の御座(ぎょざ)には、左右に油火が揺らぐ高燈台が立てられ、桐蒔絵(きりまきえ)のほどこされた鏡台、唐花鳥の図柄の彫られた銀盥(ぎんだらい)が置かれている。

やがて廊下側から、加冠役と理髪役があらわれ、最後に唐草模様の白狩衣(かりぎぬ)、紫指貫袴(さしぬきばかま)姿の九鬼梨公人が御座へと上った。

着座した公人に、まず理髪役が近づき、打乱箱より取り出した櫛で髪を整えた。髪の整えは時代により作法が異なるが、御一新の断髪令以降、形式的に櫛を入れるだけになっている。

続いて加冠役が立烏帽子を手に取った。近世以降、烏帽子をつけないのが一般的になったが、九鬼梨家では古式のとおり、公人が加冠して、式の前半が終了した。

ここで大垂髪に小袖袴の九鬼梨一族の女たちも入室し、祝宴の儀へと移る。

一族の男たちが座を詰めあって開いた道を、九鬼梨家の女主人ともいうべき君枝が進んだ。君枝は当主隆一の母であり、公人の祖母である。君枝は一同を睥睨したあと、隆一とともに上段に進んだ。

式三献に先立ち、隆一から公人に譲られる家宝が白木の台に載せられて運ばれた。ひとつは九鬼梨の始祖である阿野全成の差料と伝わる友成の名物。ひとつは中興の祖・安清愛用の兜であった。

ともに白絹が掛けられたまま、公人の前に置かれた。

まず、隆一がさいしょの白絹をめくり、石目塗に牡丹唐草の蒔絵をあしらった拵えの友成を手に取る。公人は両手を掲げて押し頂いたあと、介添人の手を借りて脇の桐箱に納めた。

女主人の君枝が、次の進物の白木台に手を差し伸べたところで眉をひそめた。純白の白絹に一点、赤い染みを認めたためである。その染みは今もわずかずつ広がっている。まるで家宝の兜が出血しているかのように。

「なんですか、これは」

癇のつよい君枝は白絹を払いのけた。

黒鉄色の無骨な兜があるべき台の上にあらわれたのは、あろうことか犬の死骸であった。それも切り落とされた首だけが白木の上に据えられている。

頭部を覆う白い毛も、牙を剝いた口も、見開いた濁った眼も、すべて塗りたくったような血で染まった、おぞましい生首だ。

「――――!」

君枝の声は言葉にならない絶叫だった。なにごとかと身を乗り出した者たちも、白木台に据えられたものを目の当たりにして、次々と悲鳴をあげる。とくに女たちはその場で気を失ったり、悪心のため医者の手当てを受けたりと、大変な騒ぎに発展した。

伯爵家の厳粛な元服式は一瞬にして修羅場と化した。

「ひっひっひっ、うまくいったなあ」

大人たちが装束もはだけんばかりに血相変えて右往左往するさまを目の当たりにして、座敷の隅で九鬼梨一族の少年、吉松舞太郎はほくそ笑んだ。

「いやあ、ブタやん、すごいぞ」

同じ一族の少年、上柳貫一郎も興奮に目を輝かせている。

「だからおまえも手伝えって言ったんだよ。完璧な手口だから、絶対、おれの仕業とばれやしないさ」

と舞太郎はうそぶいた。

しかし、しょせん少年の浅知恵。家宝が準備されていた控の間に、吉松舞太郎が竹編籠を持って入ったのを目撃した使用人の証言により、すぐにお縄となった。

少年のいたずらということで、きびしくお灸をすえられただけで事件はおさまったが、わずか十三、四の子供が、あれほどどぎつい悪辣なまねをしたことに衝撃を受ける者も少なくなかった。

ぶち壊しになった元服式の騒動の余韻冷めやらぬ中、談話室で一服しながら一族のひとり、室城茂樹は苦り切った顔で、来賓たちに愚痴をもらしたものだった。

「やはり、これは呪いですよ。首なし一族の。この一族の呪われた歴史が、あのちっぽけな身体の中に凝縮されているのでしょうな、末恐ろしい悪餓鬼ですわ」

第一章　華族捜査局

一

鬱蒼（うっそう）とした深い木立。高く枝を張った樹木の下を小道が長く続いている。来見甲士郎（くるみこうしろう）を乗せた人力車は、まるで濃緑の隧道（トンネル）の中にいるようだ。周囲は寂（せき）として、ただ人俥の砂利を踏む音と、車夫の荒い息づかいだけが響いている。

周防院邸（すおういんてい）は駅から徒歩で十分と聞いていたので迷ったのだが、俥（くるま）を頼んでよかった。歩きだったら遅刻したかもしれない。

（いや、まだわからないぞ）

深緑のとばりは途切れる気配もなく、なだらかな弧を描く小道の先へどこまでもつながっている。

東京のほぼ中心に、これほどの敷地を有する大邸宅が存在するとは、にわかに信じがたい。

まるで夢の中をさまよっているような気さえする。

（信じがたいといえば）

二日前、辞令を受けたばかりの自分が、今、こうして周防院邸を訪れていることこそが、いちばんの不思議なわけだが。

しかも、これから上司となるお方は――。

俥がやや左曲がりの小道を曲がりきると、とつぜん左右の木立が途切れ、前方に視界が開けた。

広々とした芝生が緑の絨毯（じゅうたん）をなす向こうに、石造り三階建の白亜の大邸宅が出現した。邸というよりなにか宮殿か聖堂を思わせる巨大な建造物だ。銅葺破風（どうぶきはふ）造りの屋根からは、いくつもの小尖塔（ピナクル）が宙へ向かってそびえている。邸の前庭に設（しつら）えられた池の噴水からあふれる滴が朝の陽光を弾（はじ）き、水面（みなも）では数羽の水鳥が羽を休めている。その周囲を取り巻く植え込みにはきれいに刈り込まれた躑躅（つつじ）が、白色や桃色の花弁を広げ咲き誇っていた。

来見甲士郎を乗せた俥は、池の脇をめぐる小砂利敷きの小道を走って、正面玄関横の車寄せに停（と）まった。

俥を降りた甲士郎は、あらためて屋敷を見上げ、思わず感嘆のため息をもらした。

甲士郎の実家も爵位を持つ華族だが、これほどの豪邸は、目にするのも、足を踏み入れるのもはじめてである。

呼び鈴で登場した老齢の執事が扉を開け、甲士郎は邸内に案内された。

玄関からいきなり吹き抜けの大広間があらわれるのが、いかにも洋館だが、のみならず土足のまま上がれる石造りの床、深く重々しい色合いの壁板とそこにかかる数点の絵画。凝った装飾がほどこされた階段の手すり、その階段の下に置かれた西洋甲冑。高い天井から吊り下がり、無数のきらびやかな光の粒をまとったシャンデリア。広間のそこここに配された贅を尽くした造りの椅子の数々。どこを探しても和を思わせる調度はなく、邸の外見同様、内部も西洋趣味に徹している。この邸の主、周防院円香の好みを反映したものとみて間違いあるまい。

まず、甲士郎は大広間横の小部屋に通された。小部屋といっても、実家の応接室くらいの広さはあろう。その部屋の真ん中に置かれたすわり心地のよさそうな安楽椅子を勧められ、甲士郎は浅めに腰を下ろした。

「ほかの方々はまだでございますか」

老執事の言葉に、甲士郎は怪訝な思いで、

「今日ここへ来るのは私ひとりですが」

と答えると、老執事は一瞬だけ眉をひそめ、

「さようでございますか」

と無表情をつくろった。

「警視庁からはすでにご挨拶があったのではないでしょうか」

甲士郎が尋ねると、

「いいえ、あなたさまがはじめてのお越しにございます」

老執事はやはり無表情に答えた。

(これは)

まずいことになったかもしれない。甲士郎はじんわりと背中ににじんだ汗の冷気を感じた。周防院家の方では、当然、警視庁からそれ相応の身分の者の訪問があると思っていたようだ。それなのにはじめて顔を出すのが、下っ端の警部補である自分ひとりとなれば、そうとうな不信感、不快感を与えたのではなかろうか。

気まずい沈黙のうちにメイドが入室し、甲士郎の前のテーブルに紅茶を置いた。

メイドはおどろくほど美しい顔立ちをしており、ティーカップからはえも言われぬ薫香が漂ってきたが、甲士郎にはそのどちらをも楽しむゆとりがない。

「……あのう」甲士郎は喉を鳴らしながら沈黙を破った。「どうお呼びしたらよろしいのでしょうか。その、周防院公爵さまを」

「それはご本人さまにお尋ねください」

老執事がにべもなく答えると、柱時計が九時を告げた。

「それではご案内いたします」

老執事はそう言って、甲士郎をうながした。

階段を上がって二階の南向きの部屋へ導かれた。

ふつうの倍以上は高さがある天井、大きな窓から差し込む朝日、部屋のいたるところに飾られた生花。大理石のテーブル、白い石造りの暖炉、ゴシック調の調度。ここにも主の趣味がむせかえるばかりに横溢(おういつ)している。

部屋の南側のバルコニーへ続く開かれた窓ぎわに置かれた椅子に、これまで写真でしか知らなかった妖艶な女性が腰をかけ、甲士郎を見つめ笑みを浮かべていた。

「来見甲士郎さんね。どうぞよろしく」

椅子から立ち上がり、周防院円香は甲士郎へ右手を伸ばした。背はかなり低い。五尺六寸（約一メートル七十センチ）の甲士郎の胸のあたりに頭がある。

握手を求めているのだろう。しかし、このあまりといえばあまりに高貴な女性の手にじかに触れたりしていいのだろうか。許しを得ようと老執事をうかがうが、能面のように表情を動かさない。

いつまでも空手のまま待たせるわけにもいかず、甲士郎は思い切って手を握り返した。円香の細長い指が甲士郎の手に絡まった。円香の指先は繊細でありながら力強く、どこか不思議な感覚である。

「来見さん、あなた、犬を飼っていらしたでしょう。でも数日前……、そう、ちょうど二日前にその犬は亡くなりましたわね。とってもかわいがっていらっしゃったのに。お悔やみ申し上げますわ」

甲士郎が返す言葉もなく面食らった顔をすると、

「あら、ごめんなさい。わたくし、とっても霊感がつよいんですの。とくに手を握ると、その方の事情がいろいろとわかってしまうんですのよ。ワンちゃんのこと、図星でしたでしょう？」

円香ははにかんだような表情と期待を込めた目で甲士郎を見つめてきた。

残念ながら甲士郎は、現在、官舎住まいであり、犬を飼う余裕などない。そもそも子供のころ、近所の邸にやたら人に吠えたてる大型犬がいたのが祟り、二十七歳になった今も軽い犬恐怖症である。

「あの……」

否定の言葉を吐こうとする甲士郎に、老執事の鋭い視線が突き刺さった。

甲士郎はふいに思い出した。今回の異動を拝命した時、上司だった保安課長からひと言、釘を刺されていたのだ。

「いいか、周防院公のおっしゃることは何事によらず、すべて正しいものとして受け入れろ」

「それは、どういう意味でしょうか」

甲士郎が疑問を呈すると、保安課長はじろりと睨んで、

「理解できなかったか。公の申されることに対して、すべて仰せのとおりでございますと答えろという単純な命令を」

「しかし、それでは公務の執行上、不都合もでてくるのでは」

「もし公があきらかに間違ったことをおっしゃったら、まったくそのとおりでございます、と受けたうえで、ただ、下々の一部にはかような考え方もあるようにございます、と切り返して正しい方向へ誘導して差し上げろ。それが部下たる君の役目だ」

「公がこちらの思うとおりには動かず、無実の人間を逮捕する羽目になった場合はどうすればいいのですか」

「逮捕すればよかろう」こともなげに保安課長は言った。「公のご意向に逆らうことにくらべれば、無実の人間を捕まえるなど、さしたる問題ではない。心配せずとも冤罪だったら裁判で無罪になるだろう」

　やや投げやりな保安課長の口吻は、もし無罪にならなくてもいっこうに構わないという本音を濃厚に匂わせていた。

（つまりは）

　どんな場合でも、周防院円香の言葉は絶対だということだ。

甲士郎は円香の手を握り返しながら、

「おどろきました。まったく仰せのとおりです。すごい霊感でございますね」

われながら少し大げさと思えるくらいに表情を繕うと、円香は顔をほころばせ、

「わたくしたち、とってもいいペアになりそうですわ」

と言ったので、甲士郎はほっと胸をなでおろした。

と同時にこれほどの気づかいを要する相手を、甲士郎ひとりに押し付け、自分たちは顔も出さない警視庁の上層部を恨みに思った。

(まあ、しかし)

上司たちがなるべく関わりにならずにすまそうと考える気持ちは理解できなくもない。あまりに高貴すぎる身分だけでなく、そうとうな変人であることも初顔合わせをして五分と経たぬうちに判明した。

(それにしても、この方が)

今日から華族捜査局局長として、事件捜査の指揮を執るのだ。

もし自分が無関係の野次馬の立場だったら……、

(どんなによかっただろう)

甲士郎は内心ため息をつきながら、老執事に外出の支度を命じる円香の横顔を眺めたのだった。

「では、来見さん、参りましょう」

「えっ、どこへですか」

憂いに沈んでいた甲士郎がわれに返ると、円香はあきれ顔で、

「どこへって、警視庁に決まっているじゃありませんか。わたくしたちの職場ですわよ。きっと皆さま、お待ちかねでしょう」

と甲士郎をうながした。

警視庁の上層部が周防院円香を待ちかねている？　そもそも今日登庁すると認識しているのかさえ怪しい。少なくとも甲士郎は事前になにも聞かされていなかった。

半信半疑の思いながら、円香と老執事のあとに続いて甲士郎も部屋を出た。

邸の正面玄関前には濃紺塗りの高級乗用車が停まっていた。ピカピカに磨かれたフロントグリルとヘッドライトが目にまぶしい。

「これはカデラックですね」

思わず甲士郎は声をはずませた。実家でも一時購入を検討し、カタログまで取り寄せたが、あまりに高額なため断念したゼネラルモーターズ社が誇る最高級乗用車だ。ため息が出るほど美しい流麗な車体をしている。

「セルフスターター装備の最新モデルで、内外装を米国の専門業者に仕上げさせた最高級仕

様でございます」

老執事がちょっと得意げに鼻をふくらませた。

「V型八気筒エンジンですよね」

甲士郎の言葉に、老執事もおっと見なおす表情を見せ、うなずいた。

「五・二リッター、七十馬力の怪物（モンスター）でございます」

はじめて意気投合した甲士郎と老執事に対し、円香はまったく興味なさそうに、

「さあ、行きますわよ。来見さんもお乗りになって」

そう声をかけ、運転手がうやうやしくドアを開けた後部座席へ乗り込もうとしている。

甲士郎も反対側のドアに回りかけ、ふと後方へ目をやると、カデラックに続いて車廻しに大型のトラックが三台、数珠つなぎに停まっている。

「あれはなんでしょう」

甲士郎の問いに、

「あちらには警視庁へお持ちになる家具やご衣装、お道具類が積まれております」

老執事が答えた。

今日から局長として服務する円香には、当然、警視庁本庁舎内に一室が与えられている。甲士郎もまだ見ていないが、警視総監と同等の広さの部屋が用意され、内装は宮内（くない）省御用達の業者が、腕によりをかけて仕上げたという。

　しかし、いくらなんでもトラック三台分の荷物を収納する余裕があるとは思えない。一昨年、甲士郎の長兄のもとに伯爵家から嫁いできた兄嫁は、邸内にあふれんばかりの嫁入り道具を持ち込んで周囲をおどろかせたが、それがちょうどトラック三台分だった。

「局長室には大きな私物を持ち込む余裕はないと思います」

　甲士郎は、円香と老執事に事情を説明した。

「では、警視庁内のわたくしのお部屋は一室だけですの？　午睡用の休憩室は？」

　あるわけないと知れているが、甲士郎は少しだけ考えるふりをして、

「確かめてはございませんが、おそらくないかと思います」

「使用人たちの控室は？」

「宿直室なるものがございますが、用途が違いますし、局長室からもだいぶ離れているかと」

　そもそも本庁舎内に私的な使用人の立ち入りが認められるかどうかもあやしい。

「専用の食堂や浴室は？」

「おそれながら、ないと存じます」

「映画鑑賞室は？　撞球(ビリヤード)室は？」

　職場ということを理解しているのか。

「ございません」

にべもなく甲士郎が答えると、円香は心底がっかりした顔をした。

「それでは仕方ありませんわね。荷物はあきらめましょう。みなにも邸に残るように伝えなさい」

そう命ぜられ、老執事が車から離れ、トラックの方へ小走りに向かった。そこではじめて気づいたのだが、三台のトラックの陰にもう一台乗合自動車が停まっていて、見たところ六、七人の使用人らしき男女が乗り込んでいた。老執事が声をかけると、その者たちはぞろぞろと車を降りて邸へ戻った。


甲士郎と円香を乗せたカデラックは、滑るように邸内の小道を抜けた。大手門をくぐり見慣れた東京市内の道に出ると、やっと夢から現実に戻った気分になった。

しかし、甲士郎の座る後部座席には、円香も手を伸ばせば届く位置に腰を下ろして窓の外を見ているので、まったく緊張は解けない。

「ところで」沈黙を破って甲士郎は声をかけた。「これから上司と部下となるわけですが、局長とお呼びすべきでしょうか。それとも閣下の方がよろしいでしょうか」

窓から向きなおった円香はどこか媚を含んだ目で甲士郎を見つめ、

「いやですわ、そんな他人行儀で仰々しい呼び方。名前で呼んでくださいな」

「……あの、それは」

要望にはすべて従えとの指示だったが、これを安易に受け入れては、周囲の反応が心配である。

今回、内務省に華族捜査局が新設された時、世間ではまったく話題にならなかった。ところがその局長に周防院円香が就任すると発表されたとたん、新聞各紙が大々的に報じた。華族でも最高位となる公爵を叙された周防院円香は、その美貌と相まって一挙手一投足が注目の的なのである。

そもそも明治初頭に華族制度が発足し、大正にいたる現在まで、制度の変遷は多々あれど、爵位が当主の男子にのみ与えられる原則は一貫して変わることがなかった。その唯一無二の例外が周防院円香なのだが、誰も円香の襲爵の理由を知らない。円香の実像は謎のヴェールに包まれていた。その権力や影響力は、実態が知れないだけに様々な憶測を呼び、「制外の君」との称号を奉られ、おそれられている。

そんな円香の直属の部下となる甲士郎も、間違いなく好奇や嫉妬の目にさらされよう。ゆえに誤解を生むような言動は厳に慎まねばならない。円香を名前で呼ぶなどもってのほかだ。

甲士郎はそのような事情を説いて理解を求めたが、円香は首をふり、

「これは命令ですよ。来見さん。警視庁では上司の命令を聞かなくてもよいと教育しているのですか」

意外と頑固で自分を譲らない一面もあるようだ。

こうなると先の上司の指示もあり、これ以上の抵抗は為しがたい。

「いいですね、来見さん」

円香はしつこく念を押してくる。

「わかりました」

「わかりました、円香さま。でしょ」

「わかりました、円香さま」

「では、もう一度」

「わかりました、円香さま」

「はい、もう一度」

こんなやりとりをしているうちに、車は警視庁庁舎へと近づいた。

二

宮城の日比谷濠に面する警視庁庁舎は、官庁街の中でもひときわ人目を引く、赤煉瓦三階建の大建築である。明治四十四年の竣工だが、まだ屋根や壁面に錆も汚れもなく、陽の光に輝いている。

毎朝、甲士郎も登庁のたびに誇らしい気分に浸っているが、周防院邸を訪れた直後だと、その威容もやや色あせて見えた。

円香たちを乗せたカデラックが庁舎の正面に着いた。車を降りたとたん、甲士郎はおどろいて思わず足を止めた。

管楽器や太鼓やシンバルの音が鳴り響いたからだ。見ると通りから庁舎玄関口につながる通路には赤絨毯が敷かれ、その右手には音楽隊が配されて、シューベルトの軍隊行進曲を奏でている。

玄関前には円香の登庁を出迎える一団の姿があった。警視総監をはじめとする警視庁幹部の面々が勢ぞろいしている。

「周防院閣下、お越しいただき、大変光栄に存じます」

警視総監の挨拶に、円香は鷹揚に微笑み返して、

「ご苦労さま。お出迎え、とっても嬉しく思います。ただ、音楽は明日からはベートーフェンにしていただきたいですわ」

初登庁のセレモニーとして用意された音楽隊による歓迎を、日常行事と誤解しているようだ。

甲士郎は少々意地の悪い興味をもって警視総監の対応を観察した。

警視総監は一瞬だけ言葉に詰まり、逡巡するような表情を見せたが、すぐに満面に笑みを広げた。

「承知いたしました。明日からはその、ベートーフェンということで。曲目のご要望などございましたら、なんなりとお申し付けください」

満足そうにうなずいて玄関口をくぐる円香に、警視庁幹部たちがぞろぞろとあとをついて歩く。

局長室として用意された三階の角にある広々とした一室に案内された円香は、室内を物足りなそうに一瞥して、

「ここは明日から来見さんがお使いになるといいわ。わたくしはお邸の部屋を改装させて、そこを執務室にいたします。よろしいでしょう」

尋ねられた警視総監はためらいもなくうなずき、

「むろんでございます。お邸には本庁との専用電話回線も引かせていただきます」

「来見さんもそれでよろしいですね」

円香の言葉で、全員の目が甲士郎に注がれた。

「はい、承知いたしました、……円香さま」

消え入るような声で答えると、警視庁幹部たちが目を剝いた。突き刺さるような視線が痛い。

しかし、より心配なのは局長室の件だ。警視総監室以上に立派な部屋を独占する、と考えただけで背筋が寒くなる。あとで円香と交渉して、自分も周防院邸内に小部屋を用意しても

らおう。なんだったら廊下の隅に椅子と机を置かせてもらうだけでもいい。そして今後なるべく庁舎には近づかないでおこう。

今回、華族捜査局が新設されたのは、維新以来およそ半世紀の時を経て、国民の模範となるべき華族やその一族の中からこぼれ落ちるように、犯罪や醜聞に関わる者が多数あらわれたことが原因であった。

華族が関わる事件の中でも、ことに凶悪事件、重大事件は世間の指弾を浴び、華族内のみならず社会全体を揺るがす事態に発展しかねない情勢となっていた。そこでこれらの華族関連事件をすみやかに解決することを目的に、当初、警視庁の警務部に華族捜査課の創設が検討されたという。

それがなぜか、内務省直属の華族捜査局となり、その局長に部外者の女性である周防院円香の就任が決まった。そしてその直属の部下に、部長でも課長でも係長でさえない、甲士郎が任命された。甲士郎は入庁以来、ずっと保安畑を歩き、事件捜査については講習を受けたことがあるものの、実地の経験は皆無に等しかった。

この人事ひとつ見ても、警視庁内の華族捜査局への期待度が知れる。理由は不明だが、新組織発足前のどこかの段階で、実戦的な捜査組織から、多分に象徴的なお飾り組織へと位置づけが変わったのであろう。

警視庁幹部たちは、周防院円香を腫れ物に触るがごとく扱い、敬して遠ざけたいと考えているようだ。

（だとすれば）

周防院邸を本拠とするという円香の考えは、警視庁の思惑とも合致する。甲士郎もそのあと押しをすることで、幹部たちの覚えをめでたくして、適当な時期にまた保安部に復帰させてもらおう。

（だから今は）

お守りの任務を無難にこなしておく。円香には自邸で遊んでもらい、間違っても凶悪事件などに近づけてはならない。

どうせ、職場で映画鑑賞や撞球ができると考えている御仁だ。適当に警察ごっこの望みをかなえさせてやれば、満足するだろう。

「これから職場の皆さんのお仕事ぶりを拝見したいと思います。来見さん、案内をお願いしますわ」

円香が言うと、警視総監はあからさまにほっとした表情を見せた。

「それは名案でございます。庁内、どこでも心行くまでご覧ください。ええ――っと、来見君、かね、君。くれぐれも失礼のないよう、しっかりご案内を頼むよ。それでは、閣下、われわれは重要な業務が立て込んでおりますので、たいへんおなごり惜しゅうございますが、これにて失礼いたします」

とほかの幹部たちといっせいに深々と一礼すると、踵を返し、遠ざかるほどに速度を増す足取りで去って行った。

三

どこを見学したいか円香に尋ねると、事件捜査をする部署を見たいと言う。

「わたくしたちもこれから事件の捜査をしていくわけでしょう？　いろいろと勉強になることもあるはずですわ」

なにかまずい方角へ向かっている気がしないでもない。

（が、まあ）

これも単なる気まぐれだろう。いずれにしても、要望を拒絶する選択肢はないのだ。

階段を下りて、警務部の刑事課の部屋の前に来た。

昨今、東京府下では犯罪事件が急増し、それにともない、警務部の一課にすぎない本庁刑事課の人員も急増している。いずれ警務部から独立し、刑事部へ昇格するのは時間の問題とみられていた。

そのいつも賑やかな刑事課が、今日はいつにもまして騒然としていた。甲士郎が廊下に出てきた顔見知りの刑事に声をかけると、

「芝(しば)で首なし死体が見つかった。これから高輪(たかなわ)警察署へ出張(でば)るところだ」

と部下数名とともに階段を駆け下りて行った。

「まあ、首なし死体……」

円香が絶句した。甲士郎はいかめしい顔をつくろい、

「下々の世界では、酸鼻をきわめる事件が日々起きているのでございます。このような下賤(げせん)の者たちと関わってはご身分に障ります。さあ、円香さま、そろそろお邸に戻りましょう」

「見てみたいですわ」

「………」

「首なし死体の発見現場を。先ほども申しましたけど、みなさんの捜査方法を学べば、明日のわたくしたちの糧にもなります」

「それは大変よいお考えと存じます」なにごとも肯定、肯定。「しかしながら、今、事件現場はひどく混乱しておりましょうし、円香さまのような高貴なお方が参られますと、捜査員たちも萎縮して、捜査が滞る懸念もございます。ですのでここは自重され、捜査の詳細については後ほど報告書でご確認されてはいかがでございましょう」

あきらかに円香は不服そうだったが、甲士郎が繰り返し、現場の混乱の心配を訴えたので、

「それでは仕方ありませんね」

とついに我を折った。

「では、下へ参りましょう」

円香の気が変わらないうちに庁舎から遠ざけるべく、甲士郎は玄関口へ急いだ。

前の通りにはちょっとした人だかりができていた。カデラックを大勢が取り囲んで見物しているのだった。

近づくと野次馬に交ざって先ほど話した顔見知りの刑事もいる。甲士郎に気づくと、バツの悪そうな顔をして立ち去った。市電の停車場へ向かうのだろう。

警察にはまだ本庁の幹部用の自動車が二台あるだけで、捜査員のおもな移動手段は、徒歩以外だと市電や乗合馬車や人力車などだった。

刑事たちの遠ざかる姿を目で追いながら円香は、

「あの方たちは角袖巡査と呼ばれているんでしょう。わたくしも少しは世間の事情に通じているのですのよ」

と自慢げに胸を反らした。

制服警官ではない刑事は、和装で角袖の外套を羽織っていることが多く、俗に角袖巡査または単に角袖と呼ばれていた。昨今では、カクソデを読み替えてクソデカ（糞デカ）と蔑称され、さらに縮めてデカという隠語も用いられるようになっている。

詳しい経緯まで説明をすると一部不適切な表現があるような気がしたので、甲士郎は手短に、

「近ごろはデカと呼ばれているようです」

とだけ説明した。

カデラックが周防院邸に向かって走り出すと、円香が切り出した。

「ところで、わたくしたち華族捜査局が担当する事件について教えてくださいな。つい先ごろ起きたばかりの事件があると聞いていますわよ」

いったい、だれが円香の耳に入れたのだろう。たしかに事件は起きており、今日の午後、甲士郎は捜査員と落ち合って、現場の邸を訪れる予定となっている。どのみち、円香には伝えておく必要がある。

「お邸に戻りましたら、ご説明いたします」

甲士郎は言った。

周防院邸に着くと、円香はすぐさま老執事に執務室の設置を命じ、それとは別に甲士郎の控室も設けるよう指示した。どうやら本庁の局長室には顔出しせずにすみそうでほっとした。

そのあと、甲士郎はしばらく談話室で待つように言われ、美貌のメイドの案内で二階にある広々とした明るい部屋に通された。バルコニーからは邸の敷地を取り巻く深々とした木々の緑が一望できた。バルコニーに出てかなり長い間、目の保養をしていると、談話室の扉が開き、着替えをすませた円香があらわれた。

円香は大きな長椅子に斜めにもたれるように座り、甲士郎にはその正面にある安楽椅子を勧めて言った。

「さあ、来見さん、お話しくださいな」

第二章　名家の歴史

一

「円香さまは九鬼梨伯爵家をご存じでしょうか」

まず、甲士郎が尋ねると、円香はうなずき、

「九鬼梨家はもちろん存じておりますわ。清和源氏の嫡流のお血筋で、御一新前はたしか遠江二郡で六万石の大名家だったはずです。一年ほど前に先代が亡くなられ、今はお若いご当主だったと記憶しています」

まずまず正確な知識である。

「では、九鬼梨家の家範や現在の家族構成についてはいかがでしょうか」

家範とは、華族が定める家政規則のことをいう。家督や財産の相続などについて、法律の範囲内でその家独自の規則を定めることが、華族令によって認められている。

「さあ、そこまでは存じません」

円香は首をふった。

「今回の事件は九鬼梨邸内で起きましたが、事件の背後に、九鬼梨家独自の事情があるようなのです。それを深く理解するためには、まず九鬼梨家の歴史をひもとかねばなりません」

甲士郎はそう前置きをし、語りはじめた。

円香が言ったように、九鬼梨家は清和源氏の末、阿野全成の末裔である。阿野全成は鎌倉初代将軍　源　頼朝の異母弟で、源義経の同母兄にあたる。

鎌倉将軍家は初代頼朝以来、頻発する権力闘争や謀叛により、男系一族の多くが非業の死を遂げた。阿野全成も二代将軍頼家より謀叛の咎を受け、処刑された。連座を免れた嫡子の時元も、三代将軍実朝暗殺事件の時、将軍の座を狙っているとの容疑をかけられ、殺害されてしまった。

以降、時元の子孫は振るわず零落した。権力を掌握した北条氏から、その高貴な血を警戒され、要職から排されたためといわれる。

同じ清和源氏でも、家格でははるかに見劣りする足利氏が台頭し、北条氏を滅ぼして室町幕府を開くと、阿野一族はいっそう迫害され、南北朝期から応仁の乱の数十年の間に、いったん完全に歴史上からその名前が消える。

ふたたび阿野の家名が登場するのは、戦国期になってからである。当時、母方の姓である中里氏を名乗っていた全成より数えて十四代目にあたる中里安清が、一族の者たち十数名を引き連れ、信濃の寒村に流れ着いたのは天文の中ごろ、西暦でいえば一五四〇年代の後半だったという。村はうち続く戦乱により荒廃し、安清が谷の入口に小さな陋屋を構えた時、村民は老人と子供を含めても四十人ほどだった。

村がこれほどまでに廃れたのは、気候や戦乱もあるが、周辺の村々との水争いや境界争いに敗れ、収益の道を閉ざされたのも大きかった。この地方はもともと土地がやせているため農作物は育ちづらく、山林で採れる柴や材木が最大の収入源であったが、そのほとんどを周辺の村落に奪われてしまっているらしい。

住民の嘆訴を聞いた安清は、一族の者たちと荒廃地を切り開き、同時に周辺村落の有力者たちを回って様々な交渉をおこなったという。

それから数年間、安清の村を含めて周辺の村落の間でたびたび合戦が起こった。その結果、もっとも微弱だった安清の村が力を伸ばし、その過程で周辺の村々を支配する豪族たちは討ち滅ぼされた。血で血を洗うような抗争の中で、多くの敵対一族が騙し討ちにあった。ある一族は誘い出された宴席で皆殺しにされ、首をその菩提寺の門前に晒された。

またある豪族の妻女は、夫や子供たちの首級を担がされ、引き回されたのち、奴隷として売られたという。

さらに別の抗争では多数の首を晒した村で疫病が蔓延し、一村が全滅したとの伝説が残っている。

こうして阿野家が復興する中で、同族内でも抗争が起こり、安清の叔父一族が惨殺され、その首級もやはり晒しものにされた。この粛清の混乱の中で犠牲者が「七生まで祟ってやる」と今際に叫んだ言葉が今に伝わっている。

阿野一族の残酷な所業は、内訌の絶えなかった鎌倉将軍家の性に由来するものなのか、戦国期にのし上がるための必然であったのか、見方はわかれよう。

とまれこれら酸鼻きわまる事件の積みかさねにより、安清の本領は忌まわしさを込めて、首なし村と呼びならわされるようになった。そしてそのころ、中里から阿野へと名乗りを戻した阿野安清も、陰では首なしさまと呼ばれて、おそれられたという。

毀誉褒貶ある阿野家中興の祖、安清は永禄年間に死去したが、そのあとを継いだ長男の安宣が武田氏、織田氏、豊臣氏と台頭する勢力の間をたくみに浮遊し、さらに勢力を拡大させた。

しかし、高貴な血筋にもかかわらず、いや、それゆえにか、成り上がり大名たちから、首なし殿と侮蔑されることがたびたびあった。

そのころ関白となり、豊臣氏を創始していた秀吉が、その話を耳にして同情し、

「首なしとはひどい。しかし、それならいっそその首なしから変じて、よき名に改めるがよかろう」

と勧めたため、安宣は九鬼梨と改姓したという。

九鬼梨家は、豊臣から徳川への権力の移行期もぶじ乗り切り、関ヶ原の合戦後の論功行賞で六万石を得た。尾羽打ち枯らした安清が、一族十数名で信濃に流れ着いて四十年余りで、家臣数が千名をこえるまでの大名となったのである。以降、二百六十年間の江戸時代に幾度か所領の変更はあったが、石高は六万石で変わることがなかった。

源氏の名門九鬼梨家は、代々正室は京の堂上家から迎え、その正室が嫡子以外の男子を産むと、別家を立てて一門として遇された。その一門衆にも興廃があったが、江戸時代の中期以降、吉松、上柳、室城の三家が固定して御三門と呼ばれ、本家に男子がない場合、御三門のいずれかから養子を迎えることがならわしとなった。またこの御三門に代々筆頭家老をつとめる中里家と、ほかに安清、安宣以来のお側去らずの二家を加えて、阿野六人衆と称されることもあったという。

明治時代になり、旧大名家の九鬼梨家は伯爵の称号を受けた。この時、九鬼梨家の当主は安清から数えて十五代目にあたる武清だった。維新のおり、武清には嫡男の武文がいたが、病弱のためほとんど邸内で療養につとめ、表に出ることはなかった。また、武清自身も蒲柳の質で、このの ち武文以外の男子をさずかる期待は薄かった。

大名時代から諸侯中でも内情が豊かであった九鬼梨家は、華族となったあとも莫大な資産を保持し、さらに家令の中里春彦や法律顧問の青江幸之助などが、その資産をたくみに運用したため、現在にいたるまで旧大名家の格式に恥じぬ暮らしを維持している。

一方で御三門の吉松、上柳、室城は俸禄を失い、代わりに得た金禄公債を運用したものの、それも士族の商法で失敗し、時を経るごとに家運を傾けていった。さらには不行跡をかさねる者もでて、ことに吉松家の当主舞太郎は、二年ほど前に、詐欺事件を起こし、行方をくらませてしまった。

本家と御三門でこのように明暗が分かれたが、今も九鬼梨家の家範には、本家に家督を継ぐ男子がいない場合、御三門から養子を迎えることが定められていた。仮に九鬼梨家に女子がいた場合も、その養子との縁組は禁じ、他家へ嫁ぐことが家範の付帯項目に記されている。

この家範のもととなった九鬼梨家の家訓は、安永のころに定められたというから、もう百五十年近い古法である。この古色蒼然とした時代遅れの家範を改めようとする動きは、一度ならずあったようだが、家範を定める親族会議の主要構成員が御三門をはじめとして保守的な縁戚者ばかりであるため、今もって改定に至っておらず、今後もその見込みがないのであった。

「ここまでが、ざっと九鬼梨家の歴史でございます」

甲士郎はそう言って、ひと息をつけた。円香は口元を押さえてあくびをかみ殺しつつ、

「来見さん、よくそこまで九鬼梨家についてお調べになりましたわね。それとも、もともと来見家とつながりがありますの」

「いえ、宗秩寮にいる友人から教えてもらったのです」

宗秩寮とは、皇族や華族の事務を掌る宮内省の内部部局である。華族の相続に関する手続きもこの部局が関与するため、各家の内部事情にも通じている。さらにその友人から、『阿野九鬼梨譚』なる読本も借りて一夜漬けの勉強をしたのだ。

「ということで、九鬼梨家の家範についてはご理解いただけましたでしょうか」

「いいえ、お話が長かったので、あとの方はよく聞いていませんでしたわ」

「………」

「でも、大丈夫。どんな家の家範にもおかしな決まりのひとつやふたつは交じっているものです。それより、そろそろ事件のお話に入ってくださいな」

「わかりました」甲士郎は気を取りなおして続けた。「ただ、事件に入る前に、もう少し九鬼梨家のお話にお付き合いください」

明治の初頭に九鬼梨の嫡男武文が十九歳で急逝した。病弱の武文は生涯妻帯することはなかったが、死の直前、女中の君枝との間に隆一をもうけていた。

その数年後、武文の父で九鬼梨家当主だった武清も亡くなり、伯爵家は孫の隆一が継ぐこととなった。

幼少の非嫡出子である隆一に伯爵家の家督を相続させるにあたっては、家令の中里春彦と弁護士の青江幸之助の尽力が大きかった。ふたりが武清の遺言書をもとに親族会議の構成員たちの説得に回り、御三門も互いに牽制しあったため対立候補が立たず、親族の総意として隆一への家督相続願が華族局（のちの宗秩寮）へ提出され、無事承認されたのだった。

九鬼梨隆一は母君枝と家令の中里春彦、弁護士の青江幸之助たちの庇護のもと、つつがなく成長し、学習院に学んだあと、イギリスはケンブリッジ大学に留学し、帰国後は貴族院議員を三期二十一年にわたって務めた。

留学中に知り合った同じ伯爵の立石家の長女孝子と結ばれ、帰国後すぐに長男公人を、二年後に長女の弘子をもうけている。

社会的にも家庭的にも恵まれた隆一だったが、残念なことに二年前に妻孝子を肺病で喪い、さらに昨年、自身も悪性の腫瘍を患い、二カ月ほどの療病生活ののち四十六年の生涯を終えた。あとを継いだのは二十二歳の長男公人である。

政界で一定の存在感を示した隆一に対して、公人は実業界での活躍を志し、大学を中退して十五銀行に入行して商法を実地で学んだあと、先ごろ自身でも商事会社を興している。

「まだ続くのかしら。もうこれ以上、新しい人の名前を覚えきれませんわ」

円香がうんざりとした声をあげた。

「もう少しでございます。いよいよ、お話は事件の時に移ります」

事件は今から五日前、九鬼梨邸内で起きた。

現在の九鬼梨家は、亡き隆一の母である君枝が、孫の公人と弘子の教育、後見をおこない、女主人として君臨している。また中里春彦は七十近い高齢ながら、家令として一家を支え、さらに親族と旧家臣団の親睦会である阿鬼会の会長も務めている。中里の長男で三十五歳の稔は、長らく父春彦の仕事の補佐をしてきたが、公人が会社を興したあとは、役員に名を連ね、公人の右腕となっていた。

九鬼梨邸にはほかに家政婦、料理人、女中、小使い、庭師など十数名からの住込みと通いの使用人がいたが、九鬼梨家の家族といえるのは、君枝、公人、弘子と中里父子の五人である。

「つまり、今回の事件については、とりあえず、この五人だけを覚えていただければよろしいのです」

甲士郎が言うと、円香は頰を膨らませて、

「でしたら、ここから話をはじめてくだされればよろしいのに」

「申しわけございません」

甲士郎は頭を下げて、話を続ける。

その日の夜も九鬼梨邸の食堂で五人が夕食をとっていた。

「今度の火曜ですが、青江が一時間ほど遅れるので、先に春の茶会の——、おや?」

メインディッシュの魚料理の皿がさげられ、中里春彦が来週の親族会議の議題を口にした時であった。

邸の外がなにやら騒がしい。数名が裏庭を動き回る気配と、飛び交う切迫した声が伝わってくる。春彦が給仕の女中に様子を見に行かせると、

「離れの方で小火がでたようです」

と報告したので、五人に動揺が広がった。

この数日前にも邸裏の物置小屋で不審火があったばかりだったからだ。

「ちょっと見てきます」

中里稔が席を立った。ほかの四人は落ち着かなげに顔を見合わせていたが、

「わたくしたちも参りましょう」

と君枝が言ったため、全員が稔のあとに続いて食堂を出た。

離れと本邸との間は、木立を挟んでだいぶ距離がある。もとは貯蔵庫として建てられたものだが、改築され遠縁の住まいとなっていたこともある。現在は使用されずに閉めきられて、ふだんは人が近づくことも立ち入ることもない。

五人が木立を抜けると、離れの小火は使用人たちの手によって消し止められたところだった。現場を見ると、板壁が黒く焼け焦げた離れの建物のすぐ脇に、落ち葉を集めた焚火の跡があった。この焚火が離れに引火したのだろう。あたりは煙と焼け焦げた匂いがたちこめている。

「どうやら浮浪者が敷地内に入り込んだようですね。警察に排除させましょうか」

稔が焼け跡に触った手をハンカチでぬぐいながら進言したが、

「とうに逃げてしまっただろう。明日見回りをさせて、もし不審者がまだいる気配があるなら、その時、巡査を呼べばよかろう」

と春彦が言ったため、みな、そのまま邸へ引き返した。

食堂のテーブルには途中となった食事の皿がまだ並んでいたが、五人は席には戻らず、続き部屋の談話室へと向かった。

「公人さん、これ、いただいていいかな」

稔がテーブル上のグラスを指した。小火騒ぎの直前に公人が洋酒を注ぎ、口をつけずに、そのまま置いたものだ。

「ええ、よろしければどうぞ」

公人はそう言って談話室の椅子に腰を下ろし、女中に紅茶をいれるよう頼んだ。君枝と弘子も同じく紅茶を、春彦はワインを注文した。

五人は飲み物を手に、それぞれ談話室のお気に入りの椅子に座り、しばらく他愛ない雑談を交わしていたが、十五分ほどして中里稔が身体の不調を訴えた。

さいしょは気分が悪いと、長椅子に横たわっていたが、すぐに腹を押さえて苦しみだし、激しい嘔吐がおきた。顔に脂汗がにじんでいると思ったら、蒼白になり、呼吸も乱れてきた。ただならぬ病態であることは素人目にもあきらかだ。

君枝の指示で主治医が呼ばれたが、医者が稔を診た時には、すでに手の施しようがなかった。稔は意識を失ったまま激しい痙攣(けいれん)を繰り返し、医者が到着して十五分ほどで息絶えた。医者の診立てでは、食中毒にしては劇症にすぎ、また同じものを食したほかの四人にまったく症状がないため、毒薬の可能性が高いという。

「誤飲したのかもしれませんが、いずれにせよ、警察に知らせねばなりません」

代々九鬼梨家の御典医の家系であった主治医は、緊張の面持ちで一同に告げた。

父親の中里春彦はむろん、家族同然の君枝たちも、先ほどまで同じテーブルで食事をしていた稔の変わり果てた姿に顔色を失っている。そこへさらに追い打ちをかけるように、警察への通報を勧められ、冷静でいられるはずもない。

しかし、それでも君枝は気丈にうなずいた。

「わかりました。すぐに警察を呼びなさい。もし、稔の死に不審があるのなら、それをあきらかにする必要があります」

「しかし、お邸に警察官を入れるのは」

春彦は難色を示したが、

「かまいません。なにが起きたかはっきりとさせねば、稔だって成仏できないでしょう」

との君枝の指示で、もよりの愛宕(あたご)警察署へ通報がなされ、数名の角袖巡査と鑑識係、警察医が駆けつけたのであった。

警察医が稔の死体を検案したところ、主治医の見解と同様に死因は毒物による中毒、さらにおそらくヒ素系の毒物であろうと結論づけた。

そこで鑑識係が、最後に稔が口にしたグラスの中の洋酒の簡易検査をしたところ、ヒ素化合物らしきものの検出をみた。また同時に検査をした瓶の中の洋酒からは毒物は検出されなかった。

「ということは」甲士郎の話をさえぎって、円香が言った。「食事の時に九鬼梨公人さんが洋酒を瓶からグラスへ注いだあと、何者かが毒を混入させたわけね」

「そのとおりでございます」

厳密に言えば、さいしょからグラス内に毒物が入れられていた、もしくは塗布されていた可能性もあるが、グラスを用意した女中と洋酒を注いだ公人は、のちの警察の聞き取りで、グラスは間違いなく空だったと証言している。また鑑識の結果、グラス内の痕跡と毒物の容量からして、塗布の可能性も否定された。また、女中は棚の中の多数のグラスから適当に選んだものを渡していた。鑑識は棚の中のすべてのグラスを調べたが、毒物は検出されなかった。

これらのことから、円香の言うとおり、毒物は公人が洋酒をグラスに注いでから稔がそれを飲むまでの間に、混入されたと考えられるわけだ。

まぐれあたりかもしれないが、円香はかなり的確に本質をついていた。

「そこで、警察は毒物がいつどのようにグラスに入れられたかを調べたのでございます」

公人がグラスに洋酒を注いだあと、小火騒ぎで食堂を出るまで、グラスはずっとテーブル上にあった。その間、九鬼梨家の誰かが、人目を盗んで毒を混入できたとは思えない。

また、小火騒ぎから戻ったあとも、稔以外は誰もテーブルに近づいていないので、混入の機会はなかった。このことは警察が何度も聞き取りをして確認している。

「でも、みんなが口裏を合わせていたら、簡単に毒は入れられますわね」

無邪気な顔で言う円香を、甲士郎は意外な思いで見直した。

先入観にとらわれず、すべての可能性を考慮するのが捜査の基本だ。そして合理的な事由により、一つひとつの可能性を排除し、真相を絞り込むのだ。

「それはとてもよい着眼点でございます。すべてを疑ってかかるのが、警察捜査の基本でございますから」

そのうえで甲士郎は、九鬼梨家の人間、ことに父親の春彦を含む全員がグルになって、稔を殺害するとは考えにくいこと、さらに女中もその場にいたため、およそ証言どおりの事実があったと考えられると告げた。

「それでしたら納得ですわ。来見さん、お続けになって」

円香はうながした。

まず警察は、五人が離れに向かったあと、食堂に誰が立ち入れたかを調べた。給仕の女中は五人が食堂を離れるのと同時に台所へ入り、料理人たちと話をしていた。五人が戻るまで全員そこにいたという。

その時、邸内には家政婦と、ほかにもうひとり別の女中がいたが、ふたりは一緒に二階で裁縫仕事をしていた。小火騒ぎを二階のバルコニーから見たあと、火の用心と戸締りのため、邸内の各部屋を回った。肝心の食堂へも行ったが、その時はなにも異常はなかったという。

警察はこれらの証言を信用に足るものと判断し、邸内にいた使用人たちを容疑者から外した。

九鬼梨邸内の者たちが事件に関わっていないとするなら、犯人は外から侵入したことになる。

警察は今回の小火騒ぎが二度目であることに注目した。

前回は事件の三日前、やはり五人そろっての夕食時に起きた。しかし、この時は稔ひとりが席を立ち、小火が消し止められたことを確認してすぐに戻っている。

この時の小火も、何者かが敷地内で焚火をして、近くの物置小屋に引火させたのだという。二度とも集めた枯草に火がつけられている。火が燃え上がり、建物へと引火するまでにはかなりの時間を要したものと推定される。

犯人は火をつけたあと、邸近くで身をひそめていたのではないか。一度目の放火の時には機会がなかったが、二度目には九鬼梨家の者たちがみな出てきたので、入れ替わりに食堂に侵入し、グラスの中に毒を入れた。

「つまり、警察は外部犯による計画殺人を疑ったわけです」

甲士郎が言うと、円香はすぐさま、

「ちょっとお待ちになって。まだその前に、ほかの可能性も検討しておく必要があるはずですわよ」

と返した。

「と申しますと」

「少なくとも外部犯以外にふたつのことが考えられます。ひとつは中里稔さんの自殺。もうひとつは九鬼梨公人さんが毒を盛った。これなら状況とも矛盾しないはずです」

たしかにここまでの甲士郎の話だけでは、そのふたつの可能性は否定できない。それをたちどころに見抜いた円香の慧眼(けいがん)に、正直、感服した。

「おみごとです。ただ、その二点の可能性は、その後の捜査で排除されました」

まず、稔の自殺については、その前兆も思いあたる動機も遺書もなく、さらにはヒ素を入手した形跡もないことから、ほぼあり得ないと認定された。

公人がグラスに注ぐ際、こっそり毒を混入するのは、可能だったかもしれないが、グラスに残った洋酒を詳細に分析した結果、混入された毒物は完全に洋酒と混ざり合っていて、毒物が粉末であったにしろ液体であったにしろ、かなり入念に攪拌(かくはん)されたことが判明している。

「つまり手品のようにテーブル上で瞬時に毒を混入するような方法は、取り得なかったわけです」

甲士郎の説明に、円香はしばらく考え込んでいたが、

「たとえば、稔さんが誰かを陥れるために自殺をした……というのは、まあ、ちょっと無理がありますわね」

とひとりで言って納得し、先を続けるようにうながした。

「外部犯の話に移る前に、ひとつ、申し忘れていたことがありました」

警察は今回の犯行を、稔ではなく公人を狙った可能性が高いと見なした。

九鬼梨家では食事の座席はいつも決まっていて、グラスの置かれた位置から公人の飲み物を、犯人が推定するのは容易だった。今回、稔が犠牲になったのは、公人の飲み物を貰(もら)い受けるという、事前には予測し得ない、偶然のいたずらと考えられる。

「以上のことから、犯人の狙いは公人。もしくは特定の狙いはなく、無差別に九鬼梨家の人間に毒殺を試みたものと推定されました」

ただし、もし九鬼梨家の者を無差別に殺すつもりなら、毒を洋酒でなく食事に混入させた方が効果的だっただろう。とすると、やはり犯人の狙いは公人ひとりだった公算が大きいと思われる。

「ここからまたひとつ、ある仮定が導き出されたわけです」

試すように言葉を切ると、円香は当然のようにうなずいた。

「犯人を九鬼梨家の事情に詳しい人物に特定し得るということですわよね」

との答えに、もう甲士郎はおどろかなかった。

食事の席が決まっていることを知っており、グラスの位置から公人に狙いを定めたとすれば、そうとう内部事情に通じた人物が犯人であるのは間違いない。

「昨年の隆一の死去により、公人は九鬼梨伯爵家の爵位と莫大な財産を相続しましたが、もし公人が亡くなれば、現九鬼梨家に相続者はなく、一族の者に相続権が移ることになります」

先ほどの九鬼梨一族の昔話はここへつながってくるのである。

「九鬼梨家の相続権を持つ、御三門の現存する男性といいますと」

上柳家には二十七歳の長男貫一郎と十七歳の次男宗次郎（そうじろう）。また室城家には四十六歳の茂樹とその長男で二十四歳の裕樹（ひろき）がいる。吉松家には二十八歳の舞太郎という男がいるが、二年前に詐欺事件を起こして現在行方不明であった。

「御三門の中に序列はあるのかしら。どの家が上とか下とか」

との円香の問いに、

「幕末のころまでは、吉松家が筆頭で、上柳家、室城家と序列があったようですが、今の家範には相続に関して優先順位の規定はなく、親族会議で決めることとされているようです」

と甲士郎は答えた。

だが、最後に御三門から九鬼梨家の相続者が出たのは文政年間というから、もう百年近くも昔の話だ。公人に万が一のことがあれば、御三門の誰がその跡目を相続するか、大もめにもめることになろう。

二

「だいたい状況はわかりました」円香はうなずいた。「警察は御三門のうちの誰かが、九鬼梨家の相続権を狙って公人殺害を試みたと考えているわけですわね」

もちろん、まだ決めつけてはいないが、有力な説のひとつと考え、御三門の男たちから事情を聞いたのは、たしかである。

その結果、事件時、十七歳の学生である上柳宗次郎だけは、自宅にいたことを使用人と隣人が証言したため、アリバイが成立した。上柳貫一郎と室城茂樹は勤務先から帰路についていたが、ともに途中、寄り道や用事をすませたりしてアリバイがない。室城裕樹は友人と会っていたと言うが、待ち合わせ時間の間に犯行が可能なことがわかり、確固たるアリバイとは認められなかった。

吉松舞太郎のみ、警察も居場所をつかめておらず、まだ話を聞けていない。

「ただ、仮に公人が亡くなっても、詐欺師の吉松舞太郎が伯爵家を相続できる可能性は皆無でしょうから、舞太郎には犯行の動機がないことになります」

「わかりました。それで、捜査はこれからどのように進めますの」

刑事課から捜査を引き継ぐことになるが、甲士郎の下で働く捜査員がいないため、刑事課からふたりほど華族捜査局へ出向してもらい、事件捜査にあたる。

今日の午後、九鬼梨家で主だった親族の会合があるので、甲士郎も立ち合って関係者から話を聞く予定になっていた。ふたりの刑事ともそこで落ち合う。吉松舞太郎以外の御三門の男子にも、その場で全員と顔を合わせる予定である。

「それでしたら、わたくしもご一緒しますわ。先方にもそうお伝えしていただけません？」

円香も加わるとなると、通常の捜査が滞りなくできるか心もとない。また九鬼梨家側もそうとう気を使うことになるだろう。

しかし、担当事件の捜査に局長が参加を希望しているのだ。これを断る理由はさすがに思いつかない。

「かしこまりました。あちらには午後三時にうかがうことになっておりますので、こちらを午後二時半に出立すればよろしいかと存じます。円香さまがご一緒することは、電話でお伝えしておきます」

「あら、それはいけませんわ。二時半から三時まではお昼寝の時間ですもの。そのあとに午後のお紅茶をいただきながら読書をして、お手紙も何通か書かねばなりませんから……、そうね、午後五時すぎにうかがうと伝えてくださいな」

「そ、それでは私だけ先に九鬼梨邸にうかがうことに――」

「まあ、来見さんって、そんな冗談もおっしゃるのね。意外ですわ、ほほほ」

結局、九鬼梨家と刑事課双方に連絡をし、訪問時間を午後五時すぎに変更する羽目になった。

九鬼梨家への電話はさいしょ甲士郎が入れたが、家令の中里春彦との会話で意味が通じない点があったため、途中で老執事に代わってもらった。

「ああ、ええ、今回はあくまでも閣下は仕事としてのご訪問ですので、音楽隊のお出迎えはご遠慮いたします。……さようでございますな。お料理の方はお任せいたします。……ええ、諸事略式ということで、では、こちらも平服で、……はい、はい、それでは」

どうやら向こうで晩餐(ばんさん)をいただくことになりそうである。

(万事こんな調子で)

殺人事件の捜査を進めていくのだろうか。甲士郎は不安になった。

第三章　晩餐会にて

一

　もし周防院邸を知った直後でなければ、九鬼梨邸の豪華さに、甲士郎は圧倒されたことだろう。じっさい、カデラックが旧下屋敷の大手門をくぐり抜けたその先にあらわれた洋館は、周防院邸を除けば、これまで甲士郎が知るどんな邸宅よりも広大で立派なものだった。総二階建で薄い水色と白色に塗り分けられた洋館は、某欧州国の公邸を移築したものとのちに聞いた。

　夕靄（もや）が包みはじめた九鬼梨邸は、周防院邸とはまた違う上品な落ち着きと、どこか不気味な雰囲気を漂わせている。

　カデラックが停まった車寄せの前には篝火（かがりび）が焚かれ、九鬼梨一族の人々が総出で出迎えていた。

九鬼梨公人と弘子や、御三門の者たちなどは、あとで紹介されてはじめて認識したが、玄関中央に主人然として立つ、洋装の老婦人が君枝であることは直観的にわかった。それだけ存在感がほかを圧倒していたからだ。そしてその背後を守るように寄りそう長身の老紳士が中里春彦であることも、容易に推測ができた。

「ようこそお越しくださいました。公爵閣下を当邸にお迎えできたことを大変光栄に存じます」

君枝がスカートの裾を軽くつまんで持ち上げて、片足を引きながら腰を屈めた。カーテシーと呼ばれる西洋婦人の間で交わされる挨拶である。君枝の前歴は知らないが、生まれながらの上流婦人のように自然な振る舞いだった。

円香は右手を差し出して握手をして、

「このたびのご不幸には、わたくしも心を痛めております。一日も早い事件の解決のために、華族捜査局も総力をあげて捜査することをお約束いたしますわ」

いったいどんな突拍子もない言葉を口にするのかと、期待と不安、相半ばする気持ちで見守っていた甲士郎は、少々拍子抜けした。案外まともな挨拶もできるのだ。

邸の中に入ると、円香は九鬼梨家の者たちと大広間に向かった。そこで歓迎の式典が催されるらしい。

甲士郎はその式典には参加せず、大広間から少し離れた小部屋で、先に九鬼梨邸に来ていたふたりの捜査員と顔を合わせた。

瀬島は四十代の巡査部長。背はさほど高くないがイガグリ頭で厚い胸板を持ち、いかにもやり手の捜査員という風貌をしている。

黒崎は甲士郎とほぼ同年代の二十代後半の巡査部長。七三に分けた髪型と黒縁眼鏡のためか、どこか銀行員か教師を彷彿とさせるたたずまいであった。

対照的なふたり組だが、荘厳な九鬼梨邸の雰囲気に呑まれたように、ともに硬い表情で部屋の隅に立ちつくしている。

甲士郎が椅子に座り、ふたりにも勧めると、敬礼して瀬島と黒崎も着席した。

「警部補殿もこのような暮らしをしておられるのでありますか」

こわごわといった様子で室内を見回しながら黒崎が尋ねてきた。甲士郎が華族の出であることを知っているのだろう。

「私は官舎住まいだし、実家だってここことは比べものにならないくらい質素な暮らしだよ」

事実だが、なにか言い訳がましいな、と甲士郎は言いながら思った。

「しかし、それにしても局長殿は、たいしたものですなあ。伯爵一族も最敬礼でしたし、事件捜査現場であのような歓迎の催しなど、前代未聞です」

瀬島は感に堪えぬ様子で言ったが、半ばあきれてもいるのだろう。

大広間の方からは管弦楽がもれ聞こえてくる。音楽隊の歓迎は辞退したはずだが、いったいどうなっているのか。

（局長はさておき）

「このあと、九鬼梨家の関係者から話を聞きたいんだが、手配はすんでいるか」

甲士郎が質すと、瀬島は、

「九鬼梨家の人々全員からもう一度、話を聞くと伝えています。また、上柳貫一郎、室城茂樹、裕樹の三人からも同じく了解をもらっています」

九鬼梨家からは事件前後の出来事について、前の証言と矛盾がないか確認し、アリバイのない御三門の三人からは当夜の行動に不審の点がないか追及するわけだ。

「私も尋問に立ち会う。資料を見せてくれ」

甲士郎は瀬島から捜査資料を受け取り、各人の確認事項などを検めた。ざっと目を通して、黒崎も交えた三人で尋問の手順を打ち合わせしていると、いつの間にか大広間の音楽が途絶えている。

「歓迎式典が終わったようだ。では、さっそくはじめよう」

甲士郎たちは立ち上がり、大広間へ向かった。

尋問をおこなうのは甲士郎と瀬島。黒崎は一カ所に集めた九鬼梨家の者たちの監視と誘導をする。午後八時からの晩餐会には、甲士郎も列席するよう円香から命じられているため、その間は、瀬島と黒崎が使用人たちの尋問をして話の裏を取る。

このような段取りを説明するつもりで大広間の扉を開けたが、すでにみな別室へ移ったようで、もぬけの殻になっている。廊下にいた使用人に質し、教えられた部屋へあわてて向かった。

二

部屋の扉を開けると、いきなり、

「あなたは中里稔さんを殺しましたか」

「いいえ、殺していません」

と、穏やかならざるやりとりの声が耳に飛び込んできた。

部屋の中を見わたすと、円状に椅子が並べられ、九鬼梨一族の者たちが着座している。

周防院円香はその環の内側に立ち、一族のひとりと握手をし、問いかけた。

「あなたは中里稔さんを殺しましたか」

「いいえ、殺していません」

そのような問答のあと、円香は隣の者とまた手を握り合い、

「あなたは中里稔さんを殺しましたか」

「いいえ、殺していません」

と問答を繰り返す。

「あのう……」

甲士郎は声をかけた。円香が振り返ったので、

「これはいったいなにを?」

「皆さんにお尋ねしているんですわ。犯人かどうかを」

円香はそう答えると、さらに数人と同じことを繰り返して、

「これで全員と握手をし終えました。わたくしには霊感がありますので、嘘は手の感覚を通して伝わります。ですので、犯人もわかるのです」

九鬼梨家の一同は唖然としている。瀬島と黒崎も半信半疑の様子ながら、おどろきの表情を隠せない。

ただひとり、甲士郎だけは醒めている。

「では、どなたを逮捕いたしましょう」

馬鹿にしたつもりはなかったが、ある種の感情が伝わったのだろう、円香は甲士郎の目を見つめて言った。

「あら、来見さん、わたくしの言葉を信じていらっしゃらないご様子ね」

と、図星を突いてきたので、甲士郎はあわてた。

「いえ、決してそういうわけでは……」

「よろしいのよ」円香は鷹揚に片手をふって、「ここにいる方々はみな、本当のことをおっしゃっています。ただ、この場にいるべきでありながら、おひとり不在の方がおられるようです。きっとその人物が犯人でしょう」

円香はきっぱりそう言い切った。

九鬼梨家の面々に当惑の表情が広がった。心当たりの人物がいる様子だ。

「どなたが不在なのです？」

甲士郎が質すと、一同を代表して中里春彦が立ち上がり、咳払い（せきばらい）をして、

「ああ、上柳貫一郎の到着が遅れているようです」

「遅れるという連絡があったのですか」

「いえ、しかし、時々そういうことがある男なので。よりによって公爵閣下のお越しの時に遅参するとは、けしからん話ですが」

春彦は苦り切った顔をしている。

「上柳氏については、このまま到着を待ちましょう。ほかの皆さんからは事件当夜について、あらためてお話をうかがいます。すでに一度、聞かれたことでご面倒でしょうが、捜査に必要ですので、ご協力をお願いいたします」

甲士郎はそう言って、事情聴取の手順を伝えた。

きっと円香から、自分も聴取に加わりたいと申し出があると思っていたが、

「では、その間、わたくしは皆さんとカード遊びでもいたしますわ」

と言ったのでほっとした。

甲士郎と瀬島は、邸内の小部屋を提供してもらい、そこにひとりずつ呼び入れて、話を聞いた。前の事情聴取で曖昧だった点や、聞き洩らした些細なことについての確認だ。各人の証言に前の聴取と食い違う点はなく、新しい事実があきらかになることもなかった。

午後八時前に九鬼梨家の者たちからは話を聞き終えた。御三門の三人からは晩餐会のあとに話を聞くことにした。

上柳貫一郎は晩餐会の時間になっても、いぜん姿をあらわさなかった。

三

「本当にこのような時でなければ、公爵さまの御渡りをもっと盛大にお祝いできたものを。もっとも今回の事件がなければ、公爵さまのお越し自体がなかったでしょうけど」

前菜の皿が下げられたところで君枝が言った。

晩餐会のテーブルは十数人が席に着ける細長い長方形で、主賓の席には当然、円香が座っている。円香の接待役を務めるのは、その斜向かいの席の君枝である。君枝の向かいには中里春彦。以下、公人、弘子、室城茂樹、室城裕樹、上柳宗次郎が交互に向かい合わせに居並んで、甲士郎はいちばん末席に腰を下ろしていた。

さいしょ、中里の席を勧められたのだが、あえて希望してこの席に着いた。ここの方が気楽なこともあるが、全体を見わたし、九鬼梨家の人々を観察するのに好都合だったからだ。

中里春彦は、君枝と円香の会話に相づちを打ち、時には自分から話題を提供して、晩餐会の盛り上げに一役買っている。これが家令の春彦の役割と言えばそうなのだろうが、ひとり息子を毒殺されたばかりの父親としてみると、強靭（きょうじん）な自制心の持ち主とも、人情味の薄い冷血漢とも思えなくもない。尋問の時も淡々と受け答えをして、決して感情を見せなかった。

九鬼梨公人は、会話にみずから積極的に加わることはないが、話題を向けられると短く的確な返答をする。尋問の時も、頭の中でよく整理して、事件の出来事をわかりやすく話していた。かなり切れ者の印象である。

九鬼梨弘子は、控えめな性格なのか、声をかけられても、「ええ」とか「はい」とか恥ずかしそうに短く応えるだけなので、あまり会話がはずまない。ただ、穏やかな笑顔を絶やさないため、隣席の室城裕樹をはじめとする御三門の男たちは、しきりと弘子に話しかけている。

甲士郎は尋問の時はじめて知ったのだが、弘子は生まれつき足が不自由なのだという。欧州から輸入したホイールチェアと呼ばれる車付椅子に座っている。邸内には弘子専用のエレベーターも設置されているらしい。

室城茂樹は、不動産業を営んでいて、公人や弘子相手に、東京郊外の住宅地に投資をするのが有望だと、しきりに説いていた。公人たちの顔つきから、あまり興味を惹(ひ)いていないのはあきらかだが、茂樹は意に介する様子もない。その脂じみた顔には、実業家らしい活力と押しの強さがあふれている。

茂樹の息子の室城裕樹は、そんな父親に時おり冷ややかな目を向けながら、横目で弘子の様子もうかがっている。なにかを企(たくら)んでいるようにも見えるが、もしかすると弘子に気があるのかもしれない。

この席で唯一の未成年の宗次郎は、誰よりも早くワイングラスを空けて、さらに二杯目も空けて、三杯目に口をつけている。未成年の飲酒を禁じる法律があるわけではないが、まだほかの誰も一杯目を飲み終えていない中で、その飲み振りは異様だった。ただ、飲んで乱れるということはなく、周囲との会話もそつなくこなしているから、アルコールに強い体質なのだろう。

主賓席のあたりでは、また今回の悲劇の話題が繰り返されていた。

「ほんとうに、歳をかさねるたびに悲しいことばかり増えて、人生の楽しみなど、なくなってしまいますのよ。公爵さまのようにまだ潑剌(はつらつ)としたお若いご婦人には、実感がないかもしれませんが」

君枝がしみじみとため息をつくと、円香は顔の前で手をふって、

「あら、わたくしも近ごろ楽しいことなど、とんとございませんわ。最後に心の底から笑ったのは、そう……夫の葬式の時ですから、もうかれこれ、二年も前のことになりますわね、ほほほほほっ」

晩餐の席を一瞬で凍りつかせた笑い声の直後に、新しい料理が運ばれてきたため、皆、救われたように、そちらへ顔を向けた。

「今夜は一段と気合が入っているようですな。こんな大きなクロッシュ、はじめてお目にかかりましたわ。いったい、どんな料理が入っているのです」

室城茂樹が大声をあげたのは、気まずい空気を紛らわすためだろうが、じっさい、サイドテーブルに置かれた釣鐘形のクロッシュは、ゆうに大玉の西瓜が入る大きさがあった。

その巨大クロッシュが載った大皿は、ふたりがかりで円香の前に移された。白い帽子をかぶった料理長とおぼしき男が、

「本日のメインディッシュにございます」

と言って、芝居がかった仕草で、クロッシュの取っ手を握って引き上げた。

金属の覆いが取り払われた大皿の上に出現したものは、どんな料理にも見えなかった。人の目は予期しないものを見ると、それを瞬時に識別できないことがある。

甲士郎の席からは少し距離があり、しかもそれが後ろ向きだったため、あらわれた黒っぽい塊がなにかわからなかった。

あらためて目を凝らし、その物体の正体を認識するより早く、金切り声の悲鳴がテーブル上を飛び交い、耳をつんざいた。

その物体とまともに対峙(たいじ)した円香が絶叫し、君枝と弘子がほぼ同時に重唱し、春彦と公人が椅子を押し倒しそうな勢いで身体を仰(の)け反らした。御三門の者たちもおどろきの声をあげ、クロッシュを手にした料理長は、そのままの体勢で固まっている。

阿鼻(あび)叫喚の食堂で、甲士郎はようやく自分が目にしているものの正体を理解した。

生首だ。人の頭部が大皿の上に盛られているのだ。

椅子から落ちないためにか、テーブルの縁をつかみながら、室城茂樹が甲士郎の方へ身を乗り出して、あえぐように言った。

「貫一郎だ。ありゃ、上柳貫一郎の首だ」

四

卒倒した円香を客室へ運び、気分が悪いという君枝と弘子をそれぞれの自室へ引き取らせ、そのほかの者たちは全員、食堂から別室へ移した。そしてすぐに瀬島と黒崎に食堂と台所を封鎖させ、さらに邸の出入口をすべて閉ざさせた。

その間に、甲士郎は警視庁へ電話を入れ、応援の要請をした。また、周防院家の老執事にも連絡をし、円香の面倒をみる者をよこすよう依頼した。

　さいしょに駆けつけた最寄りの派出所の巡査に、敷地内の見回りを命じ、君枝と弘子を除く、九鬼梨一族と使用人たちを一室に集めてしばらく待機するよう伝えたところに、刑事課の捜査員たちと鑑識係が到着した。

「華族捜査局に従うよう命じられてきましたので、指示をお願いします」

　刑事課の警部補にそう言われて、甲士郎は当惑した。

　階級は同じ警部補といっても、見たところ歳は甲士郎より十五は上だろう。しかも、つい先ごろまで保安部にいた甲士郎と違って、事件捜査の経験も豊富に違いない。

　こちらが捜査の指示を仰ぎたいくらいだが、そうもいかない。局長は気を失ってベッドに横になっている。もっとも円香がいたところで頼みになるとも思えないが。

　いずれにせよ、甲士郎が指揮を執るしかない。

「鑑識係は、生く……部分死体と食器類、そして台所と食堂から証拠の採取を、捜査員は料理と給仕に関わった使用人全員から話を聞き、どのようにして料理に異物が紛れ込んだのか、あきらかにしてください」

　甲士郎はそう言って、みずからは九鬼梨家の者たちから話を聞くと告げた。

　晩餐前の事情聴取と同じように、甲士郎は瀬島と小部屋に陣取り、まず、中里春彦を呼んだ。

「上柳貫一郎氏と最後に会った、または連絡を取ったのはいつでしょうか」

甲士郎の問いに、

「二日前、電話で今日、こちらへ来るように伝えたのが最後です」

春彦は答えた。

その三日前に中里稔の殺害事件があり、一族の主だった者たちへ、本家から事情を説明すべきと考え、上柳家と室城家の男子に集合をかけたのだという。

「今は吉松家を除く、その二家が九鬼梨一族の重鎮というわけですね」

「ほかに弁護士の青江潔がいますが、これには事件の翌朝すぐに来てもらって、すべて伝えましたので、今日は呼んでいません」

「集合時間は午後三時でしたね」

その時間に合わせて、甲士郎も当初、九鬼梨邸内で事情聴取をする予定だった。

「ええ、しかし、貫一郎だけはあらわれずに……」

首だけの姿となって、晩餐のテーブル上に出現したのだ。

「今日、貫一郎氏に連絡をしましたか」

「三時すぎに電話をしましたが、連絡がつきませんでした」

現在、貫一郎は自宅ではなく、勤め先の近くに下宿している。下宿の主人の話だと、昨日出勤したきり、帰っていないという。

「晩餐会の前にも少しうかがいましたが、貫一郎氏はどんな人物だったのでしょうか」

同じ殺しにしても、中里稔は毒殺、上柳貫一郎は首を切られ、食卓に晒された。方法がまったく異なる。貫一郎に対して、犯人はより強い憎しみをいだいていたのではないか。犯人にそこまで極端な行動を取らせた原因を、貫一郎の人となりに求めることもできるのではないか。また、これほど犯行方法が違うとなれば、別人の犯行の可能性を考慮する必要もあろう。

「たしかに貫一郎は過去にいろいろ問題を起こしたことがありました」

とくに二十二、三歳のころには、同年代の吉松舞太郎と競うように悪さを仕出かし、警察の世話になったこともあるという。

「二十二、三歳のころなら、四、五年前だと思いますが、今はどうです」

「吉松とくらべ、だいぶ落ち着いてきたようでした。世話をした就職先にも馴染んでいたようですし。まあ、時間にいい加減なところは、相変わらずでしたが」

「九鬼梨家や一族の方々との関係はどうでしたか。亡くなった稔さんも含めて」

「わたし自身は、悪い印象は持っていません。向こうも就職の世話を恩に着たのか、殊勝にしていましたし。稔との関係もとくに問題はなかったと思います。それ以外の者たちについては、直接当人からお聞きになった方がいいでしょう」

次に貫一郎の弟の上柳宗次郎を呼び入れた。

「お兄さんがあんなことになって、君も動揺しているだろうが、一刻も早く犯人を捕まえるために、捜査に協力してほしい」

甲士郎がこう切り出すと、宗次郎は首をふって言った。

「お気遣いには感謝しますが、ぼくはひとつも動揺していませんので、なんなりとお聞きください」

「それはあまり君がお兄さんを慕っていなかったという意味かね。貫一郎氏とは不仲だったのかな」

宗次郎は皮肉な薄笑いを頬に浮かべ、

「正直に言って、兄を慕っていた人物がこの世にいたとは思えませんね。おそらく誰に聞いても、鼻つまみ者だったというはずですよ」

「そうかね。しかし、中里氏からは、お兄さんが悪さをしていたのは四、五年前までだったと聞いたけどね」

「表向きはそうです。だけど、人間の本質なんてそう変わるもんじゃありません。ぼくは稔さんを殺害したのは、兄じゃないのかと疑っていたくらいですから」

宗次郎はおどろくべきことを口にした。

たしかに貫一郎には確たるアリバイはない。今日、その点をさらに追及するはずだった。しかし、アリバイのない者はほかにもいる。

「それはなにか根拠があっての言葉かね。それとも単に君の直観か」

「まあ、証拠はありません。あればとっくに逮捕されているでしょうし。ただ、九鬼梨一族の中であんな事件を起こすとすれば、今は兄くらいしか思い浮かばないんです」

「しかし、そのお兄さんもああなってしまったわけだが、近ごろ、誰かの恨みを買ったとか、争いになっていたなど、なにか思いあたることはないかね」

「さあ、兄が家を出てから、ぼくはほとんど兄がどんな生活をしていたか知りませんので」

宗次郎の話によると、貫一郎は中里春彦の紹介で、九鬼梨家の旧家臣が興した会社に就職し、その会社近くにあるほかの家臣の家に下宿させてもらっているのだという。

「会社にだって、どれほど真面目に通っているのか、わかったもんじゃありませんよ。下宿も今が三軒目です。どこでもお殿さま気取りで、わがまま放題だったそうです。一事が万事、そんな調子ですから、どこでどんな恨みを買っていても不思議はないでしょう」

実の弟、しかもまだ学生の宗次郎からここまでこき下ろされるのだから、貫一郎という男の人品がうかがい知れる。ただ、血を分けた兄弟をここまで悪しざまに言う宗次郎の人となりにも疑いの目を向けたくなる。

いずれにせよ、もう少しほかの視点の意見も聴取せねばならない。そこで次に室城茂樹を呼んで尋ねると、

「貫一郎？　あれは生まれながらの犯罪者ですよ。弟やあれの両親もよく知っているが、み

んなまともだ。貫一郎だけがひとり、異常に生まれついたんでしょう。九鬼梨の一族からは時々、こんな腐りきった人間が出るんですわ」

「しかし、今回、貫一郎氏は被害者です。とくに誰かに深く恨まれていたとか、なにかご存じのことはありませんか」

「そりゃ恨んでいた者は、いっぱいおるでしょう。だが、あの貫一郎が殺される側に回るとは、それだけは意外でした。いや、首を切られたくらいで本当に死んでいるのか、わかったもんじゃない。早く胴体の方も見つけて、心臓が止まっていることを確認した方がよろしいですぞ、ははははは」

どうやら茂樹は待ち時間にだいぶ聞こし召したらしい。

「では、このへんで……」

辟易(へきえき)して甲士郎が聴取を切り上げかけると、

「そうそう」茂樹が手を打って、「ひとつ思い出しました。今夜とそっくりな事件が昔あったのを」

聞き捨てならない。甲士郎は身を乗り出して、

「どういう事件です。誰かが首を切り落とされたのですか」

「ええ、と言っても、人間の首じゃありません。あれは公人さんの元服の席でした。祝いの兜が犬の首にすり替えられていたんです」

茂樹は、舞太郎の子供のいたずらと言うには過激すぎる事件を語った。甲士郎は事件のあまりの邪悪さに眉をひそめた。

「その時、吉松舞太郎はいくつだったんですか」

「十三、四でしょうな」

犬の首を切り落とし、伯爵家の御曹司の元服を血で汚し台無しにする行動を、わずか十三、四でやり遂げるのは、ある種の才能が必要かもしれない。あふれるほどの悪意と異常性も。

当時の記憶をよみがえらせたのか、茂樹もすっかり酔い醒め顔で、

「あの歳であんなことを仕出かす輩(やから)ですからな、その後の体たらくも納得ですわ。殺された貫一郎も貫一郎ですが、振り返れば舞太郎はそれ以上の悪党です。そうだ、きっとあいつが今回の事件の犯人で間違いありませんよ」

と決めつけた。

(どうだろう)

たしかにふたつの事件には共通点がある。しかし、舞太郎の事件は、九鬼梨家の者たちなら、みな記憶しているはずだ。舞太郎に容疑が向くよう、あえて手口を模倣したと疑えなくもない。

(いずれにせよ)

吉松舞太郎も有力な容疑者のひとりに数えねばならないのは確かだろう。

甲士郎が次に公人を呼ぶよう、瀬島に命じた時、とつぜん、廊下側の扉が開き、円香が姿をあらわした。

「よろしいのですか、もう」

甲士郎が立ち上がると、円香はなんでもないというようにうなずいて、

「もちろんです。先ほどは取り乱してしまって、わたくしとしたことが、とんだお騒がせをいたしました。それで、捜査の方はどうなりました？　あのく……、どなただったか、わかりましたの」

甲士郎は、上柳貫一郎の首だったこと、今、関係者から貫一郎の話を聞いていることを伝えた。また、吉松舞太郎の過去のエピソードと今回の事件との相似にも触れた。

「そうですか。それではわたくしも、ご一緒してお話をうかがうことにしますわ」

と円香は、先ほどまで甲士郎が座っていた椅子に腰を下ろしてしまった。しかたなく甲士郎は、瀬島の席に移り、瀬島には隣の部屋から椅子を持ってくるよう命じた。

瀬島が九鬼梨家の人々が控える部屋の扉を開けると、大きなざわめき声が聞こえてきた。どうやらこちらでも、自室で休んでいた君枝が姿をあらわしたらしい。

甲士郎が立ち上がり、扉から隣室をのぞくと、

「これは呪いです。首なし村の呪いです。貫一郎は呪い殺されたのですよ」

君枝が一族の者たちに訴えている。さらに血走った目で、家令を見すえ、

「中里、すぐに貫一郎の首を祭壇に供えて御祓(おはら)いをしなさい」

命ぜられた中里春彦は、

「かしこまりました。ただ、今、首は警察の検分を受けておりますので、それがぶじ終わり、返却されたのち、祭壇に供えて供養と御祓いをいたしましょう」

と言って、うやうやしく頭を下げた。

なにかひどく、春彦に親近感を覚えるのは気のせいか。

しかし、君枝は円香よりもさらに手強(てごわ)いようで、

「それでは遅すぎます。ただちに御祓いをせねば、一族の者、皆に祟りがおよびますよ。すぐに警察から貫一郎を取り返しなさい」

と無理難題を主張してやまない。さらに自身の言葉に興奮を募らせたように、

「今すぐですよ。ここにすぐに持ってくるのです。さあ、早く、首をここに――」

ほとんど絶叫に近い声を張り上げ、途中で力尽きたのか、のぼせたのか、身体をふらつかせた。

「おばあさま」

公人が駆けより、君枝を支えようとするが、支えきれず共倒れになりそうになる。そこへ春彦が反対側から力を添えて支え、

「裕樹君、医者を呼んで。宗次郎君は水を」

と命じ、君枝の身体を長椅子に横たえた。君枝は意識を失ったようにぐったりとしている。

それからしばらくして君枝は意識を取り戻したが、まだぼうとした様子で、先ほどの元気はない。

「裕樹君、宗次郎君」

春彦の指示で、裕樹と宗次郎のふたりで君枝を自室へ戻した。

一連の騒動がようやく鎮まると、甲士郎とともに観察していた円香は、

「なかなか興味深い光景でしたわね」

とつぶやいた。

五

このあと、甲士郎は円香を交えて事情聴取を再開し、九鬼梨公人と室城裕樹から話を聞いた。

死亡した上柳貫一郎に最後に会ったのは、公人と裕樹ともに、およそ一カ月前の親族の会合で、その時は特に変わった様子はなかったという。貫一郎の人となりについては、ふたりとも言葉を濁し、あけすけな言い方はしなかったものの、先の上柳宗次郎と室城茂樹の証言

を否定することもなかった。

また、吉松舞太郎については、過去の事件は覚えているが、ここ二年以上、顔を合わせておらず、今回の事件との関係はなにもわからないとのことだった。

「君枝さんと弘子さんからもお話をうかがいたいですわね」

ふたりの事情聴取が終わると、円香が言った。

そこで春彦に申し入れたが、

「おふたりとも睡眠薬を飲んで休まれていますので、お話しできるのは、明日の朝以降になるかと存じます」

とのことだった。

「どうします」

甲士郎が円香に意向を尋ねると、

「まあ、仕方ありませんわね。お休みでは、わたくしの霊感も通じないですし、その間、向こうだって逃げも隠れもできないんですから、明日でかまいませんわ。でしたら、お台所を調べていた人たちから、結果をうかがいましょうよ」

捜査の段取りは心得ているようだ。

突拍子もない言動に気を取られて、円香を見くびり過ぎていたかもしれない。霊感信奉はいただけないが、捜査への意欲が旺盛なのは歓迎すべきことだろう。

「さっそく手配します」

甲士郎は刑事課の捜査員と鑑識係を呼んで、これまでの捜査の報告を求めた。

まず、料理人たちから聞きだした情報から、貫一郎の首が載せられた大皿には、本来、鴨の丸焼きが用意されていたことがわかった。鴨は台所のオーブンで焼かれ、午後七時には大皿に盛られ、クロッシュをかぶせられた。その様子は台所にいた数人の料理人が目にしている。大皿はその後、晩餐のテーブルに供されるまで、台所の隅の棚に置かれていたという。

「つまり午後七時から八時すぎに食堂へ運ばれる一時間強の間に、鴨が首に入れ替わったわけだな」

甲士郎が言うと、捜査員はうなずいて、

「鴨の丸焼きは、棚の横にある塵箱の中に捨てられているのが、先ほど発見されました」

「七時から八時すぎの間に台所に入れた者は限られているんじゃないか」

甲士郎の問いに、捜査員は首をふった。

大皿が置かれた棚のすぐ近くに戸口があり、食材などが保管されている外の物置と行き来するため、調理中、ずっと開放されていたという。また、晩餐会の準備中はかなりあわただしく、料理人たちも調理に集中していたので、もし、何者かがその戸口から侵入し、鴨と生首を入れ替えて出て行っても気づかなかっただろうと証言している。

「だとすると、容疑者を絞るのは難しいかもしれないな」

甲士郎は今夜七時から八時の間のことを振り返ってみた。

先日の中里稔毒殺事件について、九鬼梨家の者たちから話を聞いていた時間にかさなる。ひとりあたりの所要時間は、十五分から二十分ほどだった。待ち時間中はみな一室に集めていたが、用足しや気晴らしの散歩で、短時間席を立つ者も多く、各自のアリバイを確定するのは困難と思われる。また、台所の戸口から入って、大皿に生首を据えることは、外部の人間にもできたはずだ。つまり、誰にでも犯行が可能だったといえる。

「あら、そう決めつけてしまうのは早計ですわよ」

円香が言った。

「と申しますと」

甲士郎が質すと、円香は、

「上柳貫一郎さんがいつ殺されたかによって、犯行に要する時間も変わりますもの」

すでに貫一郎が殺されて生首の状態になっていたなら、事情聴取の待ち時間の間に部屋を抜け出して、首を大皿に盛ることも可能だったろう。しかし、貫一郎を殺害し、首を切り落とし、その首を台所へ移動させる、という行動を一時(いちどき)におこなったとすれば、かなりの時間を要したはずだ。この場合、九鬼梨一族の者たちに犯行は不可能になる。

「ですから、貫一郎さんの死亡時刻の特定が、とっても重要ですわ」

「なるほど」

共犯者がいればまた事情が変わってくるが、たしかに指摘は妥当である。少し悔しい。

「死亡推定時刻は割り出せそうかね」

甲士郎が問うと、鑑識係は自信なさげに首をかしげ、

「じつは首は酒に浸けられていた形跡がありまして……」

ただでさえ、首だけでは死後変化を判別しにくいうえに、アルコール浸けにされたことで、いっそう死亡時刻の割り出しが困難になったという。また、犯人がアルコール処理に加えて、首を冷やしたり温めたりしている可能性もあるので、死後硬直も決め手にならない。

「ということで目下、上柳の胴体と首が浸けられていた容器の発見に全力を注いでいます」

と捜査員が告げた。


真夜中になって首が浸けられていたと思われる革袋が、邸裏の木立の中から発見された。報せ(しら)を受けて、甲士郎と円香たちも、すぐに現場に向かった。

発見された革袋は葡萄酒(ぶどうしゅ)を入れるためのもので、人の首を入れるのにちょうどいい大きさがある。九鬼梨邸のものでないことは、複数の使用人の証言から確認された。

発見現場は台所の戸口からさほど離れていない。革袋は樫(かし)の木の根元に無造作に投げ捨てられていたという。今も周辺を数人の捜査員と鑑識係がカンテラを手に探索しているが、ほかの遺留品は発見できていない。

「ここなら、邸内、邸外の者、どちらでも立ち入れただろうな」

カンテラで周囲を照らしながら、甲士郎はそう結論づけた。

「革袋に指紋は残っていましたか」

円香が尋ねたので、捜査員はおどろいたような顔をした。

個々人で紋様を異にする指紋が、犯罪捜査の個人認証に採用されたのは、本邦では明治四十四年のことで、まだ一般に広く認知されているとはいいがたい。

鑑識係によると、革の表面から残留指紋を検出するのは、現在の技術では困難らしい。また、革袋全体に表面をていねいにぬぐった痕跡があり、いずれにせよ指紋は残されていなかったと思われる。

このあともさらに九鬼梨邸敷地内の捜索が続けられたが、事件に関わりがありそうな手がかりを発見することはできなかった。

六

捜索開始から数時間、空が白み、闇に沈んでいた建物もそれを取り囲む深い木立も広大な庭園も、朝靄の中からうっすらとその姿をあらわしはじめた。

甲士郎は捜査員たちに、捜索を中断し、見張りを残していったん引きあげるよう、指示を出した。

甲士郎もとりあえず官舎に戻るつもりだが、もし事件の捜査が長引くようなら、九鬼梨邸の近くに拠点を持った方がいい。中里春彦に近所に下宿ができそうな家がないか聞くと、

「そういうことなら、この邸内の一室をお使いになったらいかがでしょう」

と勧めてきた。

たしかに九鬼梨邸に寝泊まりできれば便利に違いないが、さすがに捜査対象となっている相手から、部屋の提供を受けるのはまずいだろう。

「せっかくですが……」

「とってもありがたいお申し出ですわ。中里さん、わたくしのお部屋もお願いいたします」

と円香が言ったので、甲士郎はあわてて部屋の隅へ円香をいざない、

「円香さま、この邸に泊まるのは、とってもよいお考えですが――」

「来見さん、わたくしの考えに反対なら、反対とおっしゃってよろしいのですよ。いちいちそんな回りくどい言い回しをされなくても」

「……え――、かならずしも反対ではありませんが、もし、九鬼梨家の者の中に犯人がいると、円香さまの御身(おんみ)にも害がおよぶ恐れもございますし……」

「そんなことは百も承知です。ここに泊まろうが泊まるまいが、殺人事件の捜査に関わっているのですから、危険は覚悟のうえですわ」

円香がそれでよくても、もし、円香の身にもしものことがあれば、甲士郎は言わずもがな、警視総監の首だって危うい。

「しかし、ただ捜査するのと、敵の巣窟に泊まり込むのとは、かなりの相違があると思いますが」

「もちろんです。虎穴に入らずんば虎子を得ず。どちらがより捜査が進むか、くらべるまでもありませんわね」

そう言うと円香は甲士郎を置き去りに、春彦の方へ戻り、宿泊部屋についての注文を出した。自分の使用人たちも泊まらせるつもりのようで、部屋数や広さや設備について、法外と思える希望を述べ立てている。

九鬼梨側がこれに応ぜられず、宿泊を断ってくることを内心期待したが、春彦は平然とうなずいて、

「すべて承りました。前に宮様のご一行にお泊まりして頂いたこともございますので、閣下にもご満足いただけると存じます」

「それではよろしくお願いいたしますわ」

円香はにっこりと微笑んだ。

甲士郎と円香が、官舎や周防院邸に連絡を入れ、宿泊の支度を整えている中、九鬼梨邸に

新たな訪問者があった。

玄関先で止めた見張りの巡査が、甲士郎と中里春彦を呼んだ。

「こちらの弁護士だと申しております」

巡査に言われて、甲士郎と春彦が表に出ると、身なりのよい白髪の紳士が立っていた。そつけなく会釈を交わした春彦が、弁護士の青江潔だと紹介した。

「昨晩は仕事で横浜に行っておりまして、先ほど戻って事件の報せを聞き、駆けつけました」

青江はそう言って、まず、君枝をはじめとする九鬼梨家の者たちのぶじを春彦に確認した。君枝と弘子が睡眠薬を飲んで休んでいることを知らされると、

「では、公人さんにお会いしたいのですが、よろしいですかな」

許しを得て、青江が公人の部屋へ向かうと、甲士郎は春彦に質した。

「青江氏と九鬼梨家は、法律関係だけでなく、深く結びついているようですね」

「もともと青江家は阿野六人衆と呼ばれた譜代の一家で、江戸後期に九鬼梨本家の血筋が入り一族となっています」

また、二年前に亡くなった青江潔の父、青江幸之助は先々代の九鬼梨武清と君枝の信が篤く、長らく九鬼梨家の法律顧問だっただけでなく、親族と旧家臣の親睦会である阿鬼会の会長も務めていた。幸之助が亡くなったあとの会長職を中里春彦が継いだという。

青江潔は幸之助が亡くなるまで、別の法律事務所に所属していたが、時おり父の仕事も手伝っていたので、九鬼梨家との付き合いは長い。幸之助没後に潔が法律顧問となっている。

「どなたが来られたのですか」

宿泊する部屋の下見を終えた円香が階段を下りてきて、甲士郎に声をかけた。

青江弁護士が来たことを告げると、

「ああ、そうですか」円香は手で口元を隠してあくびを嚙(か)み殺しながら、「これからわたくしはお昼まで休ませていただきますので、弁護士さんの話をうかがうのはそのあとにしますわ。来見さんもそうなさいよ」

円香はそう言い残し、また階段を上がり、二階に用意された特別客室へ向かった。

広間の柱時計は八時半をさしている。昨晩、晩餐のテーブルに貫一郎の生首が出現してからおよそ十二時間が過ぎた。たしかに休みも必要だ。

甲士郎が見張り役の巡査たちにあとを託して、円香の特別室の近くに用意された宿泊部屋へ向かおうとすると、

「警部補、本庁から電話が入っています」

と呼び止められた。

電話に出ると、本庁刑事課の警部からで、急ぎ伝えたいことがあるので、ただちに登庁せよという。用件を尋ねたが、着いたら話すと電話を切られた。

第四章　首と死体

一

人力車を走らせて、甲士郎が本庁に着いたのは午前九時半すぎ。ただちに刑事課に顔を出すと、電話で話した警部が手招きをした。

「そっちもとんでもない事件のようだな」

席へ近づくと、いきなり警部が言った。

「ええ、本当に大変な事件です」

甲士郎は昨晩の晩餐会での出来事と、その後の捜査状況を語った。

警部は興味深そうに話に耳を傾け、甲士郎が語り終えると、

「じつはな、昨日、芝で首なし死体が発見された」

と切り出した。

その事件なら昨日、ちょうど円香と刑事課を訪れた時に騒ぎとなっていたので知っている。

甲士郎がそう伝えると、

「うむ、その死体を捜査員がいろいろと調べたんだが」

直接身元をあきらかにするようなものは身に着けていなかった。おそらく犯人が手がかりになりそうなものを持ち去ってしまったのだろう。さらに死体も焼いて、完全に身元を隠蔽（いんぺい）しようとしたらしいが、火は死体の上半身の一部を焼いただけで、自然鎮火していた。

「で、焼け残った衣装の生地と履物から、かなり裕福な人物だとわかった」

とくに履物は高級品で、帝都でも扱う店が限られている。また、そのような高級履物店は顧客を把握している。そこで捜査員がしらみつぶしに一軒一軒回って聞き込みを行ったという。

「そうして該当する履物の購入者を数人、割り出した」

「もしかして」甲士郎は勘を働かせて、「上柳貫一郎がそのひとりなんですか」

警部はうなずいた。

「今朝、報告を受けて、聞き覚えのある名があったんで連絡を入れたのだ」

昨晩、刑事課に応援要請の電話を入れた時、対応した別の警部に被害者の名を告げていた。それがこちらの警部の耳にも入っていたらしい。

「まだ、両事件の被害者が同一と確定したわけではないが、とりあえず、捜査は一本化した方がいいだろう」

もっともな話だ。こちらにも事件を独り占めする気持ちなど毛頭ない。もし刑事課が捜査の指揮を執るというのなら、喜んで指揮下にも入るつもりだ。

「わかりました」

「では、こちらの捜査資料は、すべてそちらへ移管する。すでに応援に行っている捜査員は、捜査が一段落するまで自由に使ってもらって結構だ。では、よろしく頼む」

と警部は席を立ちかけた。

「ちょっと待ってください」甲士郎はあわてた。「共同捜査ではないのですか。もしどちらか一方にするなら、事件捜査に精通した刑事課の担当とするのがよろしいのでは」

「まず、被害者は上柳貫一郎で間違いないだろう。そして首が発見されたのは九鬼梨家の本邸。それなら華族捜査局が捜査するのが筋だ。こういう時のために作られた部署なのだから」

もっともな言い分なので、反論の余地がない。

その場で首なし死体事件を調べていた捜査員から事情説明と関係書類の引き継ぎを受けて、昼すぎにまた九鬼梨邸に引き返したのだった。

二

九鬼梨邸に戻った甲士郎を、中里春彦と青江潔が迎えた。春彦は少し仮眠をとり、その間、青江は公人や使用人たちから事件の話を聞いたという。君枝と弘子はまだ睡眠薬で眠っており、円香も姿を見せていない。

「警視庁でなにか新しい事実がわかりましたか」

春彦の問いに、

「いえ、いろいろ情報はありましたが、まだたしかに言えることはなにもありません」

と甲士郎は言葉少なに答えた。

首なし死体が貫一郎だとの確証はまだないのだから、嘘は言っていない。いずれにせよ事件関係者に、みだりに情報をもらすつもりはなかった。

それからしばらくして、いったん官舎に帰っていた瀬島と黒崎をはじめとする捜査員たちが戻ってきた。

邸内に確保した甲士郎の部屋に、この者たちを集めて臨時会議を開き、芝の首なし死体事件の被害者が上柳貫一郎らしいことと、今後、両事件を華族捜査局が担当することを告げ、捜査の分担を決めた。

瀬島を首なし死体事件、黒崎を生首事件の班長として、収集した情報を甲士郎に上げる態勢を整えたところで、周防院家から来ている使用人を呼び、円香の様子を尋ねた。

「午後二時になるが、まだお休みか」

「先ほどお目覚めになり、今、お食事をとられています。これからお湯浴みのあと、ひと休みされますので、午後四時ごろにお部屋へお越しくださいとのことです」

つねに事件捜査は一刻を争うものだが、相手が相手なので仕方がない。この間に自分も少し睡眠をとっておこう。甲士郎は見張りの巡査に三時半に起こすよう頼んで長椅子に横になった。

目を閉じてたちまち眠りに引き込まれようとしたその時、部屋の外で言い争う声がした。ひとりは瀬島のようだ。甲士郎は舌打ちをして起きあがり部屋を出た。

瀬島が、三十前後とおぼしい身なりのいい男の前に立ちふさがり、それに対し男が抗議の声をあげている。

「なにごとだ」

甲士郎が質すと、瀬島がほっとした顔で振り返り、

「事件の捜査を手伝うから、中に入れろと、この男が無理やりここまで――」

男は落ち着き払った態度で甲士郎の方を向いた。身なりのよい服装、帽子、ステッキ。その気取った恰好に見合った整った顔立ち。やや冷たさを感じさせる瞳の奥からは、知性と溢

れるばかりの自信がにじみ出ている。

　甲士郎のもっとも苦手とする種類の人物とみた。

「いったい、あなたは――」

　甲士郎の問いをさえぎって、男は手を差し出し、

「ぼくの名は白峰諒三郎、亡くなった上柳貫一郎氏は知り合いでした。公人さんはぼくの大学の後輩でもあります。ロンドン留学時代、ぼくはスコットランドヤードで先進的な捜査法を学んでいますので、よろしければ、みなさんに手ほどきしてさしあげましょう」

　生まれてから一度も人に頭を下げたり、挫折を味わったことがないような、不遜な物言い。こういう人間は甲士郎の周囲にはたくさんいる。もしやと思い、

「失礼ながら、白峰侯爵のご親戚ですか」

「ええ、長男です。あなたはたしか来見伯爵のお血筋ですよね」

　なるほど、やはり生まれながらに特権を有し、それを当たりまえと信じて疑わない貴公子だ。ちなみに白峰家の侯爵という位は、甲士郎の実家の伯爵より一段格上になる。

　しかし、ここはひとつ、ぴしゃりと言ってやらねばなるまい。

「ご厚意はたいへんありがたいですが、これは殺人事件の捜査です。警察の仕事です。スコットロンドとやらでなにを勉強したのか存じませんが、余計な口出しはお控えください」

　白峰はなにかあきれたような顔で、

「いえ、スコットランドヤードとはですね――」

言いかけたところで、階段を下りてきた公人が、

「おや、白峰さん、お越しいただけたのですか」

「やあ、公人君、このたびはとんだ災難だったね。しかし、ぼくが捜査に加われば、解決は間近だよ」

なにを勝手なことを。甲士郎が抗議の声をあげようとすると、

「ぼくが捜査に参加することは、すでに公爵閣下もご承知のことですから、来見さんもご協力をお願いします」

白峰の言葉に耳を疑った。

「本当にそんなことを、まど、公爵がおっしゃったんですか」

「ええ、先ほどお電話でお許しをいただきました」

まったく、いったいなにを考えているのか。得体のしれない素人を殺人捜査に加えるとは。

唖然とする甲士郎を尻目に、白峰は公人に向きなおり、

「広間で中里さんにお会いして、事件のおおよその内容は聞かせてもらった。これはきわめて単純な事件だよ」

自信満々に断言する。反発を覚えた甲士郎は横から問い質す。

「では、あなたには犯人がわかっているのですか」

「ええ、はっきりとわかっています」

「何者です」

「吉松舞太郎という、九鬼梨一族の若者です。ぼくもよく知っている舞太郎の過去の所業と今回の事件の手口を照らし合わせれば、犯人であるのはあきらかです」

どんな意外な真相を披露するのか、身構える気持ちでいた甲士郎は拍子抜けした。

「吉松舞太郎なら、警察でもすでに容疑者のひとりとして把握しています。過去の悪行と今回の事件の相似についても承知していますよ」

「では、もう手配をかけたのですね」

「ええ、前から詐欺容疑で知能犯係が追っています」

「それだけでは手ぬるいんじゃありませんか。これほどの凶悪事件を起こした犯人に対して」

「しかし、今のところ手口の類似以外、舞太郎の犯行だと示す証拠はないですからね。あえて手口を真似て、別人が舞太郎の犯行に見せかけた線だってあるでしょう」

警察も人手が有り余っているわけではない。むしろ不足している。現状、吉松舞太郎捜索の人員を増強する余裕はなかった。

白峰はありありと馬鹿にするような表情を浮かべ、

「舞太郎の犯行に見せかけた別人の線はありえませんね」

「なぜそう言えます」

「よろしいですか」白峰はステッキで床を二、三度、突きながら、「今回殺された上柳貫一郎君は健康な青年でした。その貫一郎君が簡単に殺されたのは、よほど信用する相手だったからに違いありません。また、かなり屈強な肉体を有しているでしょう。そのような人物は一族では吉松舞太郎しかいません。そして今回の事件が一族に深く関わる人物の犯行であることもまたあきらかです。よって、犯人は吉松舞太郎しかありえないのです」

貫一郎と舞太郎は、少年時代からたびたび一緒に非行をおこなっていた悪友同士。そのふたりがなんらかの行き違いから、殺し殺されの関係になった。

「ない話じゃないでしょうが、今の段階でそうだと決めつけるわけにはいきません」

今はまだ決め打ち捜査をする時ではない。ありとあらゆる可能性を考え、すべてを疑ってかかり、手がかりを収集する段階だ。

「そうですか、それでしたらぼくはぼくで独自に舞太郎の行方を捜します」

白峰はそう言って公人を伴い、甲士郎の前を去った。

三

午後四時になったので、円香の部屋を訪ねると、円香は紅茶を飲みながら読書をしていた。

「あら、来見さん、どうされたの」

円香は顔をあげて、小テーブルにティーカップと本を置いた。

「昨晩の事件の捜査でございます」

「そうでした。弁護士さんともお話ししなければなりませんわね」

「その前に、質問がございます」

「なんでしょう」

「白峰諒三郎氏に事件捜査への参加をお許しになったのでしょうか」

「ええ、協力したいとお電話いただきましたので、是非にとお伝えしましたのよ。それがなにか」

「部外者を捜査に参加させると、いろいろ不都合がございます」

「でも、大勢で捜査した方が楽しいでしょう。白峰さんはわたくしもよく存じていますけど、とっても頭の切れるお方ですから、きっと捜査にもいい影響がありますわ」

これ以上なにを言っても無駄だろう。ため息を胸の奥に飲み込み、

「あともうひとつ、今朝がた判明した新事実がございますので、お聞きください」

と、芝の首なし死体事件を伝えた。

「まあ、あの事件の被害者が、昨晩のあの……」

「今、さらに詳しく検視をしているところですが、おそらく上柳貫一郎に間違いないでしょ

う」

「とすれば」円香はティーカップを取り上げながら、「わたくしたちが九鬼梨邸へ行くよりずっと前に、貫一郎さん殺害は実行されていたのですわね」

「そういうことになります」

つまり九鬼梨一族の者たちすべてに、料理と生首を入れ替える機会があったということでもある。

「正確な死亡時刻はもうわかりましたの」

「まだですが、法医解剖である程度絞り込めるでしょう」

甲士郎は、本庁で目を通した捜査報告書の内容を語った。

首なし死体が発見されたのは、丸の内にある貿易会社が所有する芝の倉庫の中だった。昨日の朝九時のことである。前の晩施錠したはずの入口の扉が開け放たれていたため、社員が中を検め、異様な死体に気づいたのだ。

数日前に出庫をしたばかりの広々とした倉庫の床に、死体は横たわっていた。異様なのは死体の首が切り落とされて失われていたことと、おもに上半身が焼けただれていたことである。現場の状況から、殺人の実行も首を切断したのも死体に放火したのも、発見現場の倉庫内だったことが推定された。

「それにしても妙ですわね。どうして犯人は全身を焼き尽くさなかったのでしょう」

円香が首をかしげた。

首は持ち去られ、身元を特定する持ち物も無くなっていた。もし衣服と履物もすべて焼いていたら、上柳貫一郎にたどり着くのに、もっと時間を要したはずだ。

「おそらく犯人は全身を焼くつもりだったと思われます」

死体には少量の灯油がまかれていた。しかし、犯人は燃焼を最後まで見とどけずに現場を離れたため、火が途中で消えたことに気づかなかった。

倉庫内に煙が充満したか、目撃される危険を恐れて早めに立ち去ったのが仇となったのだろう。倉庫にはガラス窓がついていたので、炎は外部からも目視できたはずだ。

「でも、油があっても途中で火が消えることがあるんですか」

「人の身体を焼くのは、案外、難しいことなのです」

人体の六割は水分なので、相応の火力がないと燃焼を持続させられない。周囲に可燃物がない場合、死体と衣服にわずかな灯油をふりかけたくらいでは、消えることも充分あり得るのだ。

犯人はそれを知らなかったのか、あるいはそれほど身元の隠蔽に執着しなかったとも考えられる。いくら怪事件が多発する帝都でも、首なし死体事件と生首事件が連続して起きれば、いずれ二件が結び付くのは避けられなかったはずだ。

「でも、でしたら犯人はなぜわざわざ首を持ち去って、あんな悪趣味なお披露目をしたのかしら」

晩餐会の悪夢がよみがえったのか、円香はおぞましげに身体をふるわせた。

たしかに犯人は危険を冒して、生首を食卓に供している。なにか意味があると考えるのが自然だ。

「ところで、犯人の目星はつきましたの」

唐突に円香が尋ねてきた。

「いいえ、まだ捜査は緒についたばかりですので」

「あら、そうですの。なんだか捜査って、まどろっこしいですわね」

「警察の捜査に間違いがあってはなりませんので。そう言えば、白峰氏は吉松舞太郎の犯行に間違いないと決めつけていましたが」

「来見さんはどう思いますの」

「ひとつの可能性ではありますが、まずは舞太郎を捜し出して事情を聞かねば、なんとも申し上げようがありません」

過去の首切りのいたずらと今回の事件に関係はあるだろう。しかし、同一犯なのか、そう装ったのか、まだ判断がつかない。

「円香さまはいかがお考えでしょうか？」

甲士郎が逆に尋ねると、

「そうですわねえ、舞太郎さんが犯人ではあまりにも当たり前で面白くありませんわね。この事件の底にはもっと因循姑息でおぞましい怨念が渦巻いているように感じます」

「…………」

甲士郎が相づちを打ちかねていると、

「そういえば、事件のあと、君枝さんが首なし村の呪いがどうのと、おっしゃっていましたわね。きっとそこに事件の謎が隠されていますわ」

円香は確信ありげに言った。

「もちろん、君枝への事情聴取はしっかりとおこなうつもりです」

どうも円香は、呪いとか霊感とか、非科学的なものへの信仰心がつよい。科学捜査の発展、進歩の著しい現在において、迷信は真相究明に百害あって一利なし。円香に振り回されないよう、心してかからねばなるまい。

「ではさっそく、君枝さんにお会いしましょうよ」

甲士郎の心を知ってか知らずか、円香はうながす。

そろそろ君枝も目覚めたころかもしれないが、先に弁護士の青江から話を聞いておくべきではないか。

甲士郎が迷っていると、部屋の扉がノックされ、瀬島が顔を出した。

「今、鑑識から連絡がありまして、芝の首なし死体、指紋から上柳貫一郎だと確認できたそうです」

「照合する貫一郎の指紋があったのか」

「ええ、三年前に無銭飲食で捕まって、本庁に指紋原紙が保管されていました」

「無銭飲食……、華族の関係者がまたつまらんことをやらかしたもんだな」

甲士郎自身も華族の関係者であるだけに、このような愚行がいかに一族へ迷惑をおよぼすか、よく知っている。

「店側の態度が気に入らず、支払いを拒否したため、警察に引っ張られたようですが、結局、弁護士が来て、釈放されています」

事件化はしなかったが、事情聴取の際に取られた指紋だけが警視庁に残っていたわけだ。

「やはり、生前の貫一郎にはいろいろと問題行動があったようです。まずは弁護士から事情を聞いてはどうでしょう」

と甲士郎は円香に勧めた。

四

呼ばれて室内に入った青江潔は、まず正面に座る円香に深々とお辞儀をし、拝顔の栄に浴する感謝の言葉を長々と述べた。

挨拶の儀式が一段落つくと、甲士郎は、青江に着席をうながした。

「昨晩、生首で見つかった貫一郎さんですが、芝の倉庫で発見された死体も貫一郎さんと確認されました。まず、生前の貫一郎さんについて教えてください。さまざまな問題を起こしていたようですが」

甲士郎の問いに、青江は首をふって、

「いろいろあったのは数年前のことで、最近は落ち着いていましたよ。仕事に就いたのがよかったのでしょう」

「そうですか、しかし、三年前、警察沙汰の騒ぎを起こして、あなたが尻ぬぐいしたんじゃありませんか」

青江は一瞬、怪訝な表情をして、

「ああ、それは父の幸之助です。三年前なら、まだ私は九鬼梨一族の仕事はほとんどしていませんので」

「ではお父上から、このような一族の不祥事について、なにか聞いたりはしていませんか」

「そうですねえ……」

吉松舞太郎や上柳貫一郎の素行が定まらないとの愚痴は時々、もらしていた。ただ、具体的な事件の詳細までは聞いていないという。

「ところで青江さん」甲士郎は言った。「あなたは幸之助さんが亡くなられるまで、別の法律事務所で弁護士活動をされていたそうですが、なぜ、お父上のお仕事を積極的に手伝わなかったのですか」

「それが父の意思でしたから。じつは父の死後も別の方が九鬼梨一族の法律顧問に就くはずでした」

しかし、予定していた弁護士が中風で倒れてしまったため、青江にお鉢が回ってきたのだという。

「なぜ、幸之助氏はあなたにあとを継がせたくなかったのでしょう」

その資格がないのならともかく、弁護士にはなっているのだから、手元に置いて修業をさせてもよかったはずだ。

「利益相反を避けるためです」

青江家も九鬼梨一族で、伯爵家の相続権こそないが、親族会議の一員で、ほかにも九鬼梨一族関連の組織の多くに役員として名を連ね、配当などの報酬も得ていた。

「そういった事情で、過去に父幸之助も固辞したのですが、当主の武清さんの頼みを断りきれなかったのです」

幸之助が法律顧問に就任した明治初頭のそのころは、法律も未整備で公私の別もそれほど厳格ではなかった。しかし、現在は多くの決め事に法的な裏付けや公平性が求められる。

「じっさい、弁護士としての仕事と、九鬼梨一族の利益が対立するようなことはあるのですか」

「ほとんどありませんが、まあ、なにかと陰口を叩かれやすい立場なので、私も早く後任を見つけるつもりです」

巨大な権力と富を有する一族ゆえに、複雑に利害関係が絡み合い、わずらわしい思いをすることも多いのだろう。

ここで円香が口を開いて、

「青江さん、ご家族はいらっしゃるの」

「はい、愚妻と豚児がございます」

「奥さまもご一族ですの」

「室城の出です」

青江真知子は室城茂樹の姉で、裕樹の伯母にあたる。潔と真知子の長男の洸は二十二歳で法律学校に通う学生だという。

「もし伯爵家に相続問題が起きた際は、青江さんは室城家の味方をされるのでしょうか」

「そのような誤解を招きますので、一日も早く辞任したいのでございます。ただ、万が一、九鬼梨本家の相続者を御三門のいずれかから選ぶようなことになっても、私はその議決からは外れるでしょう」

採決には参加しなくても、法律顧問として様々な助言をし、投票結果に影響をおよぼすことはできるかもしれない。しかし、妻の実家に便宜を図るくらいはしても、殺人まで起こすかと言えば疑問だ。少なくとも今のところ青江弁護士に、今回の事件に関与するつよい動機があるとは言いがたいだろう。

「あとひとつ、君枝さんについておうかがいします」

円香の言葉に、青江は身構えるような緊張の表情を見せ、

「はい、どのようなことでしょう」

「それです、その態度です」円香は青江を指さし、「一族の皆さん、君枝さんをとっても敬い、それ以上に怖れているようにさえ見えます。なにか理由がございますの」

九鬼梨家の現当主である公人の祖母ではあるものの、もとは九鬼梨家の女中と聞いている。血縁の公人や弘子はともかく、一族の者たちまでが、あがめ奉っている様は、たしかに不可解である。

「もしかして」甲士郎が言った。「武文氏とは正式な婚姻関係になかっただけで、君枝さんもそれなりの家の出なのですか」

ほかの華族や九鬼梨一族の女だったが、なんらかの理由で結婚が認められず、日陰の女に甘んじた。それならば女帝のような振る舞いも、腫れ物に触るような周囲の態度もある程度納得がいく。

しかし、青江は首をふった。

「そのようなことは聞いていません。君枝さんは大名時代の九鬼梨家の領地出身の奉公人だったという話です」

「その土地では名門だったというわけでもないんですか」

甲士郎が問うと、青江は困ったような顔をして、

「さあ、じつは私も詳しく知らないんです。いえ、私だけでなく、今はもう君枝さんが九鬼梨家に来た頃のことを知る親族もほとんどいなくなりました」

半世紀も前の話だから、当時の事情を知る者が少なくなっているのは当然だ。だが、その間、君枝が一族内で力を保持し続けてきたのは、それを支持する親族がいたからだろう。それはいったい誰なのか。

「病弱の武文さんと君枝さんの関係を支持したのは、武清さんだったと聞いています。当時は今以上にご当主さまの威光が絶対でしたから、だれも逆らえなかったのでしょう」

「でしたら、君枝さんを正妻の座に据えてもよかったんじゃありませんか」

身分違いといっても、もう武家社会は終わっていたのだから、当主が認めれば押し切れたのではないか。甲士郎の疑問に、

「その辺の事情はなんともわかりかねます。ただ結婚や相続に関しては親族の意向も重要ですし、当主の一存だけではどうにもならなかったのかもしれません」

そして日陰の身の君枝は隆一を産み、その直後に武文が死んだ。後ろ盾となってくれた武

清も数年後にはこの世を去った。まだ若い未亡人だった君枝を支える有力者がいなければ、一族内で盤石の地位を築くことなど叶わなかったはずだ。

「その役割は、父の幸之助と家令の中里さんが果たしたのだと思います」

当時、御三門の当主たちは皆年老いて、本家への影響力が低下していた。その間隙をぬって、法律顧問の青江幸之助と若年で家令になったばかりの中里春彦が、君枝を支えつつ、自分たちの地位の強化も図った。

「互いの利益のために、利用しあったのでしょうね」

どこか冷ややかな青江潔の口調だった。春彦のみならず、自分の亡き父への敬意も感じさせない、突き放した口ぶりが少し気になった。

「このくらいでよろしいですかな」

青江は切り上げるように腰を浮かしかけた。

「あと一点」甲士郎は片手をあげた。「吉松舞太郎の件をお聞きしたい。公人さんの元服時の出来事と今回の事件には共通点があるようです。あなたはどう思われます？　吉松舞太郎はこのような事件を起こしかねない男ですか」

青江はあげかけた腰を沈め、

「少年のいたずらというにはあくどすぎるあの事件は、私も目撃しましたので存じていますけど、その後の吉松氏はあまりよく知りません。父から聞いた限りでは、いろいろ問題はあったようですが……。ただ、今回の事件への関与については、ちょっとわかりかねます」と、あたり障りのない返答。本当に知らないのか、情報を隠しているのか。判断がつかない。

「では今のところこれで結構です。このあと、別の捜査員が昨晩の行動などを念のため確認しますので、ご協力ください」

甲士郎はそう言って退出を許可した。青江は扉の前で振り返り、円香に深々と一礼して出て行った。

「いかがでした、今の話」

青江の姿が消えると甲士郎は円香に聞いた。

九鬼梨家の弁護士である青江の立場と、君枝、中里たちとの微妙な距離感をうかがわせつつ、どこか謎めいて、とらえどころのない証言だった気がする。

「なにか隠しているように思われましたが」

「名家というものはどこでもひとつ、ふたつは表に出せない話があるものですわ。来見さんのお立場ならおわかりでしょう」

まあ、たしかに言うとおりだ。ただ、もしその秘密が事件に関わる場合、一族の事情に詳しい者を探し出して、暴き立てる必要が出てくるかもしれない。

「いよいよ次は君枝さんの取り調べですわね」

円香はずいぶん君枝に執着している。そのことを甲士郎が指摘すると、

「晩餐会の前にわたくしが、九鬼梨の方々にお尋ねしたのを覚えていらっしゃる？」

むろん、覚えている。相手の手を握って、「あなたは中里稔さんを殺しましたか」と全員に尋ねていた。

「ひとり残らず否定していた、あれのことでございますね」

「あっ、来見さん、また馬鹿にして。──わたくしが申したいのは、あの時、『殺しましたか』と問われて、手になんの反応も示さなかったのが、君枝さんだけだったたってことです」

ほかの者たちはみな、手をこわばらせたり、汗をかいたり、熱くなったり、顕著な反応があった。ただひとり、君枝の手だけはなんの変化もなかったという。

「それで君枝に目をつけたわけですか」

「この反応からわかるのは、君枝さんがとっても胆の据わった人物だということです。事件に関与したのか、否かはわかりません。ただ、そんな人が取り乱して、御祓いや首なし村の呪いなどと、あらぬことを口走ったのです。ぜひ、ご本人からの説明をお聞きしたいですわ」

第五章　一族の呪い

一

君枝は甲士郎たちが待つ部屋に入ると、貴婦人然とした優雅な足取りで進み、ふたりの前の椅子に腰を下ろした。

「昨晩は大変なことで。お加減はもうよろしいですか」

と甲士郎が声をかけると、「ええ」と君枝はうなずいて、休ませてもらい、落ち着いたと答えた。睡眠薬は完全に抜けたようで、物腰も口調もしっかりとしている。

「では、さっそくですけど九鬼梨家の呪いについて、お聞きしたいですわ」

と円香がいきなり切り込んで、甲士郎をあわてさせた。

　事前の打ち合わせでは、甲士郎が昨晩の事件や上柳貫一郎について尋ねながら、徐々に九鬼梨家の伝説へと踏み込んでいくはずだった。一族の醜聞に触れるかもしれない話題だけに、慎重に進めることで同意していたのだ。まったく円香の言動は予測しがたい。

ぶしつけな質問に、君枝が貝になるかと心配したが、案に相違して、

「よくぞお尋ねくださいました」と君枝はかえって身を乗り出してきた。「首なし村の伝説には、九鬼梨一族の者はみな、おとぎ話を聞くように、幼いころから親しんできたと申します。伝説は九鬼梨一族が大名家へのし上がる足がかりをつかんだ、戦国時代にさかのぼります。まずは九鬼梨家のご先祖であらせられる清和源氏の嫡流、阿野全成さまの——」

とはじめたので、甲士郎はあわてて口をはさんだ。

「えー、九鬼梨家の歴史と首なし伝説については存じておりますので、今回の事件に関連する呪いのさわりをお願いします」

話の腰を折られて君枝は顔をしかめたが気を取り直すように息を整え、

「それでは戦国の安清から百八十年ほど下った江戸中期のお話をいたしましょう」

享保（きょうほう）年間は、八代将軍徳川吉宗（よしむね）の時代である。

そのころ九鬼梨家の当主は、安清から数えて十代目にあたる宣重（のぶしげ）で、国許（くにもと）で重い病床にあった。当時五十半ばの宣重には跡取りとして、側室が産んだ宗銀（むねかね）がいた。

この宗銀が九鬼梨家の十一代目にすんなりおさまればなんの問題もなかったが、ここに九鬼梨から分家したばかりの吉松家が絡み、ことを複雑にした。この時、吉松家の初代当主は、

宣重とひとつ違いの同母弟光重で、正室の中里氏との間になした、長男光義は英明の誉れが高かった。

一方、本家の宗銀には癪の持病があり、とくに緊張を強いられる場で発作を起こすことがたびたびあった。

この数年前から九鬼梨家は、それまで老中がつとめていた高家支配職を任されるようになっていた。高家支配職とは、朝廷と幕府間の諸礼を執り行う高家旗本を指揮監督する、大変名誉で重要な役目である。この重責に宗銀が耐えられるのか、家中にも疑問視する声があった。

ことにつよく不安を主張したのが、吉松の正室の実家で筆頭家老の中里主膳だ。代々九鬼梨家の国家老は筆頭の中里家、江戸家老を次席の青江家がつとめていた。その江戸家老の青江清隆が、世子宗銀の支持者であった。

江戸と国許の両実力者が、互いに一歩も引かず跡目争いを演じたのだから、家中に激震が走ったのも当然だろう。

両派の下士による抗争や不審死も相次いだ。ことは家中にとどまらず、時の老中、若年寄などの幕閣も巻き込んだため、お家騒動の様相を呈してきた。

もしこれを口実に幕府の介入を招き、藩政不行き届きとして取り潰しや、減封の憂き目にあったら、誰の得にもならない。しかし、そうとわかっても、両者とも引くに引けない状況になっていた。弱みを見せた瞬間、相手にすべてを奪われる、そんな疑心暗鬼に陥っていたのである。

江戸と国許、いつなにが勃発するかわからない緊張状態が続く中、終結はとつぜん訪れた。

渦中の宗銀が江戸城中で倒れ、江戸藩邸内で病死したのである。発病から死までわずか三日だった。死因は卒中と伝わっている。もともと持病はあったものの、あまりに急で、吉松派にとって都合のよい死であったため、さまざまなうわさが駆け巡った。

江戸城内での発病とあって、幕府からも見舞いと検視の使者があり、宗銀の死は尋常な病死との公式見解が下された。それでもうわさは鎮まらなかった。

九鬼梨家が騒然とする中、素早く動いたのが中里主膳である。

すぐさま吉松光義を九鬼梨宣重の養子とし、幕府にも世子として届を提出した。そのうえで、宗銀の健康を害した責任は、江戸家老の青江清隆にあるとして、国許への帰還を命じた。

後ろ盾となる宗銀を亡くした清隆には抗するすべもない。曳（ひ）かれ者同然に国許へ送られた清隆は、城内にある自身の屋敷に入ることも許されず、城下の寺に押し込められ、そこで切腹を命ぜられた。

処分を伝える使者は、青江清隆の従兄弟（いとこ）にあたる青江秀兼（ひでかね）であった。秀兼の青江家は江戸の清隆とは一線を画し、今回の騒動の中で中立を貫いていた。

「秀兼、その方も主膳に取り込まれておったか」

切腹の沙汰を受けた清隆は、従兄弟へ憎々しげな眼差しを向けた。

「わしはどちらの味方もしていない。しかし、家中を二分し、ご公儀の詮議を受けかねない騒動まで起こし、敗れたのだ。いさぎよく身を処されよ。青江の家名はそれがしがお守りいたす」

秀兼が引導を渡すと、清隆は激昂し、

「語るに落ちたぞ、秀兼。やはりおぬしの狙いは青江本家の座だな」

と言いざま、懐中に隠し持っていた小刀を抜き、席を蹴り立ち、身体ごとぶつかるように刃を秀兼の胸に突き立てた。清隆はそのまま秀兼を押し倒しておおいかぶさり、小刀を振るって、首筋に深く切りつけ、みずからの体重で押し込むように刃を下へ沈めながらこう叫んだという。

「この怨み忘れん。七生まで祟ってくれよう」

立ち会っていた藩士たちは、すぐさま太刀を抜いて、清隆に切りつけた。しかし、清隆は秀兼の首を抱くように密着したまま、うずくまっている。ふたりを引き離そうとして果たせない藩士たちのひとりが、仕方なく清隆の背を跨ぐような体勢で、太刀を横ざまにぶーんと振るい、清隆の首を落とした。

首なしとなった清隆の身体を引きはがした時には、下にいた秀兼もおびただしい血の海の中でこと切れ、首が胴体から取れそうになっていた。清隆が手にしていたのは刃渡りがわずか五寸余りの小刀にすぎない。それで人間の首を胴体から半ば切り落とすなど、容易なことではない。その場にいた者、誰もが清隆の執念に怖気をふるった。

この不祥事により、青江の家名はいったん断絶したが、それから百年近くたった幕末に九鬼梨家の末子が、青江の血筋の娘を娶り、家名を再興させ、現在に至っている。

閑話休題。

青江清隆が死し、それから半年後、九鬼梨宣重が長い患いの末、五十有余年の生涯を閉じた。すでに正式に養子の座にあった吉松光義が、九鬼梨家の当主となり、その一年後、はじめてとなるお国入りを果たした。

国家老の中里主膳は光義を迎えるにあたり、万全の態勢を整えた。国境から城下まで、光義の通る街道は、およそ半年をかけて新たに道幅を広げ、並木を植えて整備した。また道沿いの見苦しい建物や貧家は立ち退かせ、橋はすべてかけ直させた。

このように歓待の手を尽くす一方で、国内の民たちには、街道での出迎えを禁じ、国境から城下までの三カ所の寺社でのみ歓迎の式典を催すので、近隣の者は集まるよう触れを出した。途中の街道の辻や要所には、見張りの藩士を置いて、不測の事態に備えた。

主膳が厳戒態勢で光義を迎えたのは、このころ家中で不穏な空気が広まっていたからである。

主がいなくなった江戸と国許の両青江屋敷には、その後、しかるべき身分の者たちが入っていたが、たまたま両家の主が病に倒れる不幸があった。また城内の本丸奥御殿の腰元たちの間で、自分の首を掲げた青江清隆の霊が、夜な夜な廊下を行き来しているとささやかれた。屋敷の主の病気は偶然で、幽霊は女たちの無責任なうわさ話にすぎない。それを主膳が神経質なまでに気にするのは、このうわさの背後に故宗銀、清隆への同情と、光義、主膳の新体制への反感があるとみたからだ。

もとより、主膳は家中第一の実力者だったが、光義を当主の座に就けた功績により、独裁者ともいえる権力を手にしていた。

それだけに表からは決して見えない反感が、埋み火(うずみび)のようにひそやかに、しかし、広く家中にくすぶっているのではないかとの疑心暗鬼にとらわれていた。

完全無欠の権力の座は、完全ゆえに権力者を不安にする。少しの揺らぎやひずみも見すごせなくなる。小さなひびがとつぜん大きな亀裂となって、権力の基盤を崩壊させるかもしれないからだ。

主膳は宗銀の不慮の死に乗じて政敵青江清隆を葬った。もし光義になにか起これば、今度は自身に災いが降りかかってこよう。

権力者の孤独は、主膳の心を少しずつ蝕(むしば)み、猜疑心(さいぎしん)の塊にしていったようだ。

光義の国入り後、三カ月の間に、藩士七名が罷免され、うち二名が領内から追放された。罷免された藩士たちは皆、光義の近習であった。いずれも些細な過失を主膳が咎め、重罰を科したものであった。

また、同じ時期、奥御殿の腰元たちへの処分もあった。燈籠の火の始末を誤り、奥御殿で小火を出したことへの咎である。火が出た場所は光義の居室からさほど離れていない、腰元たちの控の間だった。

この不始末の責任を取って、奥御殿取締役の老女がお役御免、直接火をあつかった腰元は折檻の上、追放となった。

これには尾ひれがついて、腰元は城内の地下牢に数百匹の蛇とともに押し込められ、悶死した。取締役の老女も地下牢で逆さ吊りにされたという。

もちろん根も葉もない話だが、城下では面白おかしく広まって、長く庶民の間で語り継がれる怪奇譚のひとつとなった。

このころすでに、中里主膳の藩士たちへ向ける目は正気を失っていた。誰もが光義へ害をなす敵に見えていたのだろう。

そしてついに本当の悲劇が、腰元たちの処分からひと月が経った春の歌会で起きた。

城内の西ノ丸庭園で催される春の歌会は、この時すでに八十年以上の歴史を持つ九鬼梨家の伝統であった。城主光義以下、親戚、重臣、奥の女衆が、思い思いに名勝を散策し、最後にそれぞれの歌を歌い上げる、風雅で優美な行事である。

この日は北風がやや冷たく流れていたものの、雲ひとつない空の下に、七分咲きの桜、青い泉水、緑の芝生が美しく映えて、人々の目を楽しませていた。主膳もいつになく穏やかな顔つきで、池周りの小道を歩きながら詩想にふけっているようにみえた。

光義は小高い丘の上に立ち、桜と芝の色彩の帯に白亜の天守閣を借景とするこの庭園いちばんの絶景をめでていた。光義の周りは、主膳が選りすぐった手練れで囲まれている。身内ばかりの場でも、主膳は警戒を怠らず、安全の手を講じていたのである。

光義の護衛の中でも、ともに二十石取りの小姓である中村右左衛門、五郎左衛門の兄弟は居合の達人として、藩外にもその名を知られていた。ただ、中村兄弟が通っていた道場には、先の政変で非業の死を遂げた青江秀兼も名誉師範として名を連ねていたため、主膳としては光義の側近に推すには躊躇があったようだ。

そんな微妙な中村兄弟の立場と、長くさらされていた猜疑心の圧迫が、主膳の心理になんらかの影響を与えたのは間違いないだろう。

景色を堪能した光義が、満を持したように床几に腰を下ろし、

「かぜそよぐ……」

と吟じて、小姓に矢立と短冊を命じた。

両脇を守っていた中村兄弟は、光義の視界がさらに広がるように、床几周りに立てられて

いた幟を動かした。この時とつぜん、一陣の風が吹いて一本の旗竿が光義の身体をかすめて、地面に転がった。

ちょうど主膳は光義の斜め後方から近づいてきたところであった。主膳の位置からは、旗竿が光義を直撃したように見えたのだろうか。または中村右左衛門が旗竿で光義を打擲したように錯覚したのだろうか。

無言で駆け寄った主膳は、腰の脇差を抜いてひと声、

「慮外者——」

と叫んで中村右左衛門の首に背後から切りつけた。のちの検分で、主膳の一刀は、右左衛門の首をほぼ皮一枚残して切り落としたことがわかっている。しかし、右左衛門はそれでも死の瞬間、反射的に主膳の方へ向き直り、太刀を半分抜きかけて倒れた。

右左衛門の身体が反転して倒れたことで、周囲に立てられていた幟もなぎ倒され、血に染まりながら宙へ舞った。右左衛門の反対側で光義を警護していた五郎左衛門は、光義をかばうように前へ出て、太刀を抜きざま、

「曲者——」

と気合一閃、風に舞い流れる幟ごと、不審者の首を切り飛ばした。

のちに目付の尋問に対し、五郎左衛門は、その時、賊が何者かはわからなかった。宙に舞う血染めの幟で顔が隠れていたからだ。しかし、凶器を持って主君に急接近していることは

あきらかだったため、首の位置に見当をつけ、太刀を振るったと証言している。

ともかく、のどかな春の風流事の催しに、とつぜん、血まみれの死体、それも首なしの死体と、ほぼ首なし死体のふたつが転がったのだ。その時の現場の恐怖と混乱は想像に難くない。

この事件は表向きにはなかったことにされた。中里主膳は体調急変のため歌会の途中で退席し、後日、自分の屋敷で病死したというのが、公式の発表である。中村右左衛門も同様に病死とされた。主膳を討った五郎左衛門はお構いなしだった。

事件についてはきびしく緘口令がしかれたが、やはり人の口に戸はたてられず、少しずつ歌会での惨事が広まった。

それでも中里家の家督は、主膳の嫡子である重忠へ尋常に相続された。その後、重忠は筆頭家老として、長く九鬼梨家の藩政を執って名宰相と呼ばれ、父主膳の死で着せられた汚名を払拭した。

「これが『歌会崩れ』と称され、江戸中期の九鬼梨家を揺るがした大事件の顚末でございます」

と言って、君枝は長い物語を締めくくった。

二

話を聞き終えて、正直、甲士郎は戸惑っていた。

さすが長い歴史を有する九鬼梨家、いろいろあったのだなと思うものの、遥か昔の江戸時代の話だ。これが大正の現代の事件とどう関係するのか。さっぱりわからない。

その疑問を率直に君枝にぶつけると、

「まあ、おわかりになりませんか。これだけ申しましても」じれったげに君枝は顔をゆがめた。「戦国の首なしから、およそ百八十年で歌会崩れの惨劇。そして今回、歌会崩れからやはり百八十年余り経って、また九鬼梨家を舞台に首なし事件が起きたのでございますよ。いずれの惨劇でも犠牲者は『七生祟る』と言い残しております。これが呪いの申し送りでなくて、なんだと申されるのでございますか」

単なる偶然、もしくはたまたま九鬼梨家の歴史に通じた者が、犯罪に利用したのだろう。もし後者とすれば、少なくとも犯人は九鬼梨家についてある程度の知識を有する者に絞れるかもしれない。それでも相当数いるだろうが。

醒めた思いでそんなことを考えていると、横から円香が、

「まあ、本当に。こんな不思議なことがあるものなのですね。来見さん、やっぱり、この事

件、霊的なものに支配されていますわ。わたくしの睨んだとおり。君枝さんのお話は、事件の謎を解く重要な手がかりになります」

と興奮気味にまくしたてた。

「公爵さまにご理解頂けて光栄でございますわ」

君枝は、少しは上司を見習えとでも言いたげな目で甲士郎を睨む。それを見た円香もなにかを察したように、

「この事件は、霊的なものに支配されています。わたくしの睨んだとおり、九鬼梨家の伝説は事件の謎を解く重要な手がかりになります。来見さんも、いい加減認めるべきですわ」

非難するような口調で言う。

甲士郎はひそかに深呼吸をした。

（ともかく）

ここは冷静に対処しなければならない。あくまでも捜査は、事実と証拠に基づき、科学的に進める。と同時に、君枝や円香の意向も汲んで、歴史や伝説や迷信への配慮も必要だ。しかし、それではいったい、どうすればいいのか。

甲士郎が思い悩んで口を閉ざしていると、円香は言った。

「通常の捜査は来見さんにお任せします。わたくしはこちらのお邸で、みなさんとお話をしながら、事件の解決に迫りますわ」

それならば、甲士郎としても異存はない。粛々とこちらの捜査を進めていくだけだ。ただ、妙に鋭いところもある円香が、九鬼梨家の者たちから重大な証言を引き出す可能性も捨てきれないので、円香の行動も把握しておきたい。

さいわい、円香の一日は食事やお茶、入浴、昼寝、読書、カード占い、観劇など多くの雑事に費やされる。事件捜査に割ける時間はおのずと限られるはず。うまく時間を調整すれば、甲士郎も自身の捜査を進めながら、円香に付き合えるだろう。

「それでは私も極力、円香さまとご一緒に、九鬼梨家の皆様のお話をうかがうようにいたします」

と申し出ておく。

このあと、読書をするという円香とともに席を立とうとしたところに、白峰諒三郎があらわれた。

「来見さん、あっ、公爵閣下もおいででしたか」

公人に会いに来たという白峰は、円香に勧められるまま、向かい合わせの椅子に腰かけた。

「捜査のお許しをいただき、あらためてお礼を申し上げます」

「洋行帰りの白峰さんのお力添えをいただけるのですから、こちらこそお礼申し上げますわ」

円香は、白峰が侯爵である父の援助を受けずに独力で苦労して英国に渡ったことを、甲士郎に説明した。白峰は照れくさそうな顔をして、

「いえ、いえ、そんな大そうな苦労はしていません。九鬼梨家をはじめとして、多くの方々からご支援をいただきましたので」

その留学で箔をつけ、母校で助教授の座を手に入れたらしい。なかなかの世渡り上手だ。

「ところで白峰さん、すでに犯人の目星がついているとお聞きしましたけど」

円香の言葉に力強くうなずき白峰は、

「ええ、吉松舞太郎で間違いないでしょう。ぼくは個人的にかれを知っていますけど、正直、切羽詰まればこのような凶悪事件も起こしかねない男です。公爵閣下はいかがお考えです？」

「わたくし、今回の事件には、首なしの呪いが関係していると思いますのよ」

待ってましたとばかりに目を輝かせた円香に、さすがの白峰も二の句が継げず、目を白黒させている。

「舞太郎さんもご一族ですから、呪いに関わりがあるかもしれませんわね」

「そ、そうですね」素早く立ち直った白峰はすかさず相づちを打って、「いまだ動機については謎ですから、閣下のお考えが的を射ているのかもしれません」

調子のいいやつめ。甲士郎が横から、

「白峰さんは吉松舞太郎と個人的にお付き合いがあったようですが、動機に心当たりはありませんか」

と問うと、白峰は首をかしげた。

「付き合いと言っても留学前のことです。あのころはまだかれの事業も順調だったので。いろいろ援助ももらいました。でも、帰ってきたら、詐欺事件を起こして失踪していましたので……」

つまり舞太郎の羽振りのいい時には利用して、落ちぶれたら掌返しの犯人あつかいだ。

甲士郎の考えが伝わったのか、

「もちろん、もし舞太郎を見つけたら、ぼくは友人として、警察に出頭するよう、誠心誠意をつくして、かれを説得するつもりです。もしかしたら、かれなりにやむにやまれぬ事情があったのかもしれません」

「生首を晩餐のテーブルに飾る正当な理由があったのなら、ぜひ聞き出してください」

甲士郎の嫌味にも白峰は「ふふっ」と笑いで応じ、

「まあ、なんにせよ、ぼくが吉松舞太郎を見つけてみせますよ」

と言うと席を立った。

三

九鬼梨邸の一階西の隅に、捜索仮事務所との板看板を下げた部屋ができた。ここは中里から許可を得た、警察専用室である。住居部分から遠く、ほかの人間が近づくこともないため、捜査の機密も守りやすく、電話線も引かれていて交信にも都合がいい。部屋の中央には大きな円卓があって、その周りに捜査員の人数分の椅子が運び込まれていた。

甲士郎が入室すると、捜査員は出払っていて瀬島ひとりだけが電話で話しながらメモを取っていた。

「殺されるまでの上柳貫一郎の足取りが、だいぶわかってきました」

受話器を置くと瀬島が言い、メモの内容を説明した。

晩餐会の前日の夜七時、貫一郎は勤め先の会社を出た。会社の前で人力車を拾ってどこかへ向かう姿を同僚が目撃している。

「貫一郎が乗った俥にはあたったのか」

「今、その捜査員から電話が入りまして、車夫から話が聞けたそうです」

車夫によれば、芝の倉庫へ行くように命じた客（貫一郎）は、やけに上機嫌だったという。

「上機嫌？」

「ええ、鼻歌を歌っていたそうです。この上機嫌はこの時だけでなく、ここ数日続いていたようで、会社の同僚も同じような証言をしています」

少なくとも前日までは、自分の首が切り落とされて食卓に晒される運命にあるとは、想像さえしていなかったらしい。

「上機嫌の理由はわかっているのか」

「近いうちに、なにかいいことがあると同僚には語っていたようですが、具体的な内容は不明です」

うまい話に乗せられて犯罪に巻き込まれたのかもしれない。貫一郎の最近の行動と交友関係を詳しく調べるよう、瀬島に指示した。

「わかりました」瀬島は甲士郎の指示をメモに書きとめて、「で、先ほどの車夫の話ですが、夜八時ごろには芝の倉庫に着いたそうです」

倉庫の前で貫一郎を降ろし、車夫は立ち去った。倉庫の周辺でほかの人影などは目にしなかったとのことである。

「検視で午後八時から十二時までが死亡推定時刻とされましたので、貫一郎は到着直後から四時間の間に殺されたわけです」

現在、この時間帯の周辺の目撃情報を探しているという。九鬼梨一族の者たちのアリバイも確認しておく必要があろう。

「了解です」

瀬島が甲士郎の指示をメモに書きとめたところで、卓上の電話が鳴った。

電話を取った瀬島は、

「黒崎です」

と受話器を甲士郎に渡した。

黒崎は、上柳貫一郎の首が芝の倉庫から九鬼梨邸へ運ばれるまでの経緯を追って、ほかの捜査員たちとともに周辺の聞き込みをおこなっていた。

黒崎は挨拶もそこそこに、

「芝周辺から九鬼梨邸方面へ向かった客がいなかったか、俥屋を聞いて回ったんですが」

受話器の割れた声からも、たしかな手ごたえが伝わってくる。

「いたのか」

甲士郎は思わず問い質す。

「ええ、一昨晩、深夜一時だそうです。男をひとり乗せ、九鬼梨邸近くまで走ったという車夫から話を聞きました」

その前の夕方、俥屋に深夜一時に芝の倉庫前に俥を回すよう、子供の使いが前金も持って予約を入れたらしい。

「で、行ってみると、倉庫前の通りで男が待っていたそうです」

犯人が午後八時から十二時の間に貫一郎を殺害し、首を切り落とし、それを酒入りの革袋に詰め、さらに死体に火をかけて倉庫を立ち去ったとすれば、時間的にはつじつまは合う。九鬼梨邸近くで客を降ろしたのは、深夜二時ごろだという。

「車夫は客の人相を覚えていたか」

「深夜で近くに明かりもほとんどなかったので、人相までは。男でおそらく二十代から四十代くらいだったということ、身なりはよく、言葉遣いからかなり上流階級の人間だろうとは言っています」

車夫は客の身なりや物腰をよく観察している。上流階級との印象は信じていい。

「それとですね」黒崎はさらに興奮した口調で続けた。「客はかなりかさばる丸い荷物を持っていたそうです。乗り込んだあともそれを大事そうに膝に抱えていたと言っています」

車夫の証言によれば、その丸い荷物は九鬼梨邸の裏で発見された革袋と酷似している。ここまでくれば俥の客が、貫一郎の首を運んだと断定して差し支えあるまい。

「これからはこの客が犯人だとの前提のもとに捜査を進めるぞ。この客の動きから犯行時刻を割り出して、目撃者を探し、各人のアリバイも洗い出すんだ」

甲士郎は通話相手の黒崎と目の前の瀬島両方へ向かって言った。

車夫が見た二十代から四十代の男という条件にあてはまる九鬼梨一族は、九鬼梨公人、室城茂樹、室城裕樹の三人だが、暗がりで年齢を見誤った可能性も考慮すれば、未成年の上柳宗次郎や、高齢の中里春彦や青江潔も除外できまい。

また、行方をくらませている吉松舞太郎も条件にぴったりかさなる。知能犯係にも捜査状況を問い合わせ、場合によっては共同捜査の必要もあるかもしれない。白峰の軍門に降(くだ)るのは面白くないが、事件解決のためには面子(メンツ)にこだわってはいられない。

ともあれ、部下たちの捜査と証拠の検証により、着実に事件は真相に近づきつつある。

捜査の方向性に自信を深めた甲士郎は、全捜査員と連絡を取って捜査方針を徹底するよう、瀬島に命じると、捜索仮事務所を出た。

現代的手法による捜査の進捗(しんちょく)は順調である。

円香の部屋へ向かう。

広間の柱時計は三時二十分をさしていた。事前に三時半にうかがうと申し入れてある。十分間、廊下で待ったあと、甲士郎は円香の部屋の扉をノックした。

「そろそろお時間かと存じまして」

入室した甲士郎が声をかけると、

「あら、もうそんな時間」

円香は手にしていた本を伏せ、鼻眼鏡を外した。

甲士郎はいましがた瀬島と黒崎から得た情報を円香に報告した。

「つまり、こういうことですわね」

話を聞き終えると円香は、テーブルの上に便箋をおき、ペンを手に取った。

一、午後七時、上柳貫一郎、会社を出る。
二、午後八時、上柳貫一郎、芝の倉庫に到着。周辺に人影なし。
三、午後八時から十二時、上柳貫一郎殺害される。
四、午前一時、犯人、上柳貫一郎の首を持って俥に乗る。午前二時、九鬼梨邸近くで下車。
五、上柳貫一郎、死の数日前から死の直前まで上機嫌だった。
六、犯人の人体（にんてい）。二十代から四十代の上流階級の男。

円香はすらすらと、甲士郎の話の要点を書き上げ、

「午前二時ごろ九鬼梨邸に運ばれた首は、その日の晩餐会で食卓にのぼった。というわけですね」

とまとめた。

その間、邸内に首は隠され、午後七時から八時の間に何者かの手によって、鴨料理と入れ替えられた。

「今後、九鬼梨一族の男たちの晩餐会前日のアリバイを精査しますが、今のところ全員に犯

行が可能だったと考えられます」

車夫の証言により、犯人は男、しかも状況からみて、九鬼梨一族の男子である疑いが濃厚である。アリバイ捜査でよりいっそうの絞り込みが期待できる。甲士郎はそう匂わせたつもりだったが、円香はあまり興味を示さず、

「貫一郎さんの上機嫌の理由は、わからないのですか」

と別の視点から尋ねてきた。

「会社の人間などから聞き取りをして、いずれあきらかになるでしょうが、今のところはまだ」

「そうですか」円香は立ち上がって、「では、話をうかがいに参りましょう」

「えっ、貫一郎の会社へ行くんですか、これから」

「来見さん、いったいなにを言っているんです？　事件後、まだ話を聞けていない弘子さんに会うんですわ。わたくしは、お邸の方たちとお話しすると申しましたでしょう」

「はあ、さようでございましたね」

どうも円香と話をしていると調子が狂う。

中里春彦を介して九鬼梨弘子から話を聞きたいと申し入れると、弘子は自室ではなく、階下の広間で会うという。甲士郎と円香が待っていると、エレベーターが降りてきて、車付椅

子に乗った弘子があらわれた。

事件の衝撃をまだ払拭しきれず、顔色がいいとは言えない。甲士郎が気づかう言葉をかけると、

「ありがとうございます。でも、もう大丈夫です。ほかの皆さんと同じように、なんでもお聞きくださいませ」

膝の上に手を置いて弘子は言った。

「では、亡くなった上柳氏についてうかがいます」

質問の口火は甲士郎が切ることで円香の了解を得ていた。まず、貫一郎に対する印象を尋ねた。

弘子は少し困ったような表情をして、

「何年か前には騒ぎになるようなこともございましたが、ここ数年はだいぶ落ち着いていらしたのではないでしょうか」

「一族の誰か、もしくは赤の他人でもよろしいですが、何者かの恨みを買うようなことはありませんでしたか」

「さあ」弘子は小首をかしげ、「わたくしは存じません」

「そうですか。では、過去に上柳氏の素行が荒れていた原因については、心当たりはありますか」

弘子はあいまいに首をふり、

「きっとひとつではなく、いろいろ思うところがあったのでは。ご承知のとおり、華族一族はなにかと不自由も多いですから。たしか御三門の方々には年に二千円の恵賜金が出ているはずですが、それではなかなかやり繰りが厳しいとも聞いています。中里の仲介でお仕事に就いたことで、だいぶ内情がよくなったとも。荒れていた原因はともかく、落ち着いたのはお勤めしたからかもしれません」

近ごろの大卒の初任給が三、四十円だから、年二千円は決して少額ではないが、華族一族として体面を保つには苦しかっただろう。住まいや使用人にかかる出費、儀式に出席する際の衣装代や、さまざまな寄付金の支出など、いろいろ合わせると馬鹿にならないのである。

甲士郎は本家から年五百円の補助をもらっているだけだが、単身の官舎住まいなので、なんとかやっていけるというのが実情だ。

「では、上柳氏は中里さんには頭が上がらなかったわけですね」

甲士郎が言うと、弘子はくすりと笑って、

「そうですわね。でも、貫一郎さんにかぎらず、わたくしたち、みんなそうですのよ」

と言い、現在の九鬼梨一族における中里春彦の存在の大きさを、さまざまな具体例を挙げて語った。

いわく、中里が車の運転を覚えると、公人や御三門の男たちもすぐに自動車学校へ入った。

中里がゴルフをはじめると皆もいっせいに道具を買いそろえた。いわく、中里が洋服の仕立屋を新しい店に変えると、一族が皆倣ってその店を贔屓（ひいき）にした。いわく、最近、頭髪が薄くなってきた中里が、髪を横分けにすると、皆が同じような髪型に変えた。

語りながら、九鬼梨一族の男たちの声色や顔つきをまねる弘子の様子に、甲士郎は思わず吹き出しそうになった。晩餐会ではただおとなしく地味に見えた弘子だが、意外に明るくユーモラスな一面も持ち合わせているようだ。

甲士郎は自分の仕事を思い返し、笑顔を収めた。

「では、話を上柳氏に戻しますが、最後に会われたのはいつでしょうか」

との甲士郎の質問に、弘子が記憶を手繰るように、今年の年賀の祝いの席で一緒になったのが最後だと思うと答えると、

「ところで」といきなり円香が横から口を出した。「弘子さんのおみ足はいつからお悪いんですの。まったく歩けませんの」

弘子は少しおどろいた表情をしたが、

「これは生まれつきですの。つかまり立ちはなんとかできますけど、歩くのは難しいです」

と屈託なく答えた。

「そうですか」

円香はうなずいて、悪びれることもなく、ぶしつけに弘子の足元に視線を注いでいる。歩

けないという弘子の言い分を疑っているようにも見える。

弘子にとくに気を悪くしたような素振りはないが、甲士郎の方が居心地が悪くなって、

「では、ほかにないようでしたら、これで……」

と事情聴取を切り上げようとしたところに、公人と白峰諒三郎が並んで広間の階段を下りてきた。

「あら、お兄さま、白峰さま」

弘子が声をかけると、

「ああ、尋問の最中だったね。お邪魔してしまいました」

公人は、円香と甲士郎に頭を下げて、階段を戻りかけた。白峰は構わず階段を下ってくる。自分も事情聴取に加わるつもりか。

「今終わりましたので。もう結構ですよ」

甲士郎はそう告げて、立ち上がった。

白峰は甲士郎には不機嫌そうな顔を向け、円香に会釈をする。

公人も階段を下りると、弘子の車付椅子に手をかけた。

「疲れただろう。部屋でゆっくり休むがいい」

「昨晩からずっとお薬で眠っていたから疲れはないわ。できることなら、お庭を走り回りたいくらい」

弘子が言うと、公人は笑いながら、

「そう、それなら庭を少し散策しようか」

と庭に面したフランス扉の方へと車付椅子をめぐらせた。

甲士郎は白峰との間で沈黙の火花を散らしながら、ほほえましい兄妹の後ろ姿を見送った。

公人がフランス扉を押し開ける。開いた扉から西陽が入り、公人の影を浮き出させた。その公人の影がとつぜん、まるで糸が切れた操り人形のように揺らめいた。

弘子の叫び声が響くのと、公人が床に倒れるのは同時だった。

第六章　秘密と情報

一

とっさに甲士郎の脳裏に、中里稔毒殺事件が浮かんだ。

駆け寄ると、公人は完全に意識を失っている。

「お兄さま、お兄さま」

弘子の必死の呼びかけにも反応がない。

甲士郎は、嘔吐物が喉に詰まらないよう公人の身体を横向きにし、舌を嚙まないよう手ぬぐいを口の中に差し入れた。

白峰諒三郎は中里たちを呼びに廊下へ飛び出した。白峰の呼び声に応じて、まず中里と青江が駆けつけ、数名の使用人のあとに君枝があらわれた。

「すぐに部屋に運びなさい」

君枝が命じるが、

「待ってください」甲士郎が制止した。「公人さんを動かさないで。応急の手当てはこの場でもできるでしょう」

ここが犯行現場かもしれない。そうでなくてもむやみに被害者を動かすと、証拠が散逸する恐れがある。

そう説明すると、君枝も中里もあっさり受け入れた。猛反発を受けることを覚悟していた甲士郎は、ちょっと怪訝に思った。

あとから振り返ると、君枝も中里も、公人が毒を飲まされたのでないことがわかっていたのだ。だから動揺はあっても取り乱してはいなかった。

まもなく主治医が来て手当てを受けると、公人は意識を取り戻した。

手当ての間に、甲士郎は使用人たちから話を聞き、公人が倒れる一時間ほどまえから飲食をしていないことを確認した。

「みなさん、どうもお騒がせしました。もう大丈夫です」

長椅子に横たわって、公人は心配げに見守る者たちに声をかけた。そして立ち上がり、弘子の車付椅子を押そうとするのを、白峰が止めて、

「大事を取って、少し休んだ方がいいでしょう」

と言い、自身が付き添って公人を部屋へ連れていった。

「公人さんのお加減はどうです。なにか重い病気でしょうか」

円香が主治医に尋ねた。

主治医はちらりと君枝の方に視線を動かし、咳払いをして、

「ただ疲れがたまっただけだと存じます」

と答えた。

そのような曖昧な回答では納得できない。しかし、円香はそうですかとあっさり矛を収めた。

それならば、と甲士郎が追及役を買って出ようとしたところに、瀬島が近寄ってきて、

「耳よりの情報があります」

と告げた。

ほかの者たちに聞かれてはまずいと言うので、甲士郎は瀬島と別室へ移動した。

「情報はふたつ」と瀬島は指を二本立てた。「ひとつは、上柳貫一郎がかなり借金を負っていた事実です」

高利貸しから相当な額の借金をかさねていたという。ただ、捜査員が当の金貸しから聞きだしたところ、返済は滞りがちだったが、近く大金が入る予定があると言っていたという。

「あてにはならんな。返済逃れの常套句だ」

もし甲士郎も借金で首が回らなくなれば、華族の身内であることを匂わせ、返済能力があるように装うだろう。したがって、上柳貫一郎の言うところの大金が入る予定も眉唾物だ。

「ええ、それはそうかもしれませんが、死亡直前に上機嫌だったという同僚の証言も合わせると、貫一郎が本気であてにするなにかがあったのかもしれませんよ」

瀬島の言葉に、甲士郎は考え込んだ。

たしかに大金入手のもっともらしい餌をちらつかされ、芝の倉庫へおびき出された可能性はあるかもしれない。

「じゃあ、貫一郎の収入のあてを調べておいてくれ」

「わかりました。あともうひとつの情報ですが、一昨日(おととい)の夜、室城茂樹が外出していたことが室城家の使用人の証言からわかりました」

「たしかな話なのか」

一昨日の夜に、上柳貫一郎は芝の倉庫で殺されている。夜間のことなので関係者のアリバイ確認は簡単ではない。

「たまたま使用人が自室から、室城が外出する姿を見かけていました」

時間は午後九時ごろだったという。使用人の話では、時おり茂樹はその時間帯に散歩をするというから、一昨晩もそうだったのかもしれない。ただ、室城邸から芝の倉庫までは俥で三十分もかからない。犯行も充分可能なのだ。

「帰宅時間はわかっているのか」

「いえ、そちらは目撃者がなくて」

「では室城を乗せた車夫を探しだして証言を取れ」

行き先が芝の倉庫付近だったら、まず室城茂樹が犯人で間違いないだろう。帰り道の九鬼梨邸から室城邸へ乗せた車夫の証言が取れれば、いっそう容疑が固まる。

「すでに室城邸周辺の俥屋は洗っています」

「もしかすると徒歩で芝へ行ったかもしれん。道筋で目撃者がいないかもあたれ」

「わかりました」

「室城茂樹からも直接、話を聞きたい。今、どうしている」

「仕事に出ているようです。帰宅したら、こちらへ連絡を入れるよう、家人には伝えてあります」

手ぬるいようだが、室城邸に捜査員を張りつかせるだけの人手がないので仕方がない。瀬島には室城邸から連絡があればすぐに知らせるよう念を押した。

広間に戻ると、九鬼梨邸の者も捜査員たちの姿もなく、円香と白峰が差し向かいで安楽椅子に腰を下ろし、熱心に話し込んでいた。

（いったい）

なにを話し合っているのか。

甲士郎が憮然とした面持ちで近づくと、円香が顔をあげて問いかけてくる。

「ご用事はなんでしたの」

「貫一郎殺害事件の情報です」

甲士郎はそう告げて、白峰に席を外すよう促すと、円香が引き止めた。

「あら、よろしいんじゃありません。どうせあとでお伝えするんですもの。ひとりでの推理より、ふたりの方が楽しいですわ」

「公爵さまの寛大なお心に感謝申し上げます」

白峰は、どうだ、と言わんばかりの得意顔。

(ひとりでの推理？)

これまで自分は円香と力を合わせて、事件解決に骨を折っていたのではないか。

「どうしました、来見さん、なにか不服でも」

「いえ、ございません」

甲士郎は部屋の隅にあった木椅子を動かして円香の正面に位置取り、瀬島からの情報を披露した。

横目でうかがうと、白峰は薄笑いを浮かべながら、甲士郎の話に耳を傾けている。

円香は、室城茂樹の事件の夜の行動についてのくだりでは反応が薄かったが、上柳貫一郎が近く大金が入ると高利貸しに洩らしていた話には、興味を惹かれたようだった。

「でも、その真偽は不明なのですね」

話の途中でさえぎって、円香が質した。

「はい、おそらくは返済逃れのでまかせでしょうが、念のため調べておくよう命じました」

「もしかすると」円香は目の奥を輝かせるような瞳を甲士郎に向けて、「貫一郎さんはほんとうに玉手箱が手に入ると思っていたのかもしれませんわ」

「なにか心当たりでもおありですか」

甲士郎の問いに円香は答えず、横を向き、

「白峰さんのお考えはいかがです」

問われて白峰はもったいぶった仕草で組んだ足を組み替えて、

「はなはだ失礼ながら、おふたりとも目先の手がかりに惑わされ、もっとも重要な容疑者の存在を忘れておいでです」

「と言うと」

「当然、吉松舞太郎です。しつこいようですが、まずなにはともあれ、警察は舞太郎の発見と逮捕に全力を注ぐべきですね」

「吉松舞太郎の捜索はずっと続けています」

甲士郎は答えた。嘘ではない。が、殺人犯としてではなく、詐欺事件の容疑者として手配をかけている。今のところ、舞太郎には殺人の動機がなく、関与した証拠もない。一方、室城茂樹には動機があり、事件時、あやしげな動きがあったことも判明した。

（これは）

純粋に優先順位の問題だ。意固地になって舞太郎捜索を後回しにしているわけではない。

「硬直した考え方ですね」

と白峰。

「警察官には責任がありますから。無為徒食の高等遊民と一緒にしてもらっては困ります」

と甲士郎。

「ぼくは大学で研究と講義をする、いわばあなたと同じ官吏ですよ。遊んで暮らしているわけじゃない」

「いがみ合わないでください。それより、そろそろ落ち着いたでしょうから、公人さんのお見舞いにうかがいましょう。わたくしの推理が正しければ、ひとつ謎が解けるはずですわ」

と円香が立ち上がったので、甲士郎と白峰も従った。

公人の部屋の廊下には使用人が見張り番のように立っている。甲士郎が公人に会いたいと伝えると、使用人は扉の鍵を開けて中をうかがい、公人の許可を取った。

ようやく甲士郎たちが、公人の部屋に足を踏み入れる。ベッドに横たわる公人の脇に、君枝と弘子も座っていた。

公人は窓際のベッドから身を起こして、三人を迎え入れた。

「すみません。閣下とはわからずに、足止めしてしまったようで」

どうやら通常、公人の部屋に入ることを許されているのは、主治医のほかは君枝と弘子と中里だけらしい。ほかの者が足を踏み入れないよう、使用人が見張っているわけだ。部屋の掃除も、君枝がみずからおこなっているらしい。

そのせいか室内はよく片付いている。ただ、ベッドの脇、公人の足元の方に、用途不明の機具らしきものが無造作に置かれているのが気になった。電話機を思わせるような機械とゴム管が組み合わさった不思議な物体だ。どこかで見た記憶があるが、思い出せない。

「お加減はどうですか」

円香が尋ねると公人は、

「ええ、だいぶよくなりました。ただ今夜の晩餐の席はご遠慮させていただくことになるかと思いますが」

「公人さん」円香がまっすぐに公人を見つめて言い放つ。「あなたの病気、かなりお悪いですよね」

君枝と弘子がはっと息をのんだ。

「参りましたね」公人は苦笑いして、「おっしゃるとおり、ぼくは死病にとりつかれています」

「失礼ですけど、ご病名は」

円香の遠慮ない質問のつるべ打ちに、君枝が身を乗り出して制止するそぶりを見せたが、公人は大丈夫だとでもいうように笑顔で首をふり、

「白血病です」

と答えた。

それがわかったのは数カ月前。以前にも貧血気味で何度か倒れることがあったため、病院で精密検査をして診断が下った。レントゲン光線療法なる治療を試みたが、はかばかしい効果は得られなかった。という事実を公人は淡々と告げ、

「死期ははっきりしませんが、おそらく三月(みつき)以内でしょう」

と言い切った。

弘子ははなをすすり、君枝は怒りとも苦しみともつかない強い感情を封じ込めるように唇をかみしめている。家族はすでに公人の死を、避けがたい現実として受け入れているようだ。ただそれが悲しみを和らげてくれるわけではなかろう。むしろ、時々刻々、避けようのない未来の悲劇と相対する苦痛に耐える苦行を続けているのだ。

さすがの白峰もショックを受けたようで、

「少しも知らなかった。君がそんなことになっていたとは……、ほんとうに、言葉もない

よ」

「そんなにしょげないでください。内緒にしていたことはあやまります。家族以外には当分秘密にするとしていましたので」

公人の言葉に、白峰は首をふり、

「あやまるなんて、とんでもない。もしぼくになにかできることがあれば、遠慮なく言ってくれ」

「内緒にしていたのなら、ほかにご存じの方はひとりもいらっしゃらないのかしら」

円香が事務的な冷たさで尋ねた。

しかし、君枝も弘子も口を利ける状況ではなく、

「病院の先生を除くと、あとは中里だけです」

公人が答えた。

「でも、病院関係者の口からもれるおそれはありますわね」

「どうでしょうか」公人は首をかしげた。「九鬼梨一族が昔から懇意にしている病院で、私は信用していますが」

別の見方をすれば、一族の者たちもその病院を利用していて、一般の病院より情報がもれやすいともいえる。

円香はどうだとばかりに甲士郎へ顔を向けた。聞くべきことは聞きだしたとでも言いたげ

だ。円香には抜群の推理力がある。しかし、人の心を思いやる感性は間違いなく欠如している。

「わかりました」甲士郎は公人に、「ご病気、とてもお辛いこととお察し申し上げます。いろいろ詮索してすみませんでした。ただこれも事件捜査の一環ですので、どうかご容赦ください」

甲士郎は円香と白峰を促して暇を告げた。

部屋から立ち去りかけた甲士郎たちの背中に、

「まだ、死ぬと決まったわけじゃありません」

と叫ぶような声を浴びせたのは君枝だ。

甲士郎が扉の前で振り返ると、

「医者は乏しい自分の常識だけで患者の寿命を決めつけますけど、この世にはまだまだわかっていない科学がいっぱいあるはずです。公人も、完治を諦めてはなりませんよ。さあ、治療の時間です」

君枝はベッドの脇に置かれた謎の機器を手に取った。

思い出した。この不思議な物体はオキシパサーだ。熱磁気反応を利用した酸素療法により、万病に効くと喧伝されている舶来の医療器具である。

次姉の嫁ぎ先の姑が、このオキシパサーの愛用者で、リウマチ治療に使用していると聞き、甲士郎もその存在を知った。

　オキシパサーの効能は、現代医学界でまったく認められていない。しかし、治療法もなく、医者に見放された者たちは、藁にもすがる思いであやしげな機器が起こす奇跡を心待ちにする。

「お祖母さま」

　公人はなだめるように君枝に声をかけるが、君枝は公人の腕をとり、手首にゴム管を巻きつける手を止めない。公人はあきらめたのか、口元に少し笑みを浮かべ、なすがままになっている。

「お大事に」

　甲士郎はそう声をかけて部屋を出た。

　円香と並んで廊下を歩きながら、

「なんだか気の毒ですね。少しでも効き目があればいいんですけど」

　甲士郎が言うと、

「あんな紛い物に効果があると思っているんですの」

　円香が鼻を鳴らさんばかりに軽蔑の声をあげた。

「いえ、多分ないでしょうけど……。でも、円香さまこそ、あの類の信奉者だと思っていましたが」

「まあ、心外ですわ」円香は憤然として、「わたくしが使うのは霊の力。ああいう最新科学を装った紛い物は、いっさい信じませんから」

「それは、失礼いたしました」

甲士郎は謝ったが、円香は頬を膨らませたまま、廊下を進んでいく。白峰もあっけに取られた様子。

(いったい)

なんなんだ。いかさま科学と霊能力、どっちもどっちだろう。

二

晩餐の席でも円香の機嫌は直らず、甲士郎の視線を避けたまま、ほかの者たちと語らっていた。

晩餐が終わり、甲士郎が部屋に引きあげ、捜査員たちの報告書に目を通していると、円香の使用人が扉を叩いた。部屋へ来るようにとの円香のお達しだ。時計を見ると午後十時半。女性の部屋に足を踏み入れるには、少々遅い時刻だが、上司のご命令とあらば仕方がない。

円香は安楽椅子に腰をかけて甲士郎を待っていた。ランプに照らされた小さなテーブルと円香の姿が、薄暗い部屋の中で浮かび上がって見える。ここまで甲士郎を案内した使用人は音もなく姿を消していた。

「そこにお座りになって」

円香が指し示したテーブル横の椅子に、甲士郎は腰を下ろした。

室内は生花の香りに満ちている。円香は風呂あがりなのか、熱を帯びたような薄桃色の肌が頰をほてらせ、少し濡れた緑の黒髪が白磁の首筋をなでつけている。

「お呼びたてしたのは言うまでもありませんが」

円香は潤んだような瞳で甲士郎を見つめる。

「はい」

甲士郎はそっと唾を飲み込んだ。この人は未亡人だったのだなあ。ふいにそんな思いが脳裏をよぎった。

手を伸ばせば引き寄せられる目の前に、円香は薄い絹の浴衣を羽織り、しどけなく安楽椅子に身を沈めている。

こんな時間に自室に呼び、ふたりきりの密会を演出した円香の意図は、あきらかだ。

しかし、だったら、なぜ晩餐会ではあんなにつれなかったのだろう。

（そうか――）

あれは駆け引きだったのだ。わざと冷たくしてみせ、気を引く手管だったのだ。白峰を捜査に加えたのもその一環だ。

それが証拠に甲士郎の心は、急速に円香へ引き寄せられている。

円香の年齢はいくつなのか。配属前に見た資料には記載がなかった。今度、宗秩寮の友人に調べてもらおう。いずれにせよ、それほど年の差はないはずだ。

（しかし）

もしも、甲士郎と円香がそのような関係になれば、日本中を揺るがす一大醜聞に発展する。

もちろんともに独身だから、姦通罪には問われない。それでも甲士郎は非難を浴びるだろう。兄をはじめとする一族から勘当されるかもしれない。それとも逆に公爵家の余禄に与ろうと、すり寄ってくるか。

（いずれにしても）

円香と深い関係になるには、それ相応の覚悟が必要だ。自分にその勇気があるか。

ふくよかな円香の赤い唇を見つめる。柔らかく動く唇から、鈴の音のような声が流れてくる。

うん、やはり、清水の舞台から飛び降りる価値はある。

「来見さん」

ややつよい口調の円香。

われに返る。円香がなにか言っていたようだ。

「聞いていましたか。わたくしの話」

「はい？」

「捜査の件です。来見さん、ぼうっとした顔で、心ここにあらずでしたよ」

「あ、いえ、ちょっと」

妄想を振り払い、椅子の上で姿勢を正す。恥ずかしさに赤面するのを自覚しながら、さもあらぬ態（てい）を装って、

「少々考え事にふけっておりました。差し支えなければ、もう一度、はじめからお話しください」

円香は出来の悪い生徒を見るような眼差しを甲士郎に向けた。

「いいですか、夕方の公人さんの話で、事件の様相が大きく変わったことは承知しましたね」

甲士郎はうなずく。

白血病を患う九鬼梨公人には死期がせまっている。この事実は家族だけの秘密だが、一族の者にはもれているかもしれない。

もしそうなら、一連の殺人事件の動機に、伯爵家の相続問題がからむ疑いがいっそう濃くなる。

「でも、今回の事件を、公人さんの余命を知った犯人による、伯爵家相続を狙った連続殺人事件だとすると、気になる点があるとわたくしは申したのです。来見さん、なにかわかりま

すか」

まだ動揺から立ち直りきれない甲士郎は、

「すみません。ちょっと思い浮かびません」

「ひとつは第一の殺人が公人さんを狙ったと思われることです」

なるほど。たしかに公人の余命を犯人が知ったのなら、しなくてもいい無駄な行動だ。

また仮に伯爵家の相続権のない中里稔を狙ったとすれば、これも想定される動機と符合しない。

「もうひとつは、上柳氏ひとりを除いても、犯人の目的は達せられないことです」

今後、公人が亡くなった場合、伯爵家の相続権者は、上柳宗次郎、室城茂樹、室城裕樹の三人。あと現実的な可能性はほとんどないが吉松舞太郎にも形式上、相続権は存在する。この中の誰かが犯人でも、あとふたりか三人を除かねば、爵位は手に入らない。

「といって、自分だけが生き残っても、まずいでしょう」

たしかに最後にひとりだけぴんしゃんして爵位と遺産に手を伸ばせば、自分がみんなを殺しましたと白状しているのと変わらない。ましてや白峰一押しの舞太郎など、姿を見せたとたん即お縄だ。

「でも、犯人の狙いが必ずしも伯爵家の相続とはかぎりませんよ」

甲士郎は言った。

上柳貫一郎が死ぬ直前に機嫌がよかったのは、公人の余命を知ったためだと思われる。伯爵家の相続はできなくとも、代替わりの際に御三門の者たちにある程度まとまった資産や金銭の下賜があるのかもしれない。

「この場合、競争者全員を殺さずともいいわけです」

ひとりふたりを間引いておけば、分け前は増える。運がよければ伯爵家も相続できる。犯人はそれで満足なのかもしれない。

円香は考え込んで、

「そうですわね。ほんとうにそのような下賜があるのか、弁護士さんに確かめておく必要がありますわね。あと御三門の方々が全員殺された場合、相続権が誰のもとへ行くのかも」

「御三門が全員……」

それは盲点だった。

「わたくしは中里稔さんが殺されたのは、やはり相続権がらみだったと睨んでいます」

御三門に相続者がいなくなれば、一族でもある中里家の稔が伯爵家を継ぐかもしれない。犯人は先回りしてその芽を摘んだ。

「でも、そうすると」

「そう、殺人事件はまだまだ続くことでしょう」

犯人が九鬼梨家の相続権者の根絶やしを狙っている？　いくらなんでも飛躍しすぎではな

いか。

「今の段階ではあらゆる可能性を考えておくべきですわ」

「むろんそうですが」

今のところ、相続権者で殺されたのは上柳貫一郎ひとり。中里稔を入れてもふたりだ。

「地道に今ある有力な証拠や手がかりを追うことも大切です」

すでに室城茂樹の事件当夜の不審な動きがあきらかになっている。明日中に大きく捜査が動く期待もある。

「まあ、どっちにしても、今夜はもう遅いですから、明日にいたしましょう」

と円香が口元を手で押さえながら、あくびをかみ殺した。

三

翌朝、甲士郎が目覚め、時計を確認すると七時半。九鬼梨邸の窓のカーテンの隙間からさんさんと陽が差し込んでいる。

ただちにベッドを離れ、着替えをすませて、円香の部屋へ向かった。

部屋の前の廊下には見覚えある人物の姿があった。周防院家の老執事だ。今朝から九鬼梨邸に出向いて円香の世話をするらしい。用件を聞かれたので、

「九時から捜査会議です。円香さまにもご臨席いただきたい」

と甲士郎が告げると、老執事は、

「少々お待ちを」

と言って部屋に引っ込んだ。しばらくしてあらわれると、

「閣下は午後のお茶をご一緒されると申されています。時間は三時ちょうど。時間厳守でお願いいたします」

重役出勤にもほどがある。が、何事も肯定、肯定。忘れかけていた元上司の忠告を胸の中で唱えた。

「承知しました。それではまたのちほど」

階下の捜索仮事務所に向かう。

部屋に入ると捜査員たちがいっせいに立ち上がり挨拶をしたが、席は半分ほど空いている。何名かがすでに聞き込みに向かっていると、瀬島が説明した。

「なにか動きがあったのか」

甲士郎が着席しながら尋ねると瀬島は、

「じつは昨日から室城茂樹の行方がつかめなくなっています」

「どういうことだ。詳しく説明してくれ」

甲士郎はいったん腰を下ろしかけた椅子から身を乗り出した。

上柳貫一郎殺害の夜、ひそかに外出していた室城茂樹から話を聞くため、捜査員が今朝いちばんで室城邸を訪問した。帰宅したら報せるよう伝言をしていたが、なんの連絡もないので、こちらから出向いたのだ。

「ところが、使用人たちの話では、室城茂樹は帰宅していないというのです」

そこで捜査員は昨日、茂樹が仕事で立ち回る予定になっていた先を、聞き出した。

「いくつかの先とは電話で連絡がつきましたが、いずれも茂樹とは会っていないとのことでした」

おもに宅地や工場地の仲介業者だが、約束の時間になっても茂樹があらわれず、仕事にならなかったとぼやいているという。

電話連絡のつかない先や、予定にはないが茂樹が立ち寄ったかもしれない先へは、捜査員たちを向かわせている、と瀬島は言った。

「それで現在までに把握している状況は」

甲士郎の問いに瀬島が、

「昨日、午前九時すぎに事務所がある麹町を出たあと、午後二時ごろ事務所へ茂樹自身が電話を入れたのを最後に、消息がつかめなくなっています」

「二時の電話の用件は」

「仕事の話だったと事務員は言っていますが、警察が来て晩餐会前夜のアリバイを調べていることを、茂樹に伝えたかもしれません」

もしそうだとすれば、自身が疑われていると思い、逃走を図ったのかもしれない。

甲士郎は室城邸へ捜査員を送り、茂樹の預金やほかに現金化しやすい財産の在り処、逃走の手助けに頼りそうな知人、友人などの住所を聞き出すよう命じた。

「主要な駅や港にも手配書を回しましょう。こうしておけば、いずれ袋の鼠です」

瀬島の進言に、甲士郎も同意した。

室城茂樹の捕縛は時間の問題だろう。

ただ、今の段階で捜査方針を一本に絞るのは早計だ。茂樹の失踪と事件が無関係の可能性もある。

「ほかの九鬼梨一族の男たちのアリバイ捜査はどうなっている」

甲士郎の問いに、瀬島はバツの悪そうな顔をした。

「じつはほとんど確認が取れていないんです」

九鬼梨公人、中里春彦、室城裕樹、上柳宗次郎たちは、みな自宅にいたと言っている。そしてそれを裏付ける使用人たちの証言も一部あるのだが、

「みな、自室で読書をしていたとか、寝ていたとかで、それをずっと見張っていた者もいないわけです」

途中、そっと抜け出しての犯行も可能だったということだ。

「でも、こっちの捜査はあまり気にしなくても。室城茂樹をつかまえて吐かせれば、それで事件解決ですよ」

と瀬島は楽観的だが、もし当人が犯行を否定した場合、確実な証拠が必要だ。中里稔を殺した毒薬や、上柳貫一郎の首を切った凶器などが出ればいいが、そうこちらの注文どおりにいくとはかぎらない。尋問が難航しても、華族一族である室城茂樹を拷問するわけにもいくまい。

「誰が犯人にせよ、動かぬ証拠を見つける必要があるぞ。目撃情報はどうなっている。芝の倉庫や九鬼梨邸周辺で、車夫以外の目撃者はまだ見つからないのか」

甲士郎の問いに、黒崎が答えた。

「昨日は収穫なしです。今日はもう少し範囲を広げて聞き込みをおこないます」

捜査会議は三十分ほどで終わり、甲士郎の言葉を受けて捜査員たちは全員、外回りに出た。

昼すぎになっても捜査員たちからはなんの連絡もなく、甲士郎は公人の部屋を訪れた。公人が横たわるベッドの脇に車付椅子を横付けし、弘子が本を読み聞かせていた。

「捜査のお話でしたら、わたくしは失礼した方がよろしいですわね」

弘子が本を閉じて、車を動かしかけると、

「いいえ、お加減をうかがいに来ただけですので、お気づかいなく」

甲士郎は言った。

「こちらこそ、お気づかいいただき恐縮です。おかげさまで今日はとても体調良好です。本当はベッドにいる必要もないんですけど、医者と祖母から絶対安静を命ぜられていまして。こうして、怖いお目付け役も付けられているわけです」

と公人が横を見ると、

「まあ、お兄さまったら」弘子が笑いながら公人の腕をさすり、「そんな意地悪をおっしゃるのなら、オキシパサーをはじめますわよ」

「かまわんさ。でも、せっかくならお祖母さまがいる時にしようよ。電気ショックを起こしたふりでおどろかせてやろう」

公人の言葉に、弘子は困ったような顔で甲士郎を振り向き、

「兄はいつもこんなことばかりして、わたくしや祖母をからかって喜んでいるんですよ」

と言うと、公人が、

「来見さん、妹はよそ様の前では真面目を装っていますけど、自分だってわざと椅子から転げ落ちて、祖母や中里を右往左往させたこともあるんです」

「いやですわ。それはもう十年以上前のわらべ時分のお話でしょう。それもたった一度だけの。お兄さまにかかると、一生言われ続けそう——」

弘子ははっとした顔で口を閉ざした。そのまま続ければよかったのだろうが、言葉が途切

れたことで、かえって失言があらわになった。

甲士郎もとっさに紛らわす言葉が出てこない。気まずい雰囲気が漂う。

「憎まれ口ばかり叩いていると、案外長生きしてしまうかもしれないね」

かたまった空気をほぐすように公人は軽い口調でそう言うと、弘子の手を握った。弘子も公人が差し伸べた右手を両手で包むように握り返した。

(ほんとうに)

仲のよい兄妹なのだな。

甲士郎にも兄姉がいるものの、これほど睦みあう間柄ではない。うらやましい気もするが、ほどなく引き裂かれる運命が定まっているふたりだ。なんとも切ない思いもする。

四

午後三時に青江弁護士が九鬼梨邸に顔を出した。甲士郎は青江に声をかけ、一緒に円香の部屋の前に向かった。

朝と同じく老執事が立っている。甲士郎が来意を告げると、

「お待ちください」

老執事は部屋に入り、すぐ戻ってきた。

「ただ今、事件の占いをしているところなので、三十分後に出直してくださいとのことです」

青江は怪訝な顔をしたが、甲士郎はもうおどろかなかった。

別室に行き、時間つぶしの煙草を吸っていると、白峰が姿を見せた。公人を見舞った帰りらしい。

「これから公爵さまとご面会ですか。でしたら、ぼくもご一緒しましょう」

円香のお墨付きがあるので断りづらい。

煙草など吸いに来ず、部屋の前で待っていればよかった。

苦々しい思いで、青江と白峰とともに、円香の部屋の前に戻ると、今度は老執事もすぐに扉を開けた。

「お座りください」

窓際の安楽椅子から円香が言った。

甲士郎と青江と白峰が、円香の前に置かれた椅子に腰を下ろした。テーブルに四人の紅茶が運ばれると、円香が切り出した。

「青江さん、よろしいかしら、お尋ねして」

青江はかしこまり、

「はい、なんなりと」

「あなたと家令の中里さんは長く仲違いをされていますね。どのような因縁がおありなのでしょうか」

てっきり九鬼梨家の相続の件を尋ねると思っていた甲士郎は戸惑った。白峰もほうというように目を丸くしている。当の青江はそれ以上に狼狽して、

「いえ、まったくさような事実はございません。閣下はどうして、そうお考えになったのでございましょう」

額に汗を光らせる。円香は冷静にそんな青江を見つめて、

「さいしょにお会いした時です。九鬼梨家の昔話の中で、お父様と中里さんに対して冷淡な感じがしたものですから。あと、今、わたくしの問いを否定された時も、目線を斜め下に逸らしましたね。これは心にやましさがある人が取る無意識の行動です」

青江は目を白黒させるばかりで、否定の言葉さえ口にできない。図星を突いたようだ。円香が人の心を読めないという見方は、もしかすると誤りだったかもしれない。

ここで円香が質問をたたみかけ、中里春彦との因縁にさらに探りを入れるのかと思いきや矛先を変え、

「ところで、九鬼梨家の代替わりの際、御三門の方々に財産や金品の分与などする決まりはあるのですか」

青江はあきらかにほっとした表情を見せ、

「いえ、とくにそのような決まりはありません。叙爵のお祝いに金一封などが出ることはあるかもしれませんが」

と答え、ハンカチで額の汗をふいた。

金一封程度のはした金で、上柳貫一郎が借金を清算でき、上機嫌になったとは思えない。とすれば貫一郎が知った秘密は、公人の病気とは無関係なのか。それとも自分が相続順位第一位になる確信があったのか。

（それにしても）

円香はなぜ青江を追い詰めながら、攻撃の手をゆるめてしまったのだろう。青江と中里の確執という、新しい情報をせっかく掘り出したのに。

「もうひとつ」と円香は質問をかさねる。「本家と御三門に相続者がひとりもいなくなった場合の規定は、なにかございますの」

「いえ」青江は首をふった。「そこまでは家範にも記されていません。もしそのような事態になれば、親族会議で相続者が決められることになると思います」

「その場合、ご一族でもある青江さんのご子息や、健在でしたら中里稔さんなどが、候補になるわけですわね」

円香が指摘する。

（なるほど）

青江と中里の確執が、ここにつながってくるわけだ。

しかし、青江は先ほどのような動揺は見せず、落ち着いて答える。

「申し上げましたように、相続は親族会議によって決まりますので、今の段階で誰が候補になるともわかりません。そもそも現在、御三門に立派な候補者が大勢おりますし」

「でももし万が一の際、相続権がどうなるか、仮定でもお話くらいはされているのではありませんか？」

たしかに円香の言うとおりだ。来見家でも相続順位は十位まで決められている。ちなみに甲士郎は今のところ三番目だ。

「さようですねえ」円香の追及に、青江は考え込んで、「九鬼梨一族はほかにも大勢おりますので、愚息が相続者候補に入るかどうかは、半々より少し高いくらいの確率かと存じます。いずれにせよ、何度も申しますが、親族会議の結果ですので、誰かひとりの考えでこうなると断言できるものではないのです」

青江の話が事実とすれば（おそらく事実だろうが）、御三門以外の者が、九鬼梨家の相続権を得られるか、事前に知るのはかなり難しい。つまりは、御三門以外の者が、九鬼梨家の相続を狙って殺人を犯しても、利益を得られる保証はないということだ。

今回の事件に九鬼梨家の相続問題が関係しているならば、今の青江弁護士の話で、容疑者の範囲はかなり狭まったのではないか。

青江が辞したあと、

「ただ今の事情聴取、お見事でございました」

甲士郎がほめそやすと、

「前もって占いであたりをつけておきましたからね。的をはずさない質問ができたと自負していますわ」

円香もまんざらでない様子。

卜占（ぼくせん）も霊感も信じないが、円香の捜査能力だけは信用してよいと思う。

「来見さんも、いいかげん霊の力をお信じになったらいかが」

勘の鋭さも認める。

「……ええ、それはともかく、先ほどはなぜ、青江弁護士と中里春彦との関係について、もっと深く問い詰めなかったのですか」

「聞いたところで正直に答えるとは思えませんでしたから。あのふたりの関係だけでなく、九鬼梨一族の間には、まだ秘密があるように思いますよ。ただ、これを探るには、別の事情通を見つけて話を聞く必要があるでしょう」

たしかに。

「では、捜査員たちに、九鬼梨一族や旧家臣団の親睦会の有力者たちをあたらせます」

それらの関係者とて、簡単に口を滑らせはしないだろう。それでも情報の欠片を拾っていくことで、なにかしら大きな秘密の影が炙り出されてくるかもしれない。

ただ、問題は捜査員たちの手が足りないことだ。今でさえ、室城茂樹の捜索と殺人現場付近の聞き込みで、総動員をかけている。

「あら、それなら、捜査員を増やしてもらうよう、お願いすればよろしいじゃありません。なんでしたら、わたくしから警視総監に申し上げましょうか」

円香がおねだりしたら、一も二もなく大増員が許可されるだろう。そして同時に甲士郎の管理能力が厳しく査定されるはずだ。

「捜査員はなんとかやりくりいたしますので、本庁への働きかけは、なにとぞお控えください」

「そうですの」円香は少し不服そうに、「わたくしにできることがあれば、遠慮なくおっしゃってくださいな。来見さん、変に意地を張ってらっしゃいません？」

「いえ、さようなことは」

捜査員増員の件で、甲士郎と円香がやりあっていると、それまで蚊帳の外にいた白峰が会話に割り込んできた。

「事件に戻りますが、おふた方とも、ひとつ重大な点を見逃してはいませんか」

「と言うと」

「先ほどの青江弁護士の話から、殺人犯が九鬼梨家の家督相続を狙っているという線はやや薄れたかと思います。なぜなら、御三門以外の者には、危険をおかす価値がない。御三門の者は、犯行をかさねれば疑惑の矛先がいやがうえにも自身へ向いてしまう」

「ならば犯人の動機はなんだと？」

甲士郎の問いに、白峰は答える。

「恨みでしょうね。栄耀栄華（えいようえいが）をほこり、なに不自由なく暮らす九鬼梨一族への逆恨み、自身はお尋ね者で日々の生活にも窮し……」

結局、吉松舞太郎犯人説か。

「前にも言いましたが、警察も吉松の行方は捜していますよ。ただ、今のところ、殺人犯と疑わせる証拠はなにひとつありません」

甲士郎の言葉に、白峰はあきらめ顔で、

「いくらぼくが口を酸っぱくして言おうと、聞いてもらえる状況にはないようですね。まあ、ぼくもかれとは少々付き合いがありましたから、心当たりの先を回ってみますよ」

と言うと、円香に深々と一礼して退出した。

「来見さんは白峰さんがお嫌いなのですね」

白峰の背中が消えた扉へ顔を向け、円香が言った。

「いえ、別段嫌ってはいませんが、やはり部外者をあまり捜査に関わらせるのは、いろいろ問題があるかと思います」

　甲士郎の思い切った忠告に、円香が反論の口を開く前に、部屋の扉があわただしくノックされ、老執事が姿をみせた。

「瀬島巡査部長から、大至急との電話が入っています」

　すぐに部屋の電話につないでもらい、甲士郎が受話器を取った。

「どうした」

「室城茂樹らしき男を発見し、捜査員が声をかけたのですが、逃げられました」

「どこでだ。逃げた方角はわかっているか？　詳しく説明しろ」

　甲士郎は受話器を握り直した。

　瀬島は数名の捜査員たちと、急きょ、東京駅で張り込みをしていたという。室城茂樹らしき人物が市電に乗っていたとの目撃情報が入ったためである。その市電の行き先が東京駅方面だったのだ。また、茂樹の知り合いの会社社長が、大磯(おおいそ)に別荘を持っているとの情報も得ていた。茂樹がそこを隠れ処(が)とするのなら、東海道線(とうかいどう)に乗るはずだ。

　午後四時、大阪行きの下り列車が出発するプラットフォーム上で、捜査員のひとりが、室城茂樹と風体が似ている四十代の人物を見とがめた。男は旅行にでも行くつもりなのか、大きめの荷物を手に提げていた。

すでに列車は動きはじめていたが、男は乗るでも乗らぬでもなく、列車と並んで進行方向に歩を進めている。

「おい、おまえ、待ちなさい」

捜査員の声が聞こえなかったのか、それとも無視したのか、男は速度を上げはじめた列車に飛び乗った。

捜査員も続こうとしたが、列車はすでに危険なほど速度を増している。追跡をあきらめ、捜査員は改札口で張り込んでいた瀬島に報告をしたのだった。

「では、まだ室城茂樹は列車の中だな」

甲士郎はそう言って時計を確認した。四時十分。

今、新橋駅をすぎたあたりか。瀬島は部下の捜査員たちと次の列車で追いかけるという。

しかし、それでは室城との差はいつまでも縮まらない。

大磯の警察に連絡をすれば応援を頼めるが、東京駅で声をかけられた室城が用心して途中下車するかもしれない。もっと早く室城と接触しないと、取り逃がす恐れがある。

鉄道院へ連絡して協力を要請する手もあるが、今のところ、当該の人物が室城茂樹であるとの確証もなく、また室城茂樹であったとしてもまだ事件の正式な容疑者ではないため、車掌に逮捕させるわけにもいかない。

つまり有効な手立てがないということだ。

「どうなっているんですの」

説明を求める円香に、甲士郎は手短に状況を伝えた。

話を聞き終えるより早く、円香は立ち上がった。

「なにをぐずぐずしているのです。参りましょう」

「へっ、どこへですか」

「どこでも汽車の行く先へ。車で追いかけるのですよ」

円香が老執事にカデラックを玄関に回すよう命じると、老執事は難しい顔をして、

「しかし、閣下、そろそろお召し替えのお時間です。やんごとなきお方が、お部屋着で外出されるのはいかがかと」

「いいから、早く行きなさい」

円香の剣幕に老執事は飛ぶような勢いで部屋を出た。

いつもの鷹揚な円香とは打って変わって、みずから素早く納戸を開けて中から小ぶりの旅行鞄(かばん)を取り出し、

「さあ、参りますよ」

と言って部屋を駆け出る。

(これは)

困ったことになったぞ。

廊下から階段へと進む円香のあとを追いながら、甲士郎は思った。

汽車を自動車で追跡するのはいいが、もし大捕り物となり、室城茂樹が抵抗して円香が負傷でもしたら——。

甲士郎ひとりの進退ではすまない大問題になる。

「円香さま、ここは捜査員たちを東海道線の各駅に急行させ、われわれはその結果を待った方がよろしいかと存じます」

玄関を出て、車寄せに停まっているカデラックの前でようやく追いついた甲士郎が言った。

後部座席のドアを開けて待つ老執事に何事かささやいていた円香は、

「いいから、一緒に乗りなさい」

と甲士郎を振り向きもせずに、ドアの内側に身を入れる。

「カデラックでの追跡は、とてもよいお考えかと存じますが、しかし——」

「ここで言い争っている暇はありませんよ。もし、一緒に行けないとおっしゃるのなら、来見さんだけ残りなさい。わたくしはひとりで参ります」

後部座席に座った円香が運転手に車を出すように命じる。あわてて甲士郎も円香の隣に乗り込んだ。甲士郎がドアを閉めると同時に、カデラックはタイヤを鳴らしながら発進した。

五

カデラックはV型八気筒エンジンの轟音を奏でながら木立を抜ける道で加速をし、猛スピードで九鬼梨邸を飛び出した。

帝都の町並みがまたたく間に後方へ飛び去る。大通りにあふれる人力車、大八車、乗合馬車の引手、乗り手たちが、疾走する車に驚愕の視線を向ける。けたたましい警笛の音とともにカデラックの巨体はひたすら前進を続ける。

事故が心配だが、それ以上に心配なのが、円香の身の危険だ。

「もう少し速度を落とさせましょう」

「大丈夫ですよ。いつも急ぎの時はこれくらい出していますから」

円香は涼しい顔で、膝の上の旅行鞄を開けて中身を確認している。

窓の外では、カデラックをかろうじて避けて道に倒れ込む車夫の姿が後方へ消えていく。

「しかし、万が一、事故でも起こしたら、周防院のご家名にも傷がつくことに」

「それは来見さんが心配することではありません」

「そうは参りません。私も部下として円香さまの御身に――」

「来見さん、できれば少しの間、黙って窓の外を向いてていただけません？」

何事も肯定、にも限度がある。やはり言うべき時は言わねば。

「円香さまの御身は、円香さまおひとりのものではないのです。華族捜査局の局長という高官であり、ひいては内務省――」

「わたくし、これから外出着に着替えをいたしますけど、ご覧になりたいのでしたらどうぞ」

と円香が服を脱ぎはじめたので、甲士郎はあわてて窓の外へ顔を向けた。

川崎駅の駅舎が目の前に迫ってきた。汽車の煙がのぼっている。下り列車が停車しているようだ。出発時刻は過ぎているはずだが、動きはじめる気配がない。

駅舎前の広場に急停車したカデラックから、甲士郎と円香は急いで降りた。

駅舎の中に駆け込むと、改札の前に制服を着た初老の男が立っていた。甲士郎と円香の姿を見ると、直立不動で敬礼をした。

「周防院閣下でありますか」

「そうです。駅長さんですね」

「さようであります。報せをいただき、下り列車を緊急停車させております」

「列車からは誰も降ろしていませんね」

「はい。列車の両側から死角なく駅員に見張らせて、人っ子ひとり逃がしておりません」

甲士郎はあっけに取られる思いで、円香と駅長のやりとりを聞いていた。

駅長の先導で改札を通過し、停車した列車に向かう途中、甲士郎は円香に質した。

「いつ、駅長に連絡をしたのですか」

「出発前に加島に、駅への連絡を命じておいたのです」

この時はじめてあの老執事の名字を加島と知った。

甲士郎と円香は先頭車両に乗り込むと、各車両を順に調査した。一等車にはそれらしい人物は見当たらず、二等車にもあやしい姿はない。

甲士郎は左右の座席に目を配りながら、通路を進む。二等車を調べ終わり、三等車に足を踏み入れた。ゆっくり時間をかけながら一人ひとりの顔を確認する。室城茂樹はもちろん、それと似た年恰好の者も見逃さないようにする。

三等車の二両目に入ってすぐに、甲士郎は足を止めた。前方右の窓際の席に四十代とおぼしい男が腰かけている。風体はどことなく室城茂樹に似ているが本人ではない。

目顔で合図すると、円香もその男を確認し、うなずいた。やはり似ているのだ。

甲士郎は男の座席の前まで歩を進めた。男の座席の横には大きめの旅行鞄が置かれていた。

プラットフォームでの捜査員の目撃情報と一致する。

「失礼だが、あなたは東京駅から乗車したのかね」

甲士郎が質すと、男は特にあわてた様子もなく、

「ええ、そうですが、なにか」

「プラットフォームで巡査が声をかけたはずだが、なぜ振り切って乗車したのだ」

「巡査が……、それは気づきませんでした」

男はそう言ったが、目が泳いでいる。

「来見さん、この人、嘘を言っていますわよ。わかっていて無視して乗車したんです。あやしいですわ。来見さん」

わかりきったことを円香が指摘してくれる。

「ええ、さようでございますね」

甲士郎は振り向いてうなずく。横から口を出されては取り調べの邪魔だが、円香の発言を無視するわけにもいかない。もう一度、男に振り返り、

「これからどこへ行くつもりかね」

「横浜へ、この荷物を届けることになっています」

男は座席に置かれた大きい鞄を示した。

「なにを運んでいるのだ」

甲士郎の問いに、男は戸惑った顔をして、

「じつは私も中身は知りません。知り合いから頼まれただけですので」

「来見さん、あやしいですわ。わたくしの霊感がそう言っています」

円香が言いつのる。男が、誰なんだこの人は、と言いたげに、円香へ胡乱な目を向けた。

「荷物の中を見せてもらえないかね」

甲士郎が言うと、男は躊躇した。

「いえ、それは……」

「なんだね。なにか見られてはまずいものでも隠しているのか」

甲士郎が問い詰めると、「そういうわけでは」とつぶやきながら、男はしぶしぶと鞄の口を開けた。

鞄の口から、紺色の風呂敷包みがのぞいた。甲士郎がうながして、男にその風呂敷包みを取り出させる。壺だろうか、座席に載せると少し揺れた。

男が包みのてっぺんの結び目をほどく。風呂敷がはらりと広がった。

「ぎゃ――――!」

耳元で円香の絶叫が轟き、そのまま卒倒した円香の身体を背後に控えていた駅長が支える。甲士郎も硬直したように身動きならず、ただ座席に置かれたそれを凝視した。持ち主の男も驚愕の表情を顔に張りつかせ、座席で固まっている。

「これは、また……」

気を失った円香を座席に横たえさせ、甲士郎の横に立った駅長が、そう言ったきり、絶句した。室城茂樹の生首を凝視して。

第七章　動く生首

一

　室城茂樹の生首発見から、男の緊急逮捕、瀬島たちの到着、警視庁の鑑識の到着、意識を取り戻した円香への対応と加島老執事への引き渡し、男の取り調べと警視庁への移送。

　これら一連の対応と処置を終えて、甲士郎が九鬼梨邸に戻ったのは、日付が変わった午前二時だった。

　玄関を入り、広間の階段を上がると、明かりを持って中里春彦が立っていた。どうやら甲士郎の帰りを待っていたらしい。

「どうも、たいへんなことになりましたね。その……、間違いはないのですな、室城に」

　生首発見直後、川崎駅から電話で事件の概略は伝えてあった。

「ええ、わたしと瀬島巡査部長で確認しました。念のため、明日、室城家の方にも警視庁へ来てもらいますが」

「そうですか。ところでやはりこれは、九鬼梨一族の者を狙った連続殺人とみてよろしいのですか」

「おそらくそうだと思います」

何者かが、九鬼梨家の相続権者たちを抹殺している可能性が高いのは確かだ。

「うむ」春彦は深刻な顔をして、「じつは以前なにかの会合のおり、民間の探偵から名刺をもらったことがありまして、もし、さらに殺人が続く懸念があるなら、その探偵に捜査や警護などを依頼してみたいと思うのですが、いかがでしょう」

「正直、それはあまりお勧めできません」

甲士郎の答えに春彦は不服そうに、

「でも、かなり有名な探偵社のようです。たしか名刺には、月なんとかと書いてあったと思います。当の探偵氏も自信満々の様子で、信用に足る人物に見えましたが」

「私も詳しくは知りませんが、明治の昔、ある富豪の事件に民間探偵が介入し、警察の捜査を散々かきまわしたあげく、一家皆殺しという惨劇を招いたことがあったそうです。むろん、その月なんとか氏とは無関係でしょうが、警察ではそれを苦い教訓とし、以来、部外者を捜査に関与させない方針を取っているのです」

とはいえ、すでに白峰諒三郎が関与しているが、これは円香が認めた例外中の例外だ。これ以上、よそ者を捜査に関わらせるわけにはいかない。

「そういうことでしたら仕方がありませんね。われわれ自身で用心するようにしますが、警察の方々にも警備の点でご配慮をお願いします」

渋々、春彦は引き下がった。

自室で数時間、睡眠をとったあと午前七時半、甲士郎は円香のご機嫌伺いに行った。

部屋前には老執事がいて、円香はすでに目覚めているが、気分がすぐれないので今日は一日、ベッドの中で読書などをして過ごすという。やはり昨日のショックが尾を引いているようだ。

「そうですか。私は昨日捕まえた男の取り調べで本庁へ参りますので、なにかありましたらそちらへ連絡をください」

すぐに日比谷へ向かうつもりだったが、階段を下りたところで、ちょうど邸を訪ねてきた白峰に捕まった。

「昨日は大変だったようですね。閣下のお加減はいかがです」

「今日は休息日になっています」

あたかも前からの予定だったように甲士郎は言った。白峰は万事心得ているという様子でうなずいたあと、

「ところで、警察が重要な容疑者と睨んでいた室城茂樹さんは、あべこべに被害者だったのですから、犯人像の描き直しが急務じゃありませんかね」

「ええ」そんなこと、言われなくてもわかっている。「手はじめにこれまでの事件の白峰さんのアリバイでも調べさせてもらいましょうか」

「おやおや、失敗の腹いせに嫌がらせですか。かまいませんよ、どうぞ、お調べください。中里稔、上柳貫一郎の両事件、そして今回も、きっとぼくのアリバイを証明してくれる人がいるはずです」

「あとで捜査員をやりますので事情聴取にご協力ください。しかし、すべての事件でアリバイがあるとは、これはまた都合のいい偶然ですねえ」

甲士郎の皮肉にも、白峰は涼しい顔。

「お疑いなら、気のすむまでお調べいただいて結構ですが、そうやって見当違いの捜査にうつつを抜かし、また新しい事件でも起きたら、警察の面目は丸つぶれですよ」

二

本庁三階の局長室の扉を開けると、瀬島、黒崎をはじめとする捜査員たちが勢ぞろいしていた。豪華な長椅子や数ある安楽椅子には座らず、全員が立っている。みな居心地の悪そうな顔を、いっせいに甲士郎に向けた。

「われわれ、本当にここにいていいんですよね。先ほど前の廊下で警視総監とすれ違ったんですけど」

なぜか声をひそめて黒崎が言う。

「ああ構わん。ここの使用は局長から直々にお許しいただいている」

甲士郎はそう答えたが、やはりまずいだろう。誰に話をつけたらいいのか皆目わからないが、早々に最上階の一等地は引き払い、本庁内に華族捜査局が自由に使える小部屋を確保しよう。

「さっそくですが、あの男の話の裏を取りました」

瀬島が昨日捜査員たちの調べた男の身元の報告をはじめた。

男は久和道夫（くわみちお）、四十五歳。現在は無職だが、先月まで病院に勤めていた。捜査員が当該の病院に問い合わせると、たしかに久和は先月まで事務員をしていたが、病院の規模縮小にともない解雇したという。働きや素行にとくに問題があったわけではないらしい。

家族は老母と妻の三人で、人形町（にんぎょうちょう）の借家暮らし。娘がふたりいて、それぞれ品川と千葉の佐倉（さくら）に嫁いでいる。前科はない。

「ざっと見たところ、大それた犯罪をしでかしそうな男には思えんな」

甲士郎は渋い顔をした。せっかく捕まえた男が事件と無関係なら、捜査は振り出しに戻る。

「しかし、室城茂樹の首を持っていたのは確かなのですから、事件となんらかのつながりはあるはずです」

瀬島が言う。

「そうだな。まずはどうやってあの首を手に入れたのか、あきらかにしよう」

昨日も男から事情を聞いたが、すぐに体調不良を訴えたので、身元の照会などにとどまり、今日からが本格的な事件の取り調べとなる。

甲士郎は、捜査員たちに今日一日の捜査指示をして送り出したあと、瀬島とふたりで久和道夫の尋問をおこなった。

久和は刑事課の取調室に入れられていた。体調はすっかり良くなったようだが、甲士郎たちが部屋に入ると、椅子に座った久和は不安そうな顔をあげた。

「聞かれたことには正直に答えました。いつ帰してもらえるんですか」

「華族さまの生首ぶら下げて汽車旅行と洒落(しゃれ)込んでいたんだ。簡単に釈放ってわけにはいかんぞ」

瀬島がいかめしい顔で正面の椅子に座ると、久和はおどおどしながらも、

「でも、あれは華族ではなく、そのご親戚って話では……」

「どっちだって同じだろ。いいか、これから事件のことを聞く。包み隠さず全部、洗いざらい吐け。誤魔化したりしたら承知せんぞ。嘘をついたってすぐにわかるからな」

と瀬島が凄んでみせた。久和の顔がいっそう蒼くなったところで、

「まず、どういう経緯で、どこであの首を手に入れたか、それを説明してくれ」

と甲士郎は意識して穏やかな口調で言った。

久和は救いを求める眼差しを甲士郎に向け、

「わたしはあれが人の生首だなんて、ちっとも知らなかったんです。ただ、仕事として荷物を運んだだけです」

「順番に詳しく話せ」

と瀬島。

「はあ」

病院を解雇された久和は、次の仕事を探すため新聞の求人欄を開いた。するとある商事会社の「臨時配送員求ム、四十年配ノ男子、経験不問、高給保証」という記載が目に入ったので、早速応募の葉書を出したという。

「返事はすぐに手紙で来て、後日、指定の日時に指定の住所へ行き、荷物を取って、また別の指定の住所へ運べとの指示がありました」

「なんだそれは。相手の顔も知らずに、いきなり仕事の指示を受けたのか」

あきれる瀬島に、久和は頭をかいて、

「手紙の指示は明確でしたし、五円が同封されていて、指定の住所へ届けた時に、交通費と

別にもう五円支払うとありましたんで」

「もちろん、その手紙は取ってあるんだろうな」

「いえ、手紙はすぐに燃やすようにと書いてありましたので」

「ふざけているのか、おまえ」瀬島が机を叩いた。「そんな指示、おかしいとは思わんか。第一それじゃ、荷物を届けた時に金をもらえる保証がなくなるだろ。しらばっくれられたら、どうするつもりだった」

「荷物と引き換えにお金はもらえると思い込んでいたので、そこまで気が回りませんでした」

首をすくめて久和は答えた。

「それで、指定日も手紙で知らせてきたのか」

「いえ、昨日、電報が来まして、それであわてて指示された場所へ向かったんです」

電文には荷物を受け取る場所と届け先が明示されていたという。

甲士郎は瀬島と顔を見合わせた。

信じがたい話ではあるが、久和が嘘を言っているようにもみえない。そんな頭が働く男でもなさそうだ。狡知（こうち）な殺人犯に、求人で釣られ、共犯者に仕立て上げられたか。

「荷物を受け取った場所と相手の顔はわかっているんだな」

瀬島の問いに久和は、「あっ、はい、いえ」とあいまいな返事。

「どっち、なんだ」

いらだたしげに瀬島が詰め寄ると、

「場所はもちろんわかります。ただそこに置いてあった荷物を取っただけなので、相手の顔までは……」

指定された場所は下谷区根岸。行ってみると、民家が立て込んだ路地裏の町工場だった。工場といっても外見は民家とさほど変わらず、門扉は鎖で閉ざされている。操業はしていないようだ。

電文には門の横の塵箱を開けて、中にある荷を取り出すよう指示があった。たしかに門の横には、幅一間ほどの木製の塵箱がある。久和がふたを開けると底になにか見えた。

「それがあの鞄だったんです。その鞄を取り出して、東京駅へ向かいました」

東京駅のプラットフォームで警官から声をかけられたのは気づいていた。しかし、ここで止められては、配送料五円をもらい損ねると思い、振り切って乗車したという。

「つまり、自分が生首を運んでいるとわかっていたのだな」

甲士郎が言うと、久和は激しく首をふり、

「違います、違います。まさか人の首が入っているなんて、夢にも思っていませんでした。わかっていたら、絶対にこんな仕事受けません」

多少後ろめたいことをしているとの自覚はあっても、まさか生首を運んでいるとは思わなかったと言いたいらしい。

「なにも知らずにただ鞄を運んでいただけです。行き先は横浜です」

行き先の住所は昨日聞いて、すでに現地の警察にあたらせていた。結果もすでに電話で報告されている。

当該の住所は横浜駅近くの乾物屋で、九鬼梨家とはなんのつながりもなく、新聞の求人広告も久和道夫もまったく心当たりがないとのことだった。

現地警察に情報の裏を取るように引き続き依頼しているが、久和の話からしておそらくその乾物屋は事件とは無関係だろう。

甲士郎は瀬島に合図をし、尋問を中断して部屋の外に出た。

「どう思う」

甲士郎の問いに、

「嘘は言ってませんね。犯人に利用されただけでしょう」

瀬島は言った。

「私もそう思う。しかし、捜査はこれで振り出しに戻ったな」

「そうとも限りません。広告を出した新聞社と、首があった工場をあたってみてはどうでしょう。なにか手がかりが残っているかもしれませんよ」

三

甲士郎と瀬島は鑑識係をひとり連れ、根岸の町工場へ向かった。新聞社には別の捜査員をやった。

町工場は根岸の店舗や住居が入り組んだ路地の奥、音無川(おとなしがわ)沿いにあった。板囲いの塀の向こうに赤錆の浮いたトタン屋根が見える。久和が言ったとおり、操業している様子はなく、門の扉には鎖がかけられている。

「例の鞄、ここにあったんですね」

瀬島が門わきに置かれた木製の塵箱を指さした。甲士郎がふたを開けて中を覗(のぞ)く。

「今は空っぽだな。微小な残留物がないか、まずここを調べてくれ」

鑑識係に命じて、甲士郎は瀬島と敷地内に入ることにした。

門の扉は塀と同じ板張りだが、上部四分の一ほどが格子になっている。その格子と門柱が鎖でつながれている。しかし、よく見ると鎖が巻かれているだけで、鍵がかかっているわけではないようだ。鎖をはずすと、門扉は簡単に開いた。

「なんの工場だったんだろうな」

敷地内に足を踏み入れながら甲士郎は言った。

敷地は狭く、門をくぐるとすぐに板張りの小さな建屋がある。住居と工場を兼ねているらしく、建物はそれひとつきりで、周囲の板塀との間隔は人がやっとすれ違えるかどうかといったところ。草がはびこる地面にはガラスの破片や釘、柄の取れた塵取り（ちりとり）などが落ちている。

建屋の入口は木製の引き戸で、甲士郎が引くと、がたつきながらも、あっさりと開いた。中へ足を踏み入れると同時に、異臭が鼻腔（びこう）を突いた。

「気をつけろ。これはなにかあるぞ」

あとに続く瀬島に声をかけ、甲士郎は奥へ進む。建屋の中は土間のような空間が広がっている。多くの窓の雨戸が閉ざされていて薄暗い。

ネズミの死骸やバケツ、片方だけの草履、縁の欠けた茶碗、工具や塗料らしき空き缶などが雑然と床に転がっている。異臭のもとはネズミや塗料ではなかろう。なにかもっと禍々（まがまが）しい悪臭が漂っている。

「警部補、あれを」

暗がりの一隅を瀬島が指した。

甲士郎はその向きに目を凝らすと、「うっ」と声をもらした。

そこにはうつ伏せに人が倒れていた。草履をはいた足がこちらを向いている。生死は確認するまでもない。なぜなら、首から上がなかったからだ。

さいしょの応援の捜査員や鑑識係たちが到着したのは、死体発見から一時間後だった。その間、甲士郎と瀬島は近所の住人への聞き込みをし、鑑識係は死体周辺の証拠の採取をおこなった。

周辺住人の話によると、ここは主に会社や学校に納める書類棚を製造している工房だった。明治の末から半年ほど前まで、数年間操業していたが、同業者との競争に敗れて工房をたたんだらしい。

「狭い道を製品やら材料やらがしょっちゅう行き来して邪魔だし、夜遅くまでトンカントンカンとうるさくて、ここらの者たちは、みな潰れてくれてほっとしていますよ」

と人情味のない近所の住民たちは、工場主の現住所なども知らないと言う。夜逃げ同然に姿をくらませたようだ。

現在の所有権は無尽会社にあり、まもなく取り壊されて更地になるはずだと、町内会長の老人が言った。

「この数日間に、ふだん見かけない人間が出入りするとか、あやしい物音が聞こえたなどの異変はなかったかね」

と甲士郎と瀬島は住人たちに聞き回ったが、有益な情報は得られない。工場跡が売りに出ているためか、日ごろから見学の人間が路地を行き来していて、気にかける者がいなかったようだ。門が完全にふさがれず出入りできたのも、見学者の便宜を図るための措置だったらしい。

応援が到着すると甲士郎は、近所の聞き込みと無尽会社への連絡と事情聴取を指示した。捜査員たちが捜査に向かうのを見とどけ、鑑識作業中の建屋に入った。

「どうですか」

死体の切り落とされた首の付け根あたりを観察している鑑識課長に声をかけた。

切り口は柘榴(ざくろ)のように赤く肉組織が毛羽立ち、素人目にも乱暴に切り取られたことがわかる。死体が倒れていた床には、血の染みが広がっていた。犯行現場は間違いなくここであろう。このおびただしい量の血が異臭のもとだったようだ。

「被害者の目星はついてるの」

鑑識課長は死体の衣装の襟をめくりながら言った。

「おそらく、室城茂樹という四十六歳の男かと。一昨日の午後から行方がわからず、昨日の夕方に首だけが見つかっています」

「矛盾する所見はないな。着衣や所持品には身元を示すものはないので、当人と断言はできんけど」

最終的な結論は、室城宅から採取する指紋と死体の指紋を照合して出すことになるだろう。

「凶器は見つかっていますか」

「ああ、おそらくそれだよ」

課長は死体の足元から一メートルほどのところにある出刃包丁を指した。被害者の腹部には三つの刺創があるらしい。

「首の切断もその出刃ですか」

「いや、それはあっち」

と課長は別の鑑識係が調べている斧のようなものを指した。

「なにか出そうか」

課長の問いかけに、鑑識係は首をふって、

「斧自体は古いありふれたもので、出所をつかむのは難しいかもしれません」

甲士郎たちと一緒に来た鑑識係は、建屋内で指紋採取をおこなっていたが、まったく収穫がないと言う。

「どうやら犯人が念入りにふき取ったようですね。古いものや被害者の指紋もいっさい出ませんから」

やり口は荒っぽいが、計画的な犯行だ。犯人はここが長らく空き家で、出入りも簡単にできることを知っていたのだろう。売りに出ていたのなら、もしかすると、不動産業の室城茂樹があつかった物件かもしれない。

四

その後、甲士郎は捜査班を指揮しながら、みずからも、室城家の家族への事情聴取をおこない、警視庁内の華族捜査局室の開設などの雑事にも忙殺され、九鬼梨邸へ戻れたのは、根岸での死体発見から丸二日後だった。

九鬼梨邸内の自室に入ると、着替えの暇もなく円香から呼び出しがかかった。

すぐに部屋へおもむくと、なぜかそこには白峰もくつろいでいて、円香と並びの安楽椅子に深々と身を沈めている。

「どうして、ここに」

甲士郎が思わず声を尖(とが)らせると、円香が咎めるような視線を向けてきた。

「わたくしがお呼びしたんです。来見さんがぜんぜん姿を見せないので、ふたりで事件について語り合っていました。それにしても川崎駅でお別れして、もう一週間くらいたったような気がしますわ」

白峰は紅茶で喉を潤して、

「ちょうど閣下に捜査の方向性について、ご意見を申し上げていたところです。察するところずいぶん、難航しているようですからね」

「とんでもない」甲士郎はぴしゃりと言い返して、「ご承知のように室城茂樹が殺され、その無残な胴体の方も根岸で見つかり、その後の捜査も順調に進んでいます」

根岸の現場の捜査により、室城茂樹の首なし死体の死因は、腹部を出刃包丁で三カ所刺されたことによる失血死。死後およそ二日経過していることも判明した。発見までやや時間がかかっているため、死亡推定時刻は午後二時から十二時までと十時間の幅がある。首の切断は死後で、死体のそばに放置された斧が使用されたと判明している。

犯行時間帯に、近所で不審者の目撃情報はない。推定時刻には深夜も含まれるため、近隣が寝静まった時間に凶行におよんだとも考えられる。

現場の工場跡には、室城茂樹も販売の仲介業者として関わりがあった。ただし、犯行当日には訪問予定は入っていなかった。

「首なし死体は室城茂樹で間違いないのですか」

と白峰が質す。

「ええ、夫人に死体を検めてもらい、脛（すね）の痣（あざ）と黒子（ほくろ）の位置が一致しているとの証言を得ました。さらにその後、自宅の私物から採取した指紋と死体の指紋を照合して、室城茂樹当人と断定しました」

「そうすると、やっぱり君枝さんの言うように、事件には首なし一族の呪いがかかっているのかしら」

またぞろ、円香のいつもの癖が顔をのぞかせる。

「大いにあり得ますね」

すかさず迎合する白峰。そんなこと微塵も信じていないくせに。

「少なくとも犯人は伝説をよく知り、それを犯行の手口に取り入れているのでしょう。一族の面々のアリバイはどうなっています」

「当然、調べましたよ」

仏頂面で甲士郎は答える。

ただ、推定時刻が広範なため、九鬼梨一族の主要人物たち、すなわち中里春彦、青江潔、上柳宗次郎、室城裕樹の四人はいずれもアリバイが成立しなかった。

「ぼくのアリバイも調べたんでしょう?」

「ええ、前にお許しをいただきましたんでね」

捜査の結果、白峰の室城殺しのアリバイもやはり成立しなかった。しかし、中里稔の事件時は学校関係者と食事会に出席し、上柳貫一郎の事件時には、講義のため静岡に出張していたことが確認された。

不本意ながら、白峰は事件と無関係と断ずるほかあるまい。

甲士郎がしぶしぶその事実を告げると、

「それは結構。でも、一部のアリバイの有無で容疑者を絞るのは早計じゃありませんか。この一連の事件が単独犯の仕業とは限りませんからね」

「なるほど、では今後もきびしく疑いの目をもって当たらせていただきましょう」

甲士郎が応じると、円香が、

「来見さん、大人げないですわよ。白峰さんは事件とは無関係です。わたくしの霊感がそう告げてますし、動機も機会もありません。——それはともかく、首なし死体の現場からは指紋は出なかったのですよね」

「はい、ただ現場には様々なものが散乱していましたので、それらをすべて採取して持ち帰り、現在、鑑識でひとつずつ調べています。もしかすると手がかりが得られるかもしれません」

犯人は念入りに現場から指紋をふき取っていた。しかし、所持品を落としたり、ちょっとしたものに無意識に手を触れてふきもらした可能性はある。

「そうですか」とうなずきつつ、円香は懐疑的な顔で、「ところで、首の入っていた鞄から、持ち主をたどることはできませんの」

「調べましたが、難しいのが現状です」

鑑識では、持ち主につながるような手がかりが出なかった。鞄はありふれたもので、東京市内の古道具屋や質屋をあたらせているが、入手先の特定も期待薄だ。

鞄の中と室城の首から採取した微細な付着物も分析したが、これも根岸の工場の埃（ほこり）や砂との一致を見たものの、犯人に結び付く物質の検出には至らなかった。

「なるほど」白峰は皮肉な笑みを浮かべて、「捜査は進めど、真犯人には一歩も近づいていないわけですね」

「そうでもありませんよ」甲士郎は言った。「少なくともひとつ確証を得たことがあります」

「というと」

「この犯人がきわめて長期的に計画を進めているという事実です」

久和道夫が引っかかった求人広告を出した新聞社にあたったところ、広告原稿は二週間ほど前に、若い男が社に直接持参したという。男はただ人に頼まれて来ただけだといい、原稿と規定の広告料を置いてすぐに去ったらしい。男の名前は偽名で、書きおいた住所も出鱈目(でたらめ)だった。おそらく犯人は、金で雇った男を新聞社にやって広告を出したのだろう。広告に載せた連絡先は私書箱だった。そしてその広告を見て応募してきた久和に、茂樹の首を持ち去らせたのだ。

「つまり犯人は、室城茂樹を殺害し、その生首をあの工場前の塵箱へ置くことを、少なくとも二週間前から計画していたのです」

二週間前ならば、中里稔や上柳貫一郎の事件前だ。その時から、室城茂樹の殺害とその後の処置の手が打たれていた。茂樹殺害で事件が打ち止めでなければ、すでに次の事件の計画や準備も進行していると考えた方がいい。

「よい着眼点ですね」白峰は謎の上からの物言い。「とすると、首の移動も犯人の長期計画の内です。いったいなぜ、そんな手の込んだ細工をしたのでしょう。今回は来見さんたちがたまたま川崎で止めましたけど、いずれにせよ、横浜のお店に着いた時点で発覚するのはあきらかです」

「たしかにそこは疑問です」

この点は捜査班内でも議論になった。

単なる捜査の攪乱（かくらん）、横浜の乾物屋にも恨みがあり嫌がらせをしようとした、首と胴体を遠く離すことでそれぞれを別の事件と思わせようとした、など様々な意見が出たが、いずれも会議の中で否定されている。

「それで、来見さんのお考えは？」

円香が尋ねた。

「私の意見というより、会議で示された見解ですが、死体発見の時期を限定したかったのではとの方向に傾いています」

横浜に首が届く時間はだいたい決まっている。そこですぐに生首の存在があきらかになり、警察の捜査がはじまれば、根岸の工場にたどり着くまでの時間もおおよそ見当がつく。犯人は決まった時に室城茂樹の死体を発見させたかったのではないか。

「その理由は不明ですが、犯人は死体を長く隠すつもりはなく、適当な時期に警察の検証を受けさせようとしたと思われます」

甲士郎の説明を、目を閉じて吟味するようにじっくり考え込んでいた白峰は、おもむろに首をふった。

「その説明には大きな穴があります」

「と言うと」

「よろしいですか」白峰は気取った仕草で人差し指を立てて、「根岸の工場は、売りに出ていて、誰でも簡単に入れるようになっていたのですよね。とすれば、わざわざ偽の新聞広告まで出して首を運ばせる意味はありません」

手間暇かけて久和を操っても、首が横浜に着くより先に死体が発見される可能性はあったし、首の動向とは関係なく、遠からず胴体は不動産の見学者に発見されただろう、という白峰の指摘だ。

「つまり、本気で発見の時期を限定したいのなら、胴体の方はもっと人の出入りのない場所に隠し置いたはずなのです」

「………」

認めたくはないが、たしかに指摘のとおりだ。押し黙る甲士郎に代わって、円香が口を開いた。

「では、白峰さんは、今回の首の移動や、晩餐に供された貫一郎さんの首の問題をどうお考えですの」

「ぼくは今回の異常な事件は、つよい恨み、ほとんど妄執に近い怨恨によって引き起こされたと思うのです。このつよい恨みの根源にある激情、執念が、九鬼梨一族に脈々と伝わっていることはご存じのとおりです。よって、この事件の犯人は、九鬼梨一族の人間、それもひどく虐げられた、あるいは自身がそう思い込み、一方的に恨みを募らせている人物だと推測できるわけです」

「つまり、ご持論のとおり、一族の鼻つまみ者、吉松舞太郎が犯人だとおっしゃりたいんですね」

甲士郎は言った。

「捜査が後手に回り、あたら被害者を増やしてしまったため、今も引っ込みがつかず、方針転換をためらうお気持ちは理解できますが、そろそろ本腰を入れて吉松舞太郎の行方を捜さないと、取り返しのつかないことになると思いますよ」

「ご忠告は痛み入りますが、すでに吉松舞太郎の行方捜索には知能犯係も含め多くの人員を割いてあたっています」

「そうですか、それなら安心です。一日も早く成果が挙がることを期待しましょう」

ここで円香が、

「白峰さんは、この事件の本質は、呪いと妄執のどちらにあるとお思いです？」

と問うと、白峰は戸惑いを顔に浮かべた。

「そのふたつを分けて考えてはいませんでしたが……、あえて申し上げれば妄執になりましようか。原点が九鬼梨家の首なし伝説にあるとはいえ、それになぞらえて連続殺人を実行する心理は、およそ常人のそれとは思われません」

「あら、さようですの」

円香はがっかりした表情をみせた。

「閣下は呪いとお考えなのですか」

白峰の反問に、

「もちろんですわ。九鬼梨家の怨霊が、事件の根幹をなしているのは間違いございません」

迷いもなく円香は答える。

さすがの白峰も、とっさに同調できないのか、言葉を失っている。

(どうだ)

円香に付き合いながら捜査を進める労苦をおまえも味わうがいい。

溜飲(りゅういん)を下げる甲士郎に、円香はきびしい目を注ぎ、

「来見さん、なにをニヤついているんです? 犯人はわざわざ被害者の首を切断し、食卓に上げたり、よそへ移動させたりしたのです。そんな行動に衝き動かした怨念の正体を一刻も早く暴かねば、この犯罪はいつまでたっても止まりませんよ」

「しかし、閣下」ようやく立ち直った白峰が口を開く。「そのような犯人の行動こそが、まさに妄執、異常心理のなせる業とはお考えになりませんか」

「なりませんわね」にべもなく答える円香。「来見さんの報告にもありましたように、犯人は二週間以上前から緻密に立てた計画を着々と実行に移しているのです。また白峰さんご自身が先ほどおっしゃったように、この事件はふたり以上の共犯によるものかもしれません。どちらも妄執や異常心理とは相容れない要素ですわ」

「なるほど」白峰はさも感心したようにうなずいてみせ、「では、閣下はどのような犯人像を思い描いているのでしょうか」

ここで円香はめずらしく自信なさげな表情を浮かべた。

「わかりません。わたくしの霊の力が弱っているのか、より強い邪悪な霊力が結界を張っているのか、目の前にぼんやりとしたとばりが降りたように先が見えませんの」と言ったあと、甲士郎に鋭い視線を向けて、「ですから、迅速な捜査が必要なんですわ」

甲士郎はうやうやしく頭を下げ、

「かしこまりました。そこで今後の事件への対応ですが」

と話題を転じた。

地道に芝の倉庫と根岸の工場周辺での目撃者探しを続けるとともに、残っている九鬼梨家の相続権者である上柳宗次郎と室城裕樹の警護もおこなう。

新たな事件が加わり、捜査範囲も広がったことで、人員が不足するため、刑事課にさらなる応援も要請した。内心忸怩たるものがあったが、人命がかかっているので仕方ない。

「もしかすると、刑事課を通じて上の方から苦情があるかもしれません」

と言うと、円香はなんでもないというように首をふり、

「なにか言われたら、わたくしへ回してもらって結構ですわ。それより、捜査の件ですけど、前におっしゃっていた、九鬼梨一族の事情通への調べは進んでいますの」

「いえ……人員不足でまだそこまで手が回っていません」

「申し上げましたように、今回の事件の鍵は、怨念のもととなる九鬼梨家の内情に隠されているのですよ。わたくしの霊感がつよくそう訴えていますの。よろしいですか、必ず内情に詳しい人を見つけて、話を聞いてください。いえ、わたくしも一緒に聞きますから、ここへお連れしてくださいな」

円香がいつになくつよい口調で言うので、甲士郎も仕方なく答えた。

「早々に阿鬼会の関係者から九鬼梨一族の内情に詳しい人間を探すよう捜査員に命じます」

五

甲士郎は本庁に戻ると、遊軍の捜査員に九鬼梨一族の内情捜査を命じたあと、知能犯係へ

おもむき、吉松舞太郎に関する捜査資料を借り出した。

白峰の前では意地でも認めなかったが、今回の事件に舞太郎が関与している可能性がますます高まっているのは確かだ。

（少なくとも）

有力な容疑者として、前科を把握しておく必要はあろう。

担当の捜査員から話を聞こうとしたが、あいにく別件で出ていたので、甲士郎は資料を抱え、空いている取調室に籠った。

凶悪犯罪でもない未解決事件なので、たいした内容は期待していなかったが、資料には当該事件だけでなく、吉松舞太郎の半生が詳細にまとめられていた。

出生から児童期までは、さほど変わった点は見られない。華族一族の御曹司として、ごくふつうの生活を送っていたようだ。ただ学籍簿に残る成績は悪く、国語算術などの主要教科がほとんど丙（へい）かよくて乙（おつ）であるのに、なぜか修身だけ一貫して甲（こう）を取り続けている。小学校時代は素直な子供だったのか、それとも単に猫をかぶっていたのか。

いずれにせよ、その特異な性質が記録の上にあらわになるのは中学校進学後だ。

多くの人の記憶に今も留まる公人の元服式の事件のほかにも、子猫数匹を木箱に閉じ込め池に沈める、友人の飲み物に下剤を混入させる、別荘の近くにあった豚小屋に放火して豚数頭を焼死させる、などの問題行動を起こしていた。

これら未熟な嗜虐性が長ずるにおよんで今回の事件へと発展したのだろうか。

しかし、十八歳で法律学校を放校になって以降、繰り返される舞太郎の犯歴をたどっていくと、横領や詐欺などの経済犯罪しか見られない。

多くは知り合いや親族が絡んだもので、ほとんどすべて事件化せず、内々に収められている。家名が傷つくのを恐れ、穏便に片を付けたことがかえって舞太郎を増長させ、犯行を常習化させたのかもしれない。

犯行の手口はだんだんと巧妙化して、印鑑や文書の偽造などにも手を染めている。また、社会的地位の高い人物に取り入って信用を得ているところから、外面は誠実げで人好きのする偽善者だったこともうかがわせる。

その舞太郎がついに逃亡者に堕ちるに至ったのは、偽造手形を証券会社に持ち込んで現金化したためである。被害届を受けて警察が、吉松家に事情を聞きたいと連絡を入れた直後、舞太郎は行方をくらませた。華族一族への遠慮が仇となった形だ。

以降、舞太郎は警察の捜査を逃れ続けている。おそらく逃亡を幇助する協力者が存在するのだろう。

読み終えた資料を閉じると、甲士郎は言いようのない違和感を覚えた。

(間違いなく)

舞太郎は常習的な犯罪者だ。ふつうの人間の道徳心や規範意識が欠如しているのもあきらかだ。しかし、一方で少年時代を除き、いわゆる凶悪犯罪には手を染めていない。

失踪前の一連の詐欺事件と、今回の異常犯罪との間には、乖離があるように思える。切羽詰まっているにせよ、詐欺師が一足飛びに連続殺人犯に変身するだろうか。

(仮に)

舞太郎が事件に関与しているにせよ、なにかもう一点、あきらかにされていない事実が隠れている気がする。

六

その後しばらく異変はなかった。上柳宗次郎と室城裕樹に警護をつけたため、犯人が手を出せなくなったのか、水面下で計画を進めている途中なのかはわからないが、ともかく九鬼梨邸は、不気味な静けさを保ったまま、室城茂樹の死から一週間近く経った。

ただ、その間にも捜査の方は着々と進み、新たな事実がいくつかあきらかになった。

まず、捜査が後回しになっていた中里稔についての新情報である。

「稔は近く解任されることになっていたようです」

九鬼梨一族の身辺調査担当の捜査員の報告だ。

中里稔は公人の会社で専務を務めていたが、事件からひと月ほど前の会計調査で不正が発覚したため、退任が決まっていたという。

甲士郎はすぐにこの件を中里春彦に質した。

「たしかにご指摘の事実はありましたが、穴をあけた分は、中里家の資産を処分して埋め、万事、穏便に収束しました」

「刑事事件にはならなかったのですか」

春彦は顔の前で手をふって、

「そんな大げさなものではないのです。一時的な資金運用を稔の独断でおこない、それが海外事情で焦げ付いてしまった次第です」

舞太郎の詐欺行為といい、どうも華族は身内でかばい合い、犯罪を隠蔽する傾向が強い。

「だけど事件は事件でしょう。なぜ、稔さんが亡くなった時、黙っていたんです」

「稔は責任を取って辞任の意向をあきらかにしていましたし、殺人事件にはまったく無関係だと考えました」

「勝手に判断してもらっては困りますね」

「しかし、申し上げたように損失は穴埋めされ、被害者は事実上おりません。まあ、しいて挙げれば、資産処分を余儀なくされた私が唯一の被害者といったところでしょう」

と春彦は笑った。

念のため、甲士郎は春彦の話の裏取りをしたが、事実関係に間違いはなかった。不正の額はかなりのものであったが、中里家には代々伝わる相当な資産があり、それを処分することで充当できたようである。しかし、この事実から、中里稔という人物の、真面目一辺倒ではない、裏の顔も暴かれた。

次に芝の倉庫周辺の聞き込み班が、新たな情報を仕入れてきた。

「貫一郎殺害があった夜の十二時に、くだんの倉庫が明るくなっていたのを、たまたま通りかかった新橋駅の保線員が、出勤途中に目撃しています」

保線員の通り道は倉庫から少し距離があったが、夜中とあって倉庫の窓に炎らしき明かりが揺らめいているのに気づいたという。

貫一郎の死亡推定時刻は午後八時から十二時だから、証言はそれに合致する。貫一郎を殺害し、首を切り落とし、切り落とした首を革袋に納め、死体に灯油をかけて火をつけたのが十二時ごろだったのだろう。

ところがこの報告を円香に伝えると、

「それはありえません。きっとその目撃者が嘘を言っているか、勘違いをしているのですわ」

と断言した。

「そうおっしゃる根拠はなんでございましょう」

捜査員の報告書を読んでも、保線員の証言に疑わしい点はなかった。それを嘘だと断言するのは、また霊のお告げか。

「違いますよ、来見さん」円香は察しよく、なにも言わないうちから甲士郎の考えを否定して、「証言に矛盾があるからです。――いいですか、犯人が予約した俥に乗って九鬼梨邸へ向かったのは、たしか午前一時だったはずです。炎の目撃と一時間もの差があります」

「それがなにか」

首なしになった死体に灯油をかけて火をつけ、首を革袋にしまい、さまざまな証拠物を回収するのに一時間近く要したとしても不思議はない。犯人が俥屋に深夜一時と指定したのも、そのような処置の手間を織り込んだためだろう。凶行と移動の間に一時間程度の時差があるのはむしろ妥当といえる。

「でもそうすると、犯人は途中で火が消えたことにも気づいたはずですわよ」

火をつけたあと一時間、その場にとどまっていたならむろんのこと、俥を待って通りに出ていたとしても、火が消えたと気づいただろう。

「少し離れたところを通った保線員に明かりが見えたのなら、近くで俥を待っていた犯人が、炎が消えたことに気づかないはずがありません」

少量とはいえ、わざわざ灯油を用意する手間をかけた犯人が、死体の燃焼が不充分に終わったと知りながら、それを放置するのはおかしい。とすれば、目撃者の保線員が虚偽の証言をしているに違いないと円香は言うのだ。

一理あると考えた甲士郎は、保線員を本庁に呼んだ。直接話をして、証言の信憑性を確認するためである。

しかし、保線員は証言に間違いはないと断言した。その理由として、その日は夜勤だったが、家族が病気で出勤が遅れたため、とくに時間には注意をはらっていた。炎を見た時も、その仄明かりで懐中時計の時間を確認したのだという。

同僚の駅員、保線員たちからも捜査員が話を聞き、保線員の証言の裏付けを取った。さらに保線員の経歴や交友関係まで調査したが、あの夜に倉庫の近くを通った以外、事件との接点は見いだせなかった。

捜査の結果を円香に伝えると、

「おかしいですわね。でも目撃者の情報が正しいとするなら、犯人はどうして死体を中途半端に焼いたりしたのかしら」

と首をかしげた。

たいがい犯人が死体を焼くのは、その身元を隠蔽するためだが、腕の先を焼き洩らしたために、指紋という決定的な手がかりを残してしまった。そのために首なし死体が上柳貫一郎と断定されたのだ。

しかし、よく考えてみると、指紋が人物特定の決定的要因とは、まだ世の中に周知された事実というわけではない。

「ひょっとすると、犯人は案外、教養のない、もしくはかなり古い教育しか受けていない人物かもしれませんね」

もしそうなら、九鬼梨一族の者たちは、吉松舞太郎も含めて、除外されることになるが。

「いいえ」円香は首をふる。「この事件の犯人は高い教育を受けているか、それと同等の知識を持った人物ですわ。そうでなければ、あれほど手際よく食卓に生首を上げたり、新聞広告で人を操って首を移動させることなど考えつくものじゃありません。――でも、そうすると、やはり、証拠を燃やす充分な時間があったのに、犯人がなぜそうしなかったのかがわからなくなります」

甲士郎と円香が頭をひねっていると、部屋の扉が開かれ、

「どうも、こちらにいらしたのですね」

白峰が姿をあらわした。公人の見舞いと君枝のご機嫌伺いをしてきたという。

「ちょうどよいところにお越しになりましたわ。白峰さん、聞いてくださいな」

円香にうながされ、甲士郎はしぶしぶ新情報を提供した。しかし、白峰の反応は鈍く、

「そうですか、現場を立ち去る一時間前に死体を焼きながら、中途のまま放置した理由ですか……、ちょっとわかりませんね、ぼくには」

あまり新情報に興味がない様子。円香はあやしむような目を向けて、

「もしかして、白峰さん、ご自身でなにか情報をつかんだんじゃありません」

白峰は頭をかきながら、

「さすが閣下、ご明察です。ご存じのとおり、ぼくは単独犯か複数犯かはともかく、吉松舞太郎が事件に深く関与していると睨んでいました。そこで帝都内で舞太郎が立ち寄りそうな先を独自で調べて回っています。今のところ、身柄こそ押さえられていませんが、あちこちを転々としている気配があります。何者かが舞太郎の逃亡を助けているのは、間違いないでしょう」

「帝都内を転々としている気配とは、具体的になにを指しているんです？」

甲士郎は質した。白峰はもったいぶりながら首をふり、

「これはぼくの個人的な付き合いや信用で得た情報なので、あまり詳しくは申し上げたくありませんね。友人にも迷惑がかかりますから」

「なにを寝ぼけたこと言っているんです。これは殺人事件の捜査ですよ。しかも、こちらは本来、厳守すべき捜査上の秘密をあなたに報せている。なのにそのような態度でしたら、今後、いっさい情報は流せません」

甲士郎がきびしい口調で告げると、白峰は肩をすぼめて、

「これは参りました。では、申し上げましょう。ふた月ほど前、吉松舞太郎はぼくと共通の友人の住まいに居候していたらしいのです。結局そこは立ち去ったのですが、また別の知り合いに厄介になると言っていたようです。ところが、ぼくがその知り合いなる人物にあたっ

たところ、舞太郎はあらわれていないとのことでした。おそらく気が変わって別のところへ向かったのでしょう。昔からきまぐれな面がありましたから」

吉松舞太郎はこうして知人のもとを転々として警察の追及を逃れながら、犯行をかさねているというのが、白峰の推理だ。

そんなことはとっくに警察も気づいているが、舞太郎のじっさいの足取りと交友関係がつかみ切れていなかった。

「では、その舞太郎の友人と知り合いの名前を教えてください」

甲士郎の要求に、白峰はためらいながらも応じ、舞太郎と懇意の数人の名前を告げた。

「以上で全部ですね」

名前を手帳に書きとめて、甲士郎は念を押す。

「ええ、今のところぼくが把握している全員です。警察が本気で捜査をすれば、もっとたくさんの協力者が見つかるかもしれませんが」

と白峰は落ち着かないそぶりで言うと、急かされたように立ちあがり、

「では、ぼくはこれで失礼いたします」

円香に挨拶をして、そそくさと部屋を出て行った。

（おそらく）

まだ秘密の立ち回り先を隠しているのだろう。警察に知られる前に自分で調べて回るつも

りなのだ。

　そのことを円香に告げるが、

「そうかもしれませんね。でも、もし白峰さんに調べていただけるのなら、手間が省けてよろしいじゃありません」

　と気にかける様子もない。

「円香さまは、吉松舞太郎犯人説には、あまり興味がないようですね」

「あら、来見さんも霊感を使いますの？　わたくしの心を読もうとされて。――それはそれとして、わたくし、少々疲れましたわ。気晴らしに外を歩きましょう」

「かしこまりました、お供させていただきます」

　円香の気まぐれに付き合うのも、甲士郎の務めである。

　加島老執事も加わり、円香に付き従って庭に出た。

　三人で池のほとりを散策していると、中里春彦が運転するT型フォードが、木立を抜けて砂利道を邸前へと向かっていく。外出から戻ってきたところらしい。

「あら、うちの車と同じですわね」

　円香がつぶやくと、加島が愕然とした顔をして、

「どこが同じでございますか。あれは海の向こうでは農夫や商人が乗っているただの大衆車。V型八気筒五・二リッターのわがカデラックとはまったく月とすっぽん、塗り輿と駕籠くら

いの違いがありますぞ」

悲憤慷慨の声をあげた。しかし、円香はそっけなく首をふって、

「たとえがよくわかりません。——来見さん、同じですわよね。ほら、車輪の数だって同じですし」

心底、落胆の表情を見せる加島に、甲士郎は同情した。

「まあ、自動車という点ではたしかに同じですが、人で言えば大名と御家人くらいの違いはあるかもしれません」

「よけいにわかりません、そのたとえは。どっちにしても、自動車にはかわりませんわ」

にべもなく円香は言った。

その翌日、鑑識が大きな手がかりを発見した。

根岸の室城茂樹殺害現場から収集した遺留物から、被害者以外の指紋が検出されたのである。

「犯人が血痕や指紋をふき取ったとおぼしい、紙切れがありました。通常、紙から指紋は検出できないのですが、今回は犯人の指にわずかに血が付着していたので、親指らしき紋様が判別できました。充分に照合可能です」

との報告に、甲士郎をはじめ捜査員一同は色めきたった。

すでに九鬼梨一族の男子全員から指紋の提出を受けていたので、さっそく照合した。また、念のため、一族の女性や使用人たちからも指紋を提出させ同様の処置を取った。さらに白峰諒三郎の手が触れたティーカップも甲士郎がひそかに回収し、照合検査にねじ込んだ。

これが決定打になり、いっきに決着に至るものと期待したが、遺留指紋はすべての関係者の指紋と一致しなかった。

「どういうことだ。見落としや間違いはないのか」

本庁での捜査会議で、甲士郎は結果報告した鑑識係に質した。

「慎重に何度も照合し直しましたので、間違いは考えられません。これからただちに前科者の指紋との照合を進めます」

それからほどなくして結果が出た。

鑑識係に詰めていた黒崎が、九鬼梨邸にいた甲士郎へ緊急電話を入れてきた。

「例の指紋、わかりました。吉松舞太郎です」

黒崎の声が興奮で高ぶっている。

「本庁に指紋があったのか」

知能犯係の資料には指紋採取の記録は残っていなかった。

「お尋ね者になるずっと前のものです。所轄で埃をかぶっていました。四年前、日本橋(にほんばし)の三越(みつこし)で、靴や帽子を店先から持ち去ろうとして捕まったようです」

若いころから札付きだった舞太郎は、捕まった時も、悪びれることもなく、代金はあとで払うつもりだったと言い逃れをしたので、警察に引っ張られたらしい。貫一郎の時と同様にこの時も、弁護士の青江幸之助の尽力により、無事釈放されている。おそらく伯爵家の威光と金で解決をつけたのだろう。

「やはり、やつの仕業だったか」

思わず舌打ちしそうになる。終始一貫、舞太郎犯人説を唱えていた白峰が正しかったわけだ。

「間違いないでしょう。瀬島さんの班と一緒に吉松を追いたいと思いますが、よろしいですか」

との黒崎の上申に、甲士郎は許可を与えて電話を切ったが、あらためて吉松舞太郎の犯行と考えると、いろいろと疑問の点が出てくる。

しかし、ともかく捜査が大きく動いたのは確かで、早急に円香にも知らせなければならない。

駆け足で円香の部屋へ向かうと、いつものように加島老執事が扉の前に立ちはだかり、午睡の時間なので一時間後に出直してくれと言う。

しかたなくいったん自室へ戻って時間を潰した。

一時間後、あらためて部屋を訪れると、円香はテーブルの上に並べたカードに目を落とし

たまま、

「根岸の指紋が特定されたのですね」

「どうしてそれを」

「カードがそう告げています。カードには霊感の働きを助ける作用がありますのよ」

なあに、おそらく加島が情報を取ったのだろう。一時間後に出直させたのはそのためだ。霊の力を誇示するために、こんな小細工もしているのか。

こうみると、円香自身が心底本当に霊感を信じているかどうかもあやしく思えてくる。

「さようでございますか。さすがお見立てのとおりです」

とりあえず調子を合わせておくと、円香は機嫌よく尋ねてきた。

「それで指紋の人物は？」

どうせそれも加島から聞いているだろうと思いつつ、

「吉松舞太郎でした」

と告げると、円香はおどろいたように眉をあげた。これも演技なのか。どうも円香という人間がわからない。

「白峰さんのお手柄ですわね。当初から、舞太郎さん犯人説を唱えていたんですから。このこと、もうお報せしましたか、白峰さんに」

「いいえ、私も先ほど知ったばかりですから」

時間はあったが、わざわざこちらから教えてやるつもりはない。知ればどうせ、また自慢げに先見の明を誇るだろう。その姿が目に浮かぶ。

新情報にも浮かない表情の甲士郎を見て、

「それで、一連の殺人は、舞太郎さんの犯行とお考えなのかしら、来見さんは」

試すように円香が問う。

「指紋という決定的な証拠が出ましたので、もう無関係とは言えないでしょう」

甲士郎が含みを持たせた返答をすると、円香はどこか満足そうな顔をして、

「とおっしゃるところからして、なにか引っかかる点がおありのようですわね」

当然ある。だが、もちろん、白峰の説を受け入れたくない、というケチな了見からではない。

これまで事件の裏側には、九鬼梨家の相続権争いが潜んでいると見られていた。

しかし、吉松舞太郎は御三門のひとりとはいえ、悪行をかさねて、事実上、相続権を失っている。たとえほかの御三門がすべて死に絶えようと、親族会議が舞太郎の伯爵家相続を認める可能性は低い。仮に奇跡的に認められても、相続申請の段階で宗秩寮が再考をうながし、差し戻すのは確実だ。

とすれば、吉松舞太郎がなにを目的に殺人を続けているのか、理由がわからなくなる。

九鬼梨一族への一方的な恨みからの犯行にしては、計画的で緻密すぎる。この事件の犯人

が、決して正気を失っておらず、錯乱もしていないのは、以前に円香が指摘したとおりである。

「そうであれば、答えはひとつですわ。一族の何者かが舞太郎さんに殺人をさせているのでしょう」

「たしかにそうとも考えられますが……」

だが、吉松舞太郎のような信用ならない者を使って重大犯罪を計画するだろうか。決定的な手がかりを残したり、失敗して正体がばれて捕まったりしたら、共犯者も一蓮托生だ。そんな危険を冒すだろうか。

被害者となった上柳貫一郎も室城茂樹も、現場の状況からして、犯人と対面したのち殺されたと思われる。舞太郎のような悪党を前にして、まったく用心しなかったのだろうか。

芝と根岸の両殺人現場から、被害者が激しく抵抗した痕跡は見つかっていない。死体にも抵抗したときにできた傷らしきものはなかった。被害者がふたりそろって油断して隙を突かれたとすれば、吉松舞太郎の人物像からして不可解な話だ。

「といった点が、腑に落ちないわけでして」

甲士郎が説明すると、円香は「よい観点です」と前置きをして、

「被害者たちがやすやすと手にかかったのは、舞太郎さんではなく共犯者の方に心を許したためではないでしょうか。その油断に乗じて舞太郎さんが凶行におよんだと考えれば、つじ

つまが合います。

また、舞太郎さんのような信用のならない人物と手を組むかとの疑問ですが、かならずしも共犯関係に信頼関係は不可欠の要素ではありませんよ」

「破産して切羽詰まっていた舞太郎を、遺産分与でも仄(ほの)めかして利用したとか、そういう協力関係ですか」

「それもひとつの可能性でしょうけど、むしろ舞太郎さんから近づいて、協力を迫ったと考える方がすっきりしません？」

たしかに行方をくらませていた吉松舞太郎を探し出して協力を頼んだという筋書きより、舞太郎の方から近づき、誘いをかけてきたという方が、現実的ではあるが……。

「ただ、札付きのうえに逃亡者だった舞太郎が近づいて、欲得ずくで誘ったところで、はたして手を貸す人間がいるでしょうか」

たとえ舞太郎が公人の寿命があとわずかだと知り、相続権者に殺人計画を持ちかけたとしても、それにホイホイと乗るだろうか。

生前面識のなかった上柳貫一郎を除く、九鬼梨一族の面々を思い浮かべても、そこまで浅はかな人間はいないと思われた。

「来見さん、動機はかならずしも、伯爵家の相続権という単純なものとかぎりませんわ」

「と申しますと」

「思い出してください。貫一郎さんは死の直前、なにかいいことがあると周囲に漏らしていたのですよ」

「ええ、でもあれは」

公人の死期が迫っている秘密を知ったという意味ではないのか。

「よくよく考えてみると、どうもその説はしっくりきませんね。借金で追い詰められていた貫一郎さんが、上機嫌でなにかいいことがあると浮かれるには、近い将来訪れる公人さんの死では、まだ不足のように思うのです」

人心に疎い円香にしてはなかなかの洞察。だが、だとすれば、いったいどんなすごい秘密が隠されているのだろうか。

「ですから」円香は少し甲士郎を睨むような顔をして、「九鬼梨家の事情に通じた人を探してくださいって、前からお願いしているんじゃありませんか。どうなっていますの」

もちろん、円香の命令だから最優先で事情通を探している。しかし、伯爵家の裏事情に詳しい人物はそもそも多くないうえ、いても皆一様に口が堅い。

「それではまだ、誰も見つかっていないということですわね」

「いえ、昔、九鬼梨家で母親が女中奉公をしていたという旧家臣をひとり見つけました。その母親は今も里の静岡で矍鑠（かくしゃく）としているそうです。近く上京する予定ですので、その時に話が聞けると思います」

「まあ、それなら、そうと早くおっしゃってくださいな。お話をうかがう時は、わたくしもご一緒しますけど、場所はここではない方がいいですわね。醜聞を打ち明けるのに、旧主のお宅では憚(はばか)りがあるでしょうから」

「承知しました。しかるべき場所を用意いたします」

第八章　過去

一

本庁での会議を終えて九鬼梨邸へ向かう俥に揺られながら、

(そろそろ、荷物をまとめるか)

甲士郎は邸を引き払う時期を考えていた。

上柳貫一郎の死から十日以上、室城茂樹の死からも一週間が過ぎようとしている。その間、九鬼梨邸で事件が起きたわけでもない。ここに留まる理由がなかった。

車寄せに着けた俥を降り、玄関を入ると、なにか邸内に騒然とした雰囲気がみなぎっている。使用人たちがいつになくそわそわとした様子で動き回っているのだ。

誰かを呼び止めて理由を質そうとしていると、ちょうど広間の階段を円香が下りてきた。

「今、連絡をしようとしていたところです」

甲士郎を見て、緊張した表情で言った。

「どうしました。また――」

新たに殺人が起きたのかと思ったが、円香は首をふった。

「公人さんの容体が急変したのです」


甲士郎と円香が公人の部屋に入ると、君枝と弘子と中里春彦がそろって蒼ざめた顔をして、公人が横たわるベッドを囲んでいた。枕元には医者と看護婦が立ち、公人の脈を取っていた。

医者が公人の腕を離し、時計を確認して、

「ご臨終です」

と告げた。

君枝と春彦は茫然(ぼうぜん)とした表情、弘子は手で顔を覆ってすすり泣いた。

ここ一週間余り、甲士郎は事件捜査で本庁に詰めることが多く、公人を見舞う機会がほとんどなかった。

あらためて公人の死顔を見ると、穏やかで眠っているようだった。ただ、骨格があらわになった細い手や腕から、病魔が公人の身体を容赦なく蝕んだことがうかがい知れる。

君枝たちに型どおりのお悔やみの言葉をかけ、甲士郎と円香は廊下に出た。

「昨晩からお加減が悪く、お医者さまも付ききりで看病されたんですが、残念なことです」

と円香が言った。甲士郎は声をひそめて、

「死因は持病の悪化で間違いないのですか。毒とかなんらかの方法で死を早めたとか、考えられませんか」

「わたくしの霊感は尋常の死と告げていますけど、そう言っても、来見さんは納得しないでしょうから、お医者さまにお聞きなさいな」

ちょうど医者と看護婦が退室したのを見て円香が言った。

甲士郎は医者に声をかけ、階下の談話室へ導いた。

互いに着座して、甲士郎が死因を問うと、医者は当然という表情で、白血病の進行によるものだという。

「ほかの原因は考えられませんか」

「と言うと」

「たとえば、何者かが死期を早める細工をした可能性はどうでしょう」

「そのような症状や痕跡は見受けられませんでした」医者は怪訝な顔で、「そちらでなにか疑わしい証拠でもつかんでいるのですか」

「いいえ、証拠があるわけじゃありません。ただ、ご存じのように公人さんの周辺で事件が相次いで起きていますので、公人さんの死が一連の事件とつながっているか、いないか、はっきりと確認する必要があるのです」

「はっきりさせるのなら解剖となると思いますが、確たる不審死の疑いがないのなら、ご家族の同意を得るのは難しいでしょうな」

春彦は説得できても、君枝を説き伏せるのは至難の業だろう。説得が不調ならば法権力による強制しかないが、できれば避けたい事態だ。

円香に相談すると、

「わたくしは不要と思いますけど、来見さんが捜査にどうしても必要だとおっしゃるのでしたら、一緒に君枝さんたちを説き伏せるに吝かではありませんわ」

とのことだったので、まだ公人の部屋で悲嘆に暮れている君枝たちを別室へ誘った。

少し時間をおいた方が説得しやすいだろうが、解剖はなるべく早くおこなった方がいい。ぐずぐずして薬物の痕跡などが消失してしまっては元も子もない。

君枝が椅子に腰を下ろし、その横に春彦が目を真っ赤にした弘子の車付椅子をつけた。春彦は君枝と弘子を背後から守るように立っている。

甲士郎は円香とともに向かい側の椅子に座り、

「このたびは大変ご愁傷さまでした。お嘆きご心痛は、痛いほどお察し申し上げます。ただ、このような時にたいへん心苦しいのですが、公人さんの死因にいささかの疑念もなきよう、ご遺体を警察で調べさせていただく必要があるのです」

と告げると、君枝と弘子は息が詰まったように目を見開いた。春彦は憤然とした表情で一

歩前に足を踏み出し、

「今の段階で死因になにか疑わしい点があるのですか。伯爵が難病を患っていたことは、よくご承知でしょう。なぜ、死者を貶（おとし）めるようなまねをするのです」

「ご遺体を検めても、決して死者を貶めることにはなりません。これ以上、ご一族に悲劇が続かないよう、事件を一日も早く終わらせるために、なにとぞ、ご協力をお願いいたします」

「しかし――」

春彦がさらなる抗議の声をあげようとしたところ、

「結構でございます」君枝が落ち着いた声音で言った。「お気のすむまでお検めください。それで事件の解決が早まるのでしたら、公人もきっと否を申しますまい」

春彦はまだなにか言いたそうな顔だったが、君枝の決然とした横顔を見て口を閉ざした。弘子はハンカチで涙をぬぐっている。

「ありがとうございます。なるべく早くご遺体をお返しできるよう、関係者たちにもよく申しておきます」

と言うと、甲士郎は遺体引き取りの連絡を入れるため席を立った。

公人の遺体は法医解剖に附され、徹底的に調べられた。しかし、遺体の皮膚にも内臓にも毒物を服用、塗布もしくは注入された痕跡はいっさいなかった。最終的に、白血病が進行し衰弱から肺炎を併発し、呼吸不全により死に至ったとの所見が下された。

「これで来見さんもようやくご納得ですわね」

皮肉を含んだ円香の言葉に、

「いろいろ面倒を申してすみませんでした。しかし、一つひとつ無関係のものを排除して、事件の全体像をあきらかにするのは捜査上どうしても必要なことですので――」

「よろしいのですわよ」円香は手をふって、「時には部下のわがままに付き合うのも、上司の務めです。わたくし、少しも気にしておりませんわ」

それは違うだろう、と思ったが、

「寛大なお心に深謝いたします」

と頭を下げておいた。

二

公人の葬儀は、九鬼梨家の菩提寺でしめやかながらも盛大に執り行われた。

のちの新聞報道によると、参列者は宮家、華族家、政財界など多方面から四千人以上におよんだという。

葬儀に先立ち、九鬼梨邸の中庭で、公人の柩を囲んで、柩前祭がおこなわれた。君枝、弘子、春彦をはじめとする九鬼梨一族と旧藩関係者のほか白峰などの親しい友人だけ（それでも三百人以上いたが）が集まって花をたむけ、公人の冥福を祈ったのである。それぞれの公人に対する尽きない思いを、静かに時間をかけ偲んだのだろう。ことに君枝と弘子は、長く柩の前で手を合わせていた。最後は春彦にうながされ、ふたりは柩をいつくしむように撫でながら離れた。

参加者全員が拝礼を終えると、九鬼梨の家紋入りの布がかけられた柩は、中里春彦、室城裕樹、上柳宗次郎と青江弁護士の息子である青江洸の四人の手で担がれ、車に乗せられた。車で葬儀場へ運ばれるのである。

甲士郎と円香も柩前祭を見とどけたあと、カデラックで葬儀場の寺院へ向かった。

黒白の鯨幕が引きまわされた寺院は、すでに大勢の会葬者であふれていた。葬儀委員長は九鬼梨家の遠縁にあたる旧大名家で貴族院議員の伯爵がつとめ、副委員長の中里春彦と共に葬儀を取り仕切っていた。

ここでは君枝や弘子は隅へ追いやられ、甲士郎も名前や顔を知っている現役閣僚、華族家の当主や政財界の大物たちが、次々に挨拶に立ち、早すぎる公人の死を悼む言葉を述べていた。

「このような華美で大げさな式は、わたくしの好みではありません。わたくしの葬儀の時は、質素に執り行っていただきたいものです。よろしいですか、来見さん」

会葬者の席に並んで座った円香は、甲士郎の耳元でそうささやいた。ほかの会葬者たちに気づかれ煩わしい思いをするのが嫌だったのか、円香は黒いヴェールを下げ、顔を隠している。

「それは私などに申されるより、加島さんに言っておくべきではありませんか」

甲士郎がささやき返すと、

「もう、来見さんったら、加島の歳を考えてものを言ってください。わたくし、そんな早死にするように見えます？」

「そういうわけではありませんが、冠婚葬祭のような内向きのことは私ごとき者より、ご家臣やお身内に申されるべきかと存じます」

「来見さんはいつまでたっても他人行儀ですわね。わたくしたちだって、いつか身内になるかもしれませんことよ」

思わず横目で円香をうかがう。ヴェールにさえぎられ、その表情は見えず、口調からも冗談か本気か判断がつかない。

九分九厘、からかわれているのだろうと思うが、たしかに萌す心の高揚に、甲士郎は動揺した。

「まるでご夫婦のようにお似合いですなあ」

いつの間にか会葬者の間に割り込んで背後の席に回っていた瀬島のとつぜんの声に、甲士郎は飛び上がるほどおどろいた。

「いきなり、なんだ」

あまりの間の悪さ（良さ？）と、なぜとなく後ろめたい気持ちに衝き動かされ、思わず大声が出た。周囲の会葬者たちから白い眼で見られる。

「どうしたんです」瀬島は面食らった様子で、「九鬼梨の昔話を聞ける例の婆さんが参列していたんで、報せに来たんですが。婆さん、この式のあと浜松に帰るんで、話をするなら早いうちがいいって言ってます」

三

天保生まれという西田トメは、東京で貿易会社に勤めている三男に連れられてきた。背中が丸まり、おそらく背丈は甲士郎の半分ほどしかあるまい。それでも真っ白の髪をていねいに結い、お召縮緬をまとった佇まいからは、武家奉公していた過去もうなずける上品さが伝わってくる。風呂敷包みをかかえているのは、公人の葬儀からその足で、警視庁へ来たからだ。

年寄りをあまり萎縮させては聞ける話も聞きだせまいとの配慮から、取調室ではなく、畳の入った宿直室を用意した。

甲士郎と円香が部屋に入る前から畳に額をつけていたトメは、昔気質の女らしく、そのままの姿勢で、

「なにとぞ、よろしゅうお願い申します」

と挨拶をした。

「顔をあげなさい」

甲士郎の言葉で顔をあげたトメは、大きく目を見開いた。吟味役が男女ふたり組であることにおどろいたらしい。

ここで円香の正体を明かすと、トメが腰を抜かして口を利けなくなってしまう恐れがあるので、紹介は省略し、いきなり事情聴取に入った。

「西田トメ、おまえは若い娘のみぎり、九鬼梨家に女中奉公に上がっていたな」

「はは、さようにございます」

トメがふたたび額を畳につけたので、甲士郎は顔を上げるように注意して、

「奉公していた時期は、いつからいつまでだ」

「はは、安政のはじめから慶応の終わりまで、勤めさせていただきました」

十四歳で奉公に上がり、途中、同じく邸の料理人だった男と所帯を持った。それまでの蓄えと、夫婦の退職金として下されたまとまった資金を元手に、里の浜松で小料理屋をはじめ、

今では老舗の料亭として地元では知られた存在らしい。

「女中として、お邸では主にどんな仕事をしていたのだ」

「はは、奉公にあがってすぐの時分は、お邸のお掃除とお洗濯、二、三年するとお裁縫も任されました。武文さまがよちよち歩きをされるようになると、遊び相手もするようになりました」

武文はのちに君枝との間に隆一をもうけることになる九鬼梨家の御曹司だ。

「たしか武文さんは病弱だったたな。お守りや遊びにも、ずいぶん気を使ったのではないか」

甲士郎が問うも、トメはぼうとした表情で虚空を見つめ答えない。昔話をするうちに、意識も昔へ飛んでしまっているらしい。

「これ、トメ、答えぬか」

「はは、これはご無礼をいたしました」

「武文さんは病弱だったのだな」

「はっ、はは、さようでございます」

「遊びの相手などをしたと言うが、どんな遊びをした」

「はは、さようでございますな……、お札、貝合わせ、お人形、それに手毬（てまり）などもいたしましたなあ」

なつかしむような顔でトメは答えた。女子が好んでする遊びが多かったようだ。トメが女で武文が病弱だったことも影響したのだろう。

「おまえがお邸から下がった時、武文さんはいくつだった」

「たしか十五でございました。あたり前ならとうに学校へ通うお歳でしょうが、御前（ごぜん）さまのご意思で、お邸内で勉学に励まれておられました」

さらに質問を継ごうとする甲士郎を制して、円香が口を開いた。

「おトメさん、手を出しなさい」

おどおどと差し出された皺（しわ）の多い右手を、円香がぎゅっと握って、

「あなたはなにか隠していますね。正直に申しなさい」

というと、トメは血相を変えて、円香の手を振り払い、後ずさりした。

「とんでもねえ。あたしはなにも隠しておりませぬ」

「これ、無礼であろう。このお方は、警察の大幹部であらせられるのだぞ」

正確に言えば内務省の幹部だが、警察の方がトメには通りがいいだろう。はたして甲士郎の叱責に、トメは額を畳に押し付けた。

「はっ、はは、恐れ入ります」

「いいんですよ、顔をあげなさい」円香は笑みを浮かべながら、「あと少し、聞きます。お邸を下がって浜松に移ったあとも、九鬼梨家を訪ねておられますね」

「はは、御前さまの年忌には参らせていただいております」

御前さまとは武文の父九鬼梨武清を指しているらしい。

「武文さんの法要には参らないのですか」

「はは、御前さまと若君とご一緒にご供養させていただいております」

「でも、最近はトメさんが奉公していたころのお知り合いは、どなたもいらっしゃらないでしょう？」

「いいえ、ご家老さまがおられますし、大方（おおかた）さまも……」

ご家老さまとは中里春彦で大方さまとは君枝のことらしい。

「トメさんが奉公されていた時に、君枝さんもお邸にあがっていたのですか」

武文と君枝が出会ったのは、武文の亡くなる十九歳ごろだと思っていた。トメがいたころに、すでに君枝も奉公していたのか。

円香の問いに、トメはややあわてた様子で、

「はは、行儀見習いでお邸にあがられておりました」

と早口に答えた。

ただしトメと一緒に奉公した期間はひと月ほどで、親しく話をするようになったのは、武文が亡くなったあとだという。

「君枝さんはどのような伝手（つて）でお邸に上がるようになったのですか」

「詳しくは存じませんが、みなと同じく、おそらくご領地の出かと」

武家の内向きの奉公人の多くは、家臣の妻子や地元の身元の知れた者たちである。旧藩時代なら、領民と領主の絆はきわめて強かったと考えていいだろう。

「君枝さんの実家について、なにか存じていることは」

「存じませぬ。だいぶ昔にご兄弟はおられないとうかがったような気もしますが、覚え違いかもしれませぬ」

どうも、君枝についてはよく知らないのか、それとも答えたくない理由があるのか、どこかトメの口が重い。

このあとも甲士郎と円香は、代わるがわる質問を浴びせ、九鬼梨家の秘密を探ろうとしたが、トメの口から新しい事実が出てくることはなかった。トメに疲れが見えたのと、質問の種が尽きたので、二時間にわたった事情聴取を終えた。

トメを帰したあと、円香の希望で本庁内に新しく設けた華族捜査局室に移った。

「あら、ずいぶんと小ぢんまりしたお部屋になりましたのね」

入口で立ち止まり、室内を見回して、円香は言った。

小さな机の周りに椅子が六、七脚ばかり窮屈そうに詰め込まれた、十人も入ればいっぱいになるような小部屋だ。一面の壁には書類入れの棚が設えてあるが、それが机と椅子以外、この部屋の唯一の調度品だ。いちおう小さな窓があるものの、以前は物置として使用されていたらしい。

　今のところ華族捜査局の局員は、甲士郎のほかは瀬島と黒崎だけなので、この部屋で充分だと考えていた。自邸に執務室を構えた円香が、ここへ足を運ぶことは想定していなかったのだ。

「捜査に集中するため、部下たちには諸事、質素を申しつけておりますので」

「だから今日は音楽隊の出迎えもなかったのですね」

「申しわけございません」

「よろしいですのよ」

　円香は部屋の中を歩き回り、木製の腰高の椅子に目を留めた。横木に足をかけて座ると、満足そうな顔をした。

「それで、どう思いました。トメさんのお話」

　よほど気に入ったのか、円香は椅子に座ったまま、子供がするように両足をぶらぶらと揺らす。

「年の割には昔のことをよく記憶しているようですが、事件の解決に役立つ話はとくになかったように存じます」

「あれだけすらすらと話が出てきたのは、きっと前もって記憶を整理していたからでしょうね。公人さんの柩前祭にも参列していましたし、中里さんか君枝さんからいろいろ言い含められていたかもしれません」

枢前祭にいたことは気づかなかった。小柄で人影に隠れていたからだろう。やはり円香の観察力は侮りがたい。

「口封じをされたわけですか」

「かもしれませんわね。でも、無意識に重要なことも漏らしたように感じました。ただ、それがなにかがはっきりわからず、もどかしいです。来見さんは、なにか感じましたか」

「いえ、とくに引っかかりは感じませんでしたけど」

甲士郎が正直に答えると、円香は失望したように息を吐き、

「やっぱり、ひとりから話を聞いただけで、すべての真相があきらかになるなんて虫がよすぎますわね。来見さん、また別の事情通の方を探してくださいな」

と言うと、また椅子の上で両足をぶらぶらとふった。

第九章　首吊り事件

一

捜査方針の大転換がなされ、吉松舞太郎の行方の捜索に全勢力が注がれている。舞太郎が一連の事件の主犯かは不明だが、関与の事実に疑いの余地はない。舞太郎の身柄の確保が、事件解決の最短の近道なのはあきらかであった。

よって、本庁の捜査陣のみならず、警視庁管下の各警察署の応援も受け、東京市内の宿泊所、駅、港などで不審者の大捜索を実施したのである。

しかし、広範囲に捜索の網を広げても、吉松舞太郎は引っかかってこなかった。新聞各紙で吉松舞太郎の名が容疑者として報じられはじめたにもかかわらず、居場所はもちろん、最近の立ち寄り先や目撃者の手がかりもつかめない。

「これだけ捜して見つからないんじゃ、東京以外のどこか地方へ身を寄せているのかもしれませんね」

黒崎のぼやきに、

「一連の事件が郊外を寝座(ねぐら)にする者の仕業とは思えん。必ず近辺に身を潜めているはずだ。この吉松ってやつは相当な悪だぞ。貧民窟や任侠団体など、思わぬ場所に紛れ込んでいるかもしれん。華族の身内という先入観を捨てて捜索にあたれ」

甲士郎は捜査陣全体に発破をかけた。

吉松捜索の経過は、日々、円香にも報告をあげたが、円香はあまり興味を示さず、

「そうですか、それはご苦労さま。九鬼梨家の事情通を探す方も、忘れずにお願いいたしますわ」

いつもなにを占っているのか、カードからめったに顔もあげない。

さいしょに舞太郎の足取りをつかんだのは黒崎班だった。

「骨董屋(こっとう)ですが、どうやらいたらしいです。ひと月ほど前まで」

黒崎が出張先の水戸から電話をかけてきた。

水戸の骨董屋は、祖父が昔、九鬼梨家の奉公人だった関係で、今も九鬼梨家とつながりがあり、九鬼梨家に伝わる家宝からガラクタまで手広く扱っている。もしかすると、その関係を頼りに、吉松舞太郎が身を寄せているのでは、との意見が捜査会議で出て、黒崎が調べに

行ったのである。

「てことは、今はいないんだな。行き先について、なにか手がかり、ありそうか」

甲士郎が問うが、

「だめですね。舞太郎はここでも不義理をして、出奔しています」

「不義理？」

「ええ、行方をくらます直前、骨董屋の蔵に火をつけているんです」

「なに、放火か。聞きしに勝るろくでなしだな」

言うまでもなく放火は重罪だ。しかも潜伏先での犯行。恩を仇で返された骨董屋もたまったものではあるまい。

「それで、蔵は丸焼けか」

「いえ、さいわい、小火で消し止められたようです。焼けたのは骨董屋の祖父の日記数冊だけだそうで」

日記は祖父の遺言で門外不出とされ、厳重に保管していたというが、骨董的価値はなく、当の骨董屋も目を通したことはなく、詳しい内容は知らないという。ただ九鬼梨邸に奉公していた江戸末期から明治維新ころの日常が綴られていたようだ。

（もしかすると）

円香が気にしている九鬼梨家の過去がそこに記されていた可能性がある。舞太郎がそれを目にし、そののち、一連の事件がはじまった……。

（であれば）

事件の発端が、九鬼梨家の過去にあるとする円香の見立ては、やはり正しいことになる。

吉松舞太郎が水戸にいたのは、白峰と共通の友人宅から姿を消した直後であることが、その後の調べでわかった。水戸を出たあとの足取りは杳として知れない。

そのことを含め、一連の捜査報告を円香にしていると、久しぶりに白峰が姿をあらわした。顔を合わすのは公人の葬儀以来である。

「ご無沙汰をしておりました。しばらく、公人君を偲んで、思い出の場所などを巡って旅しておりまして」

と円香に挨拶して、くるりと甲士郎に向きなおり、

「聞きましたよ。やっぱり、指紋が一致していたそうじゃありませんか」

満面の笑みの白峰。

「ええ、あなたの勝ちです」わざとらしく甲士郎は深々と頭を下げて、「遅まきながら捜査の方向も一変させました」

「いやあ、そんなに卑屈にならないでください。素人の当てずっぽうがたまたま功を奏しただけです。もっとも、本職の来見さんより自由に偏見なくものを見通せた分、推理力も働い

たとは言えるでしょうが」

甲士郎が間違い、白峰が正しかったのだから、どう言われても仕方がない。下手に反論すればするだけ男を下げる。

歯を食いしばって耐える甲士郎の気持ちを知ってか知らずか、円香は微笑みながら、

「ほんとうに白峰さんの推理、大的中でしたわ。もしかして、舞太郎さんの居場所もすでに見当がついていらっしゃるんじゃございません？」

おもねるような口調で尋ねる。

白峰は相好を崩しながら、

「いえ、いえ、決して警察への協力を惜しむものではありませんが、居場所についてはほんとうに知らないんです。これからも独自捜査をしますので、もし、なにかわかりましたら、すぐにご報告に参上します」

と言い、これから君枝に会うと、部屋を出て行った。

「すみません。捜査が後手に回ったばかりに、あんなやつに大きな顔をさせて」

甲士郎が頭を下げると、

「あら、なにも謝る必要ありませんわ。ようは犯人が捕まって事件が終わればよろしいんですもの。誰が解決したって同じことでしょう」

円香はそう言って、平然と紅茶を飲んでいる。

ありがたい仰せだが、首肯しかねる言葉だ。警察が素人に後れを取るわけにはいかない。

（もう一度）

捜査陣に活を入れ直し、徹底捜索を命じよう。

吉松舞太郎の最新情報が入ったのは、その矢先だった。

場所は日本橋区本船町の商店街。吉松舞太郎が通りを二度三度と行き来していたという。知り合いを頼ろうとしたものの、正確な場所がわからず行き迷っていたのか、直前に訪問を躊躇したのか、理由は判然としないが、舞太郎はほどなく踵を返し、商店街から姿を消した。

その立ち去るところを、おそらく舞太郎の目的の訪問先だった仕立屋の主人が見かけたのである。その仕立屋には、白峰情報から警察も事前に接触し、もし舞太郎の姿を見たら連絡を寄こすよう要請していた。そこで仕立屋はすぐに派出所の巡査に報せたわけだが、巡査が駆けつけ周辺を捜した時には、すでに舞太郎の姿はどこにもなかった。

報告を受けた甲士郎は瀬島とともに本船町を訪れ、仕立屋の主人から事情聴取した。

「吉松舞太郎で本当に間違いないのか」

まず瀬島が確認する。立ち去りぎわを目撃したのだったら後ろ姿を見ただけだ。背恰好が似た別人ということもあり得る。

「散髪屋の角を曲がる時に一度立ち止まり、横を向いたのではっきりと顔も見ています。間違いありません」

よほど自信があるのか、仕立屋はきっぱりと言い切った。

「みすぼらしい恰好だったか」

瀬島の問いに仕立屋は首をふった。

「いえ、前に会った時と同じくおしゃれな感じでしたよ」

とすれば、尾羽打ち枯らしているわけでもなさそうだ。やはり共犯者がいるのか。

「舞太郎とはどこで知り合った」

甲士郎が尋ねた。

「ある人物の紹介でした。でも、ただ紹介されただけで、商売でも私生活でもとくに付き合いはありませんよ」

仕立屋はこれ以上の関わり合いを避けるためか、ただの顔見知りである点を強調した。じっさい、舞太郎がこの仕立屋に仕事を頼んだことはなかったようだ。

「もし、また舞太郎の姿を見たら警察に報せ、必ず呼び止めて時間を稼ぎなさい」

と甲士郎は言い置いたが、舞太郎も追われているのは承知しているから、同じ場所にそう何度も足は運ばないだろう。

舞太郎の目撃については、円香にもすぐに報告したが、

「まあ、そうでしたの」

おどろいた顔はしたものの、カード占いの手は止めず、とくになんの意見も指示もなかった。

白峰には二日ほどして邸に顔を出した時に伝えた。また自説を補強する証拠が出てきたことを誇るかと思いきや、

「そうですか、本船町の仕立屋に……」

と言ったきり、口を閉ざした。

「どうかしましたか、白峰さん」

甲士郎が問いかけても、心ここにあらずといった態で返事もせず、深刻な顔をしたまま立ち去ってしまった。

二

警察は全力を挙げて吉松舞太郎の行方を追っていたが、世間の関心は、公人亡きあとの九鬼梨家の家督相続に注がれている。

過去の手順や家範に従えば、室城裕樹と上柳宗次郎のどちらかが相続するしかないのだが、公人の死の直前に、ほかふたりの候補者が尋常でない死を遂げているだけに、すんなりと規定どおりの決定がされるのか、予断を許さない。新聞紙上でも様々な予測が取り沙汰されて

いた。

中里春彦は弁護士の青江潔と親族会議の面々やそのほかの親族や関係者たちと何度も予備会議を開いて、合意の形成を図っているようだ。当然ながら、その内容は極秘で、外部にもれてくることはなかった。

九鬼梨家の家督と爵位の行方には、甲士郎もつよい関心を持っている。事件と九鬼梨家の相続は、なんらかの形で関わっているはずだ。たとえ吉松舞太郎を逮捕しても、犯行の動機が不明では全面解決とはならない。

甲士郎は春彦に探りを入れたが、

「まだ、関係者から意見を聞いている段階で、なにも決まっていないので、お話しできることもないのです」

とにべもない返事。

「でも、室城、上柳のふたりのうち、どちらに相続させるかという話ですよね」

甲士郎はしつこく追及する。選択肢がふたつだけなら、そんなに幾たびも協議をかさねる必要はあるまいとの含みを匂わせる。

「次のご当主さまには、誰もが納得する方についていただかねばなりません。ともかく多くの方々からの意見を拝聴することが重要なのです」

やはり関係者の間で、相続について異論が出ているのだろうか。

円香に春彦の言葉を伝えると、

「おそらくそうですわ。御三門以外の一族から、相続権者を増やすよう要望が出ているのでしょう。御三門の相続に不満を持つ者たちから、九鬼梨家に関するいろいろ不都合な情報がもれ出てくるかもしれません。捜査員たちにも、しっかり情報を取るよう、命じてくださいな」

とまたしても、円香に尻を叩かれた甲士郎が広間に下りると、来訪した室城裕樹が上着を脱いで使用人に渡しているところだった。甲士郎の姿を見て、片手をあげる。

「やあ、どうも」

裕樹も相続の行方が気になり、九鬼梨邸に日参しているのだろう。が、春彦からはなにも情報を得られず、最近は君枝と弘子に接近して、ご機嫌取りに余念がない。ことに弘子には執拗(しつよう)にまとわりついて、車付椅子を押して広大な九鬼梨邸の庭園を散策する姿が何度か目撃されていた。

もしかすると、裕樹は弘子の夫の座を狙っているのか。弘子の配偶者になることで、九鬼梨家当主の座へも近づけると考えているのか。

現在の九鬼梨家の家範では、本家の女と家督を継ぐ者との結婚は認められていない。ただし、不幸が相次ぐ特殊事情に鑑(かんが)みれば、特例として許される可能性はあろう。弘子が本家に残ることには、君枝や春彦も異存がないどころか、望むところのはず。

裕樹の行動の裏には、そんな計算も働いているのではないか。

「捜査の方はどうなっています」

裕樹は明るい声で尋ねてきた。

自分の父親が殺されて首を刎ねられているのに、ずいぶんだなと思いながらも、

「詳しい話はできませんが、着実に進んでいるとは言える状況です」

「ほう、すると、舞太郎さんの居所が見つかったんですか」

「それについてはお答えしかねます。ところで今日はいかような用で」

捜査への詮索をかわして甲士郎が問うと、裕樹はにやにや笑いを浮かべて、

「近ごろ、弘子さんと親しくさせていただいておりまして、本日は恥ずかしながら腰折れを一首、捧げに参上しました」

今どき恋歌で口説こうとは、古風というか気障なやつだ。

「昨今、ご本家の相続問題で親族の方々もいろいろ意見をあげているようで、室城さんも気が気でないのではありませんか」

目下、もっとも過敏な急所を突いてやったが、裕樹はあくまでも無頓着の装いを崩さず、

「相続に関しては、こちらはまな板の鯉で、なにもできませんから。座して裁定が下るのを待ちますよ。ところで、明日の晩餐会には警部補も出られるのですか」

明日、公人の死後はじめての晩餐会を開くので、ぜひ出席してほしいと、君枝から直接、

円香と甲士郎はお誘いを受けていた。

「ええ、喜んで出席させていただく予定です」

三

客を招いての九鬼梨家の晩餐会は、上柳貫一郎の事件以来のことだ。

今回は、その日の午後に催された公人を偲ぶ会の流れであり、出席者は前回の面々に加え、白峰諒三郎、青江潔弁護士夫妻と息子の洸、上柳室城両家の女たちや阿鬼会幹部夫妻など大人数であったが、賑やかな感じはなく、どこか暗く重苦しい空気が漂っているのは、公人の死と連続殺人事件が影を落としていたためだろう。

忌中でもあり、食事の内容も前回のような肉料理などは少なく、あっさりしたものが多かった。どの料理も小皿で運ばれて来るので、もし室城茂樹あたりが健在であったら、「これなら生首に出くわす心配はありませんな」くらいのことは言ったかもしれないが、今晩の出席者は皆おとなしく、黙々と料理を口に運んでいる。

なお、台所には下ごしらえの前から警官を配置して、毒の混入などの変事に備えていた。

「若いご当主さまが亡くなられて、とっても寂しいですけど、跡目については、いつごろ決まるのでしょう」

食後の飲み物が運ばれて来た時、円香が君枝に尋ねた。

とかく空気を読まない円香の言動には当惑させられるが、この問いかけは甲士郎にとって願ってもないものであった。テーブルを囲む一同が固まるのと一緒に、甲士郎も固唾をのんだ。

君枝は手にした飲み物をテーブルに置き、小さく頭を下げ、

「閣下のお心まで煩わせ、まことに恐縮にございます。一日も早く決めたいと、わたくしも願っております。中里、見通しはどうなのです」

「結論が出るのは、まだ先になるかと存じます」

中里の返答は、先日と同じ。まったく進展がないのか、あってもあきらかにする気がないのか。

室城裕樹と上柳宗次郎をそっと観察すると、ふたりともこの話題には興味を示さずに、素知らぬ顔を決め込んでいる。

しかし、弘子の話し相手をしている裕樹は、すぐ横の席で相続の話題を交わしている君枝と春彦へ決して顔を向けないことで、かえって強く意識している内心を露呈しているようだ。

宗次郎は前回の晩餐会の時とは打って変わって、晩餐中もその後も一滴も酒類を口にしていない。これも襲爵を意識した慎みかと、勘ぐれば勘ぐれるだろう。

まったく無関係の世間でさえ、九鬼梨の家督と爵位の行方には興味津々なのだから、その

当事者たちが神経を過敏にするのは無理もない話だ。

晩餐後の軽い雑談がひと区切りついたのを機に、一同が食堂から談話室へ移りはじめた時、甲士郎に電話が入った。報せに来た使用人は警視庁からだという。

甲士郎が電話室で受けると、

「瀬島です。吉松の寝座(ねぐら)をつきとめたかもしれません」

東京市内の宿泊所をしらみつぶしにあたっていた捜査員が、品川の旅人宿(りょじんやど)で宿泊人がひと月行方不明になっていることを探り出した。その宿泊人は三日前、二日分の宿賃を前払いして二階の部屋を取ったという。二十代後半の男で、行商をしていると宿の者には告げていた。じっさい、男は自身の着替え以外にも、売り物らしい荷物を持っていた。

「ところが、翌朝、その着替えと荷物を置いて宿を出たまま戻らず、行方をくらませているんです」

当初、宿の者は煙草でも買いに行ったのだろうと合点していたが、いつまでたっても戻らないので、不審に思っていたところへ捜査員が行きあたった。

「宿帳にはなんと記載している」

甲士郎は質した。当人だったら馬鹿正直に吉松舞太郎とは書かないだろうが、筆跡や変名の癖から、正体に近づけるかもしれない。

「いえ、宿帳にはなにも書いてないんです。宿の者は頼んだけど無筆だと断られたと」

「商人が無筆のわけがあるか。いいかげんな宿屋だな」

甲士郎は腹を立てたが、宿帳への記入を面倒がる客は案外多い。必ずしも後ろ暗い犯罪者ばかりだとは決めつけられまい。しかし、消息を絶っている点は気になる。

「さっき吉松の寝座をつきとめたかもと言ったな。もっと確実な手がかりはないのか」

甲士郎が質すと、瀬島は少し緊張した声で、

「宿に残っている荷物ですけど、じつは中身が壺のようなものらしいんです」

荷物は少し大きめの鞄で、口に鍵がかかっている。捜査員が持ってみたところ、かなりの重量がある。外から触ると壺のような形をしているらしい。

「おい、もしかして」

また誰かの首が……。

「ええ、そうかもしれません」

「中身はまだ確認していないんだな」

「はい、捜査員にはそのままにしておくよう命じました」

「よし、これからこっちを発つ。現場で落ち合おう」

「わかりました。鑑識と一緒に向かいます」

電話を切った甲士郎は談話室に戻った。白峰と語り合っていた円香に事情を告げた。

「これからその宿屋へ向かうんですね。ぼくもご一緒いたしましょう。閣下はいかがいたします？」

横で話を聞いていた白峰が、予想どおりしゃしゃり出てきた。おどろいたことに、円香までも手にしていたグラスを置いて、

「もちろん、わたくしも参りますわ」

と立ち上がった。

今回の現場には、捜査員だけでなく白峰まで立ち会う。謎の鞄の中身がもし生首であったなら……。

（またしても）

卒倒されたら大ごとになる。

「さようでございますか、しかし——」

甲士郎をさえぎって円香は、

「おっしゃりたいことはわかっています。二度の試練でわたくしにも度胸が備わりました。もう二度とあのような醜態は晒しませんわ」

そこまで言うのであれば、こちらも腹をくるしかない。

甲士郎たちはカデラックに乗り込み、帝都の夜道を猛スピードで駆け抜け、十分ほどで目的の宿に到着した。

四

宿屋は、ドブの臭いが満ちる、ごみごみと入り組んだ住宅地の中にあった。少し離れた広い道にカデラックを停めて、甲士郎たち三人は薄暗い入り組んだ路地を進んだ。目的の宿前に巡査が立っていなかったら、間違いなく通りすぎただろう。門口に小さく盛り塩がされているが、外見はふつうの民家と変わらない。主な客は行商人らしいが、待合などの用途でも使われているような、いかがわしさが濃厚に漂っている。

（こんなところに）

かしこくも公爵であられる円香さまをお連れしてよかったのか。

当の円香は、どこからか聞こえる三味線の音を聞きながら、興味深そうに古びた宿屋の建物を眺めている。

白峰は近くのドブ川から漂ってくる異臭に眉をひそめ、入口の灯に引き寄せられる小さな羽虫を神経質に手で払っている。

宿の者に案内され、二階の六畳間へ上がると、ここを突き止めた捜査員が座っていた。前に置かれた風呂敷包みと鞄が例の遺留品だろう。

鞄を目にした円香が息を呑むのがわかった。甲士郎も緊張を感じながら鞄を観察する。大きさは室城茂樹の首が入っていた鞄とほぼ同じ。瀬島が言っていたように、口に鍵が付いている。異臭などはしない。

「開けてみますか」

捜査員が尋ねてくる。

「いや、すぐに瀬島が鑑識を連れてくるので、それを待とう」

生首と対面する覚悟はできているが、鞄の開錠は鑑識に任せた方がいい。

瀬島と鑑識係は、甲士郎たちの十分後に到着した。

「すみません。遅れました」

甲士郎たちが先に着いているのを見て瀬島は頭を下げたが、本庁から倖を飛ばしてきたに違いない。

「こいつですね」

瀬島が鞄を見下ろして言った。

「ああ、手をつけずに待ってた。開けられそうか」

甲士郎は鞄の鍵を観察している鑑識係に声をかけた。

「ええ、簡単に開きそうです。すぐやっていいですか」

「やってくれ」

甲士郎の指示で、鑑識係は万能鍵を使って、あっさりと開錠した。

「鞄、開けます」

鑑識係の緊張気味の声に、甲士郎は無言でうなずく。

円香と白峰は鑑識係の両脇から鞄の口を覗きこんでいる。甲士郎は万が一に備えて、円香の身体を抱きとめられるよう、かたわらに寄り添った。

鑑識係が鞄の口を開けた。なにか黒っぽいものがさいしょに目に入ったので、一瞬緊張した。

「壺ですね」

鑑識係が鞄の口を広げて中をあらわにする。

鞄の中には高さ三十センチほどの黒っぽい焼き物の壺が入っていた。壺を取り出すと、鞄の中は空になった。壺の中にもなにも入っていない。風呂敷包みの方も調べたが、着替えと薬や筆記用具などがあるだけだった。甲士郎たちは拍子抜けした。

瀬島は自分の連絡で、甲士郎ばかりか円香や白峰まで引っ張り出したことにバツが悪くなったのか、

「こら、もっとしっかり確認してから報せをよこさんか。公爵閣下にまで無駄足を運ばせたではないか」

と捜査員を叱りつけた。

「お待ちなさい」円香が言った。「生首はありませんでしたけど、ここに舞太郎さんがいた

ことまでが否定されたわけではありませんわ。ですので、しっかり捜査をする必要があります。そうですわよね、来見さん」

まあ、たしかにそうだが、殺人の確たる手がかりもないとなれば、ただ年恰好が近い人物が失踪したにすぎない。それは円香もわかっているはずだ。

おそらくは、見るからに萎(しお)れてしまった捜査員へ助け舟を出しているのだろう。

しかし、なにはともあれ、円香の仰せに対し、甲士郎の対応はただひとつである。

「まことにさようでございます。さっそく周辺に聞き込みをして、目撃者を捜します」

鑑識係にも、遺留品をすべて持ち帰り、詳しく調べるように命じた。

これは円香さま対策を忠実に実行しただけで、この時点ではこの指示が捜査の進展に寄与するとは、甲士郎もほとんど期待していなかった。

白手袋をした鑑識係が慎重に遺留品を一つひとつ袋に詰めていると、

「ちょっと」

と白峰が声をかけた。鑑識係は遺留品の櫛(くし)を手にして、

「なにか」

「いや、結構、なんでもありません」と首をふったあと、白峰は甲士郎に、「鑑識の結果が出たら、ぼくにもすぐに報せてください。どうぞ、お願いします」

なぜか殊勝に白峰は頭を下げた。

五

品川の捜査を切り上げ、甲士郎と円香が九鬼梨邸へ戻ってきたのは、日付が変わった午前一時ごろだった。

カデラックが邸の門をくぐった。深い木々の闇が前方をふさいで本邸は見えない。前照灯が黒い樹木のとばりを照らしながら小道を進む。

なにげなく窓の外に目をやると、前照灯が照らす前方に人影がよぎった。と思う間もなく、人影は木々の中へ駆け込み、闇に溶けた。

「止めろ」甲士郎は声をあげると、身を乗り出して運転手に質した。「今の見たな」

「ええ、一瞬ですが」

カデラックを止めて運転手が答えた。

「何事です、来見さん」

円香の問いに、甲士郎は、

「曲者が邸に入り込んだかもしれません」

現在、九鬼梨邸の夜間警固はふたりの巡査がおこなっている。ちらりと見えた人影は制服姿の巡査ではなかった。そもそも巡査なら、カデラックを見ても逃げ出さず、直立して敬礼を返すだろう。

(舞太郎か?)

甲士郎は円香には車内に留まるように言って、車外に出てあたりを見て回った。すでに遠くへ去ったのか、あやしい人影は見つからなかった。

浮浪者が紛れ込んだだけかもしれないが、用心するに越したことはあるまい。

「見失ったようです」

カデラックのドアを開け、甲士郎は報告した。

「顔はご覧になりました?」

「いえ、ライトが足元までしか照らしませんでしたので。君は見たか」

甲士郎は運転手に質した。

「すみません。若い男だと思いますが、顔までは……」

「これからお邸へ向かうところだったのかしら、それともお邸から去るところだったのかしら」

円香の問いに、甲士郎も運転手も、

「さあ、それは……」

と首をかしげた。

人影はとつぜん灯に浮かんだため、事前の動きや向きまでは把握できなかった。

「もし、お邸から来たとすると、なにか事件が起きているかもしれませんわ。急ぎましょう」

カデラックが停まった車寄せに立つと、九鬼梨邸の建物が一望できる。すでに深夜、晩餐会の客も帰ったようで、邸内の灯はすべて落ちていた。しかし、邸の前庭に設えられた二基の常夜灯が建物の前面をほんのり照らしているので、邸全体が闇の中に浮かび上がって見えるのである。

「中里さんに事情を伝え、邸内をひと回りします。それでなにもなければ、われわれも休みましょう」

甲士郎が円香をうながして玄関へ進みかけると、

「ちょっと」

円香が足を止めた。甲士郎も立ち止まる。

「あれ、人の顔じゃありません？」

声を震わせ、斜め方向を指さした。

たしかに邸西側の薄暗がりに、顔らしきものが浮かんでいる。しかも、顔は建物の外側にせり出しているかのよう。ちょうど二階のバルコニーのすぐ下で、地面からはゆうに三メートルは離れているはずだ。身体と足元がどうなっているかは、庭の木々がさえぎって定かでない。甲士郎たちの場所からは、あたかも生首が明かりを浴びて中空に浮くか漂っているように見えた。

「円香さま、ここにおいでください。見て参ります」

甲士郎が運転手に円香の警護を命じて、足を踏み出すと、

「わたくしもご一緒しましょう」

円香もついてくる。

「しかし……」

甲士郎は難色を示したが、円香は構わず甲士郎を抜き去り、先へ進む。

(まったく)

こわがりのくせにやたら危険なことに首を突っ込みたがる人間がいるが、円香も間違いなくその口だ。

仕方なく甲士郎は運転手にも来るよう命じて、円香のあとを追った。

邸の西側前には小さな木立があり、近づくとその木々の枝葉が邪魔をして、いったん首が視界から消えた。木立を抜けると、いきなり宙に浮かんだ男の姿が間近に出現した。

室城裕樹である。首に縄をかけられ、バルコニーから吊り下げられている。斜め下に傾けられたまったく血色のない顔からも、こと切れているのはあきらかだ。

「――――!」

円香が言葉にならない声を迸らせた。

甲士郎は素早く身をよせて手を伸ばしたが、円香は身体をふらつかせながらも、なんとか踏みとどまった。

「大丈夫です。がんばりました」

円香は差し伸べられた甲士郎の手を握り返して言った。

あらためて室城裕樹へ目を向けると、地面から一メートル以上浮いた位置にぶら下がっている。足場のようなものは周囲に見当たらないから、ここで首を吊ったわけではない。首に縄を巻いてバルコニーから身を躍らせたのか。もしくは縄を巻かれて突き落とされたのか。バルコニーでその痕跡を確認する必要がある。

「ここを動かないでください」

と円香に言い、運転手を護衛としてその場に残し、甲士郎は邸内に入った。

玄関から大広間、さらに廊下もほとんど灯が落とされている。すでに皆、就寝しているのだろう。

階段を上がり、自室から警視庁に電話をし、捜査員たちを送るよう要請した。それから春彦の部屋へ行き、扉をノックした。しばらくして扉が開き、

「何事です」

ローブを羽織った春彦が顔を出した。

甲士郎は事情を説明した。

春彦は目を見張りながらも、

「それで、私はどうすればいいですか」

「本庁に連絡を入れましたので、すぐに捜査員が駆けつけます。その前に、バルコニーの部屋を見せてください」

「わかりました。一緒に参りましょう」

西側端の二階の部屋は空室で、扉にも鍵はかかっていなかった。春彦によると、ここは臨時の客室として時々使用していて、ふだんから施錠はされていないという。

甲士郎は春彦を廊下に待たせて、室内に入った。入口側に小さなテーブルと椅子が、窓側にベッドが配されている。カーテンは引かれ、調度も整えられ、室内に争ったような痕跡はない。

カーテンと窓側の扉を開けた。バルコニーにはなにも置かれておらず、ただ手すりの支柱のひとつに縄がかかっている。

手すりから身を乗り出すと、縄にぶら下がる室城裕樹の頭部と、前庭で待つ円香と運転手の姿が見えた。

「そちらはどうですか」

円香が見上げて尋ねかけてきた。

「ざっと見たところ、犯行に関わりがありそうなものは見当たりません」

「そうですか。わたくしの方はそろそろ限界かもしれません」

と円香は言うと、そのまま仰向けに倒れた。

春彦に加島老執事を呼びに行かせ、甲士郎は階下へ駆け下りた。

失神した円香の手当てを、運転手や加島たちとしているうちに、本庁からの応援が到着し、室城裕樹の死の捜査が本格的にはじまった。

甲士郎は加島とともに、円香を部屋に運びしばらく加減を見たあと、邸西側の前庭へ戻った。

すでに裕樹は地面に降ろされ、検視の最中だった。死体に屈みこむ検視官のかたわらに立って、カンテラで照らしているのは瀬島である。

「どうだ」

照明役を巡査と交代させ、そばに呼んだ瀬島に尋ねた。

「自殺じゃありませんね。頭蓋骨が陥没していますから。殴打されたあと、二階から吊り下げられたようです」

となると邸内の誰かの犯行かもしれないが、不審者の存在が気にかかる。

瀬島に目撃した状況を伝え、

「まだ、周辺を捜索すれば、捕まえられるかもしれない。追手を出せるか」

「そうですねえ」瀬島は渋い顔をした。「まずは邸の面々の確認と事情聴取が最優先ですし、邸内警固の人数も増やす必要がありますし」

「捜査員全員に招集をかけたはずだが、集まりが遅いな」

「時間が時間ですし、出先にいた者もいましたんで。その連中が来れば、少し余裕が出るでしょう」

と瀬島が答えた時、三人の捜査員を引き連れて、黒崎があらわれた。阿鬼会の有力者のもとから官舎へ直帰したところで伝言を聞き、こちらへ駆けつけたという。

「また事件だそうで。誰が殺られたんです？」

尋ねる黒崎の肩を、瀬島が叩いて、

「来たか黒さん、待ってたホイ。さっそくだが警部補のご用命だ」

「殺されたのは室城裕樹だ」

甲士郎は、同時刻に不審者が邸内に侵入していたと、黒崎に告げ、

「賊は吉松舞太郎かもしれん。邸周辺の捜索と近隣の駅、俥屋にも聞き込みをしてくれ。少し時間は経っているが、目撃者がいれば、その後の足取りの手がかりになる」

「わかりました。すぐに聞き込みに回ります」

と黒崎は捜査員たちに声をかけ、駆け足で闇の中に消えた。

六

検視官の見立てでは、室城裕樹は後頭部を鈍器で殴られ、殺害されたのち、首に縄をかけられ、二階のバルコニーから吊るされた。死亡推定時刻は発見の一時間半から三時間半前。つまり、前日の午後九時半から十一時半の間。ちょうど甲士郎たちが品川の宿の捜査で留守にしていた時間帯だ。

殺害現場は、死体が吊るされていた邸西側の前庭と推定された。凶器と思われる血痕が付着した石が発見されたからだ。ただし、周辺の地面から血痕は見つからなかった。

死体が吊るされたバルコニーと二階の部屋も、鑑識係が徹底的に調査した。裕樹を吊るした縄は、建築や造園などで使うありふれたもの。邸内でも物置などにあり、簡単に手に入る。そのほか、犯人に結び付く手がかりや遺留品は見つからなかった。

この夜の邸内の宿泊者は、殺された裕樹と使用人を除くと、君枝、弘子、春彦、上柳宗次郎、青江潔夫妻と息子の洸の七名だった。

甲士郎は瀬島とともに、アリバイを確認するため、全員から話を聞いた。

晩餐会は午後九時ごろに終わり、招待客のほとんどはそれまでに帰っていた。室城裕樹と上柳宗次郎と青江家の面々は、当初から宿泊の予定で九鬼梨邸に来ていたという。

「昨晩、この方々が泊まったのは、なにかとくべつな理由があってのことですか」

甲士郎の問いに、春彦は首をふった。

「いえ、御三門と青江の宿泊は珍しいことではありません」

とくに亡くなった上柳貫一郎や室城茂樹などは、しょっちゅう泊まりに来ていて、専用の部屋や着替えも用意していたという。

「吉松舞太郎もそうでしたか」

「破産する前は、時おり泊まりに来ていました」

とすれば、邸内の事情に通じていたと考えていい。

事情聴取の結果、七人の中でアリバイが確認できたのは、春彦と青江洸のふたりだけだった。

春彦は晩餐会を終え、招待客たちを見送ったあと、華族会の会合で麴町に行っていた。そこで午後十一時すぎまでいたのを、十数名が目撃しているという。九鬼梨邸への戻りは、どれほど急いでも午前零時近くになるから、犯行は無理だ。今後、華族会の出席者たちから証言の裏を取る必要はあるが、春彦も調べればすぐにばれる嘘はつかないだろう。

青江洸は晩餐会のあと、招待客たち数名と新橋の料亭に繰り出していた。九鬼梨邸に戻ったのが午後十一時半というから、帰宅直後の犯行ならば可能は可能だが、あまり現実的とは思えない。というのも、洸は帰宅後、使用人に自室へ飲水を持ってくるように命じていた。

その使用人によれば、十一時半すぎに洸は在室していたというから、殺害は困難だったと見るべきだろう。

君枝、弘子、上柳宗次郎、青江夫妻は、ほとんどの時間を自室で過ごしたと証言しているため、アリバイは成立しない。といって、とくにあやしい行動があったわけでもない。

九鬼梨家の者や客人たちの部屋は、邸の東側に位置しているため、室城裕樹が吊るされていた西側で起きたことを、誰も見聞きしていなかった。

ただ使用人のひとりが、午後十一時ごろ、裕樹らしき者が玄関を出て行くところを目撃していた。

「なにやら、こっそりと人目を忍ぶように、そっと玄関扉を開けて、出て行かれました」

この使用人の話が確かなら、裕樹は午後十一時までは生存していたことになる。死亡推定時刻は、午後十一時半までの三十分に絞られる。

明け方まで不審者の追跡をした黒崎たちは、若い男を乗せたという車夫を探し出した。

「午前一時すぎ、邸から数百メートル離れた通りで乗せ、上野駅の近くで降ろしたそうです。若い男だったのは確かですが、人相まではわからないと言っています」

黒崎の報告を聞き、甲士郎は考えた。

もし甲士郎の目撃した不審者が、室城裕樹の殺害犯だとすれば、時間的にはつじつまが合う。

すなわち——、

午後十一時、邸を出た室城裕樹と不審者、西側の庭の前で落ち合う。

午後十一時から十一時半までの間に、不審者が裕樹を撲殺する。

不審者、裕樹の死体を担いで邸に入り、二階のバルコニーから死体を吊るす。

午前一時ごろ、邸に戻ってきた甲士郎、逃走途中の不審者を目撃する。

午前一時すぎ、邸からほど近い場所から不審者、俥で上野駅へ向かう。

一連の流れが現実にあったと仮定すると、不審者が室城裕樹を呼び出したと考えられる。人目を忍んで裕樹が呼び出しに応じたのは、それが知人だったからだろう。それも相当親しい知り合いだ。よほど信用しているか、弱みでも握られていなければ、連続殺人の最中にのこのこ夜中に出て行きはしまい。

(しかし)

知人でも吉松舞太郎の呼び出しなら、裕樹は応じなかっただろう。舞太郎が第一容疑者なのは周知の事実だ。

(とすれば)

舞太郎は誰か別人を装ったか、あるいは共犯者が呼び出したのか。

そうだとしても腑に落ちない点はまだある。

前庭で裕樹を殺したあと、なぜ、わざわざ邸内に死体を運び、裕樹を二階から吊るしたのか。頭部に致命傷となった殴打の痕跡がある以上、吊るしても自殺の偽装にはならないのに。

　また、品川に宿を取ったのが舞太郎だとすれば、なぜ、上野駅へ向かったのか。警察に住処をつかまれたと、気づいたのだろうか。しかし、それ以前に不審者は宿屋から姿をくらましている。どうも状況にちぐはぐな点が多い。

（まだ、なにか）

　あきらかになっていない事実がどこかに隠れているようだ。

七

　室城裕樹殺害の夜が明け、初動捜査が一段落したところで、甲士郎は円香のもとを訪れた。どうせ面会はできまいが、様子だけでも加島に聞こうと思っていたのだが、案に相違して、あっさり部屋に通された。

「お加減はいかがです」

　窓辺に座って気だるそうに庭を見下ろしている円香に、甲士郎は声をかけた。

「もちろん、最悪ですわ。ようやく死体にも慣れたと思ったとたん、あのざまですもの。お恥ずかしいかぎりです」

　とため息をつく。

円香が死体を目にして気絶するのは三度目だ。さすがに自信を失ったのだろう。悄然と肩を落としている。

これで適性なしと自覚して、円香が危険な事件捜査から身を引いてくれるなら、部下の立場としてはひと安心だ。

ところが——、

「気落ちすることなどありません。誰でもはじめて死体を目にした時は、動揺しますし、大の男が戻すこともざらです。なにとぞ、今後も円香さまのお力をお貸しください」

あべこべに励ましの言葉をかけていた。

虚言は弄していない。じっさい事件解決には、円香の推理力が必要だった。保身のために連続殺人犯を野放しにしてはならない。

「ほんとうですか」

円香は疑わしげな目を向けた。

「お疑いでしたら、霊感で探ってください」

甲士郎は手を差し伸べた。円香は甲士郎の目を見つめて、そっと手を握り返し、

「来見さんは霊感を信じていないんですから、嘘をついても平気なんでしょうね。——あら、でも、ほんとうのことをおっしゃっていますわ」

「円香さまを欺いたりいたしません」

「そのようですわね。でしたら、これからも捜査に加わってよろしいんですね」

「もちろんです。円香さまは局長なのですから」

「ではさっそく」円香は椅子の上で姿勢を正して、「経過を教えてくださいな。わたくしが気を失っていた間の」

　甲士郎は、室城裕樹は他殺であったこと、帰宅時に目撃した不審者の犯行の可能性があること、邸内の者たちは、中里春彦と青江洸のふたりを除きアリバイがないこと、などを詳しく語った。

　途中、口をはさむことなくじっと聞き入っていた円香は、甲士郎が説明を終えると、

「来見さんは、吉松舞太郎さんが邸内に侵入した不審者と考えているのかしら」

「その疑いが濃いのは間違いないでしょう。もちろん、疑問点もありますが」

　甲士郎は、撲殺した裕樹をバルコニーから吊るしたこと、品川の宿に荷物を置いたまま逃亡したことを疑問点として挙げた。

「首吊りにしたのは、誰が犯人であろうと疑問ですわね。でも、不可解な行動といえば、先のふたりの首を切り落とした理由もわかっていないのですから、今回に限ったことではないでしょう」

「まあ、たしかにそうですが、いちおう首切りは、九鬼梨家の歴史というか伝説に則った作法と考えられます。常軌を逸した論理ではありますが。——もしかすると、首吊りに関して

も、われわれが知らない伝説に因んでいるのかもしれません」

「どうかしら」円香は懐疑的な顔で、「まあ、君枝さんか中里さんに聞いてみるのもいいかもしれませんね。でも、どちらにしても裕樹さんを二階から吊るしたのは、なにか理由があるのでしょう。犯人にとってどうしてもそうしなければならない切実な理由が」

わざわざ手間と危険を冒しているのだから、当然そうだろう。

そろそろ君枝たちは昼食の時間かもしれない。円香を誘って甲士郎は食堂へ下りた。


正午、昼食のテーブルを囲んでいたのは、君枝、弘子、春彦と上柳宗次郎であった。挨拶がてらの会話で、これは朝昼兼用食だとわかった。昨晩、遅くまで事情聴取をしたため、皆、朝寝坊をしたらしい。

「舞太郎の行方はわかりましたか」

と春彦。犯人は吉松舞太郎と信じて疑わない態度だ。甲士郎は首をふり、

「いえ、残念ながら。それより、ちょっと引っかかっている点がありまして」

首吊りに関する過去の事例など心当たりがないか尋ねた。

「首吊りですか」

「ええ、首吊りそのものでなくても、ご一族の歴史になにかそれに近い伝説とか事件はありませんか」

「さて」春彦は当惑顔で、「とくに思いあたるものは」

君枝にも同じ質問をしたが、首なしにはあれほど強く執着したのに、首吊りについてはきわめて淡白に首をふり、

「わたくしが知るかぎり、首吊り伝説などございません。それより、昨晩、吉松の隠れ処が見つかったそうじゃありませんか。すぐそこに潜んでいたのですから、警察もしっかり捜索をして、わたくしたちを早く安心させてくださいな」

「品川に不審な宿泊者がいたのは確かですが、まだそれが吉松舞太郎だとの確証はありません。一連の事件についても、すべてを舞太郎の犯行とするに足る証拠はないのが現状です」

甲士郎は正直に答えた。すると紅茶のカップをテーブルに置いて円香が、

「仮に吉松さんが犯人だとしても、共犯者がいるようです。それも九鬼梨一族にとても近い方と思いますの」

予定にない発言だが、甲士郎はもうおどろかない。

君枝と春彦も取り立てて反応を示さなかった。宗次郎は「ほう」といった様子で円香を見つめた。弘子はなにか考え事に心を奪われたように、カップを手にしたまま、じっとその手元に目を落としている。

「弘子さん、なにか思いあたることがございますの」

円香が尋ねると、弘子は、

「いえ、ほかのことを考えておりまして、失礼いたしました」

と狼狽気味に顔をこわばらせた。

「そう言えば」君枝が唐突に口をはさんだ。「宗次郎は今後、こちらに住まうことになりましたのよ」

「ほう、それはまた……」

なぜ、という甲士郎の疑問符つきの表情に、春彦が、

「伯爵家の唯一の相続権者ですから、とりあえず居を移してもらうことにしたのです」

と説明した。

室城裕樹が殺されたのは昨晩。ずいぶんと手回しがいい。まるで裕樹の死をあらかじめ予測していたかのようだ。

「ずいぶん急なお話でございますわね」

円香の疑問に、

「前々から、裕樹と宗次郎は、こちらへ移る予定でしたの。もうふたりしか相続人がいませんから。……今はもうひとりですけど」

と君枝が答えた。

ということは、やはり伯爵家の相続者は上柳宗次郎に決定したのだろうか。当の宗次郎は無表情に食事を口に運んでいる。

八

この日の午後に鑑識係から連絡があった。品川の宿屋で収集した櫛から、吉松舞太郎の指紋が検出されたという。

「いまだ逃亡を許しているのは業腹ですが、捜索の輪が着々と狭まり、舞太郎を追い込んでいることが確かめられたのは収穫だと思います」

鑑識の報せを円香に告げて、甲士郎は言った。

「それはよろしゅうございましたね」

円香は顔もあげずに、カードをめくりながらの生返事。

(相変わらず)

舞太郎捜索に乗り気ではない。甲士郎が指摘をすると、

「あら、そんなことはありませんわ。それより、白峰さんも気にしていましたから、お知らせしてはいかがです。お昼にお姿をお見かけしましたわ」

たしかに白峰は君枝たちに昼食に呼ばれていた。おそらくまだ邸内にいるだろう。また自慢たらたらを聞かされるのは苦痛だが、円香のご用命とあれば是非もない。

ところが、談話室でつかまえた白峰に、指紋の件を伝えると、

「そうでしたか、あの櫛から吉松舞太郎の指紋ですか……」

さえない顔をして考え込んでしまった。そう言えばこのところ、白峰の顔色が優れないことが多い。

「なにか気がかりでも」

甲士郎が尋ねると、白峰はうなずくでも首をふるでもない、どっちつかずの仕草をして、

「もしかすると、ぼくは大変な間違いをしていたのかもしれません」

「どういうことです」

「それは――」言いかけて、「いえ、ちょっと確かめたいことがあります。結果はすぐに出ると思います」

白峰は立ち上がると、挨拶もそこそこに、足早に部屋をあとにした。甲士郎は唖然としてその後ろ姿を見送った。

円香のもとへ戻り、このことを伝えると、

「白峰さんもようやく真相に近づいてきたようですわね。来見さんもがんばってください」

と発破をかけられた。

（いったい）

なにをがんばれと言うのだ。舞太郎の捜索は全力を挙げておこなっている。身柄を確保するのも時間の問題のはずだ。

考え込んでいるところに、使用人たちから聞き取りをしていた瀬島が顔を出した。

「女中のひとりがちょっと気になることを言っています」

首吊り事件のあった昨日の夜、エレベーターが動くのを見たのだという。エレベーターを使うのは、この邸では弘子だけである。

その女中を呼んで、甲士郎と円香が直接、話を聞くことにした。

佐藤（さとう）という十八歳の娘は、旧藩士の孫で、九鬼梨邸に奉公にあがって三年になる。

「昨晩のことを聞くので、正直に答えなさい」

甲士郎が声をかけると、目の前の椅子にかしこまって座る佐藤はこくりとうなずいた。

「エレベーターが動いているのを見たそうだが、正確な時間はわかるかね」

甲士郎の問いに、佐藤は、

「あれはちょうど午前零時でした。お手洗いに立つ前に時計を確認して、お部屋を出たのです」

すると薄暗い廊下に耳慣れた物音が響いた。エレベーターの作動音だ。すぐに停止したエレベーターの扉が開き、車付椅子が音もなく出てきた。

佐藤の部屋とエレベーターは少し離れていて、廊下も暗かったが、車付椅子とそれを押して行く人の姿も見えた。

「誰が押しているかもわかったのか」

甲士郎が意気込んで質すと、

「い、いいえ」

佐藤は怯えたように身を引いた。

手洗い場に急ぐため、暗い影になっていた顔はもちろん、体格や男女の判別もできなかった。

「車には弘子さんは乗っていたのかね」

甲士郎は少し口調を和らげて尋ねた。

「わかりません。誰かが乗っていたような気はするのですが」

大事なことなので、何度も問い質したが、やはりはっきりしたことは言えないと泣きそうな声で繰り返すばかりだった。

聴取を終え、佐藤が退出すると、円香が甲士郎に、昨晩の弘子の行動を質した。

「晩餐後の午後九時半に部屋に帰り、しばらく読書をして、午後十時半ごろに就寝したと言っていたはずです」

甲士郎の答えに、一緒に聴取をした瀬島もうなずき、手帳を繰りながら、

「室城裕樹の死体が発見され、午前二時に起こされるまで、一度も目を覚まさなかったと証

言していますね」

と補足した。

もし佐藤の目撃した車付椅子に弘子が乗っていたとすれば、弘子は偽りの証言をしたことになる。共犯者は弘子なのか。足の不自由な弘子が、吉松舞太郎を操って殺人を実行させていたのか……。

（もしかすると）

何気（なにげ）ない記憶がある意味を持ってよみがえってきた。

「どうかしました」

甲士郎の表情の変化を見てとった円香が質した。

「じつは室城裕樹は弘子に恋歌を贈っていたんです」

裕樹自身から聞いた話を打ち明けると、円香は察しよく、

「弘子さんが色よい返歌を贈れば、裕樹さんをおびき出すのは簡単ですね」

ただ歌を返すだけでなく、自身も庭に出て裕樹を迎えたのだろう。そして、油断した裕樹を、背後に隠れていた舞太郎に撲殺させた。弘子は自室に帰り、舞太郎は裕樹の死体を二階に運び、バルコニーから吊るした。

突如、急浮上した弘子犯人説に、瀬島は戸惑ったように頭をかいている。

「弘子に一族の男を次々と殺す動機があるのかよくわかりませんが……。ともかく、もう一

度、話を聞く必要がありますな」

九

弘子は自身で扉を開けて、甲士郎たちを迎えた。

「いいお部屋ですわね」

真っ先に足を踏み入れた円香が部屋の中を見回す。

たしかにいい部屋だ。日当たりのよい邸の東側二階の洋間は眺めもよく、車付椅子でも動きやすい充分な広さがある。品のよいテーブルや棚などの調度類も車付椅子がつけやすい位置に配されていた。

甲士郎が昨晩のことをもう一度聞きたいと告げると、

「わかりました。どうぞおかけください」

と弘子は、甲士郎たちに椅子を勧めた。

弘子はふだんどおりの穏やかな表情だが、口元がかすかにこわばって見えるのは緊張のためか。

甲士郎はこの緊張を解く間を与えず、いきなり切り出した。

「昨晩うかがった時には、午後十時半ごろに就寝し、午前二時に起こされるまで、一度も目覚めなかったとおっしゃいましたが、それに間違いはありませんか」

　弘子は表情を動かさず、

「ええ、間違いございません」

「途中で目が覚めて、部屋の外に出たりしていませんか」

「いいえ、ございません」弘子は首をふり、「わたくし、兄が亡くなってから、寝つきが悪くなってしまい、睡眠薬をいただいておりますの。昨晩も少量ですがお薬を飲んで眠りましたので、起こされるまで一度も目は覚ましておりません」

　たしかに昨晩、弘子から話を聞いた時、少しぼうとしている感じがあった。薬がまだ効いていたのかもしれないが、そう装ったとも疑える。

「就寝時に、扉に鍵はかけておいでですか」

「はい、いつも。昨晩も扉をノックされ、自分で鍵を開けたことを覚えています」

　この点については、起こしに行った使用人の証言で裏が取れている。

「部屋の鍵は、どなたがお持ちですか」

「わたくしと、あと合鍵をお祖母さまと中里で管理しております」

「就寝中、車付椅子はどこに置いているのですか」

　甲士郎の問いを受け、弘子の瞳に一瞬、動揺の色がよぎったように見えたが、

「ベッドの脇です」

と指をさして答えた。

ベッドの縁には手すりが設けられ、人手を借りずに乗り移れるようになっている。

円香は立ち上がり、ベッドの周辺を調べたあと、弘子の車付椅子の背後に回った。

弘子の言うように睡眠薬を飲んでいたのなら、寝ているすぐ横の車付椅子を動かされても気づかないかもしれない。しかし、ほかの誰がなんのために車付椅子を夜中に動かすというのか。

ここで円香が質問の口を開いた。

「弘子さん、お椅子の左の背に疵がついているのにお気づきでしたか。前はありませんでしたけど」

甲士郎と瀬島も立ちあがって確認する。たしかに背もたれの左上部に疵があった。なにか硬い物でこするか、ぶつかったような疵だ。

弘子は身体をねじってその疵を確認すると、おどろきと戸惑いの混じったような表情を見せた。

「まあ、ほんとうに。おっしゃるまで気づきませんでした」

弘子が嘘を言っているようにも見えなかったが、では、いつ誰がつけた疵なのか。その疵が前からのものか、昨晩できたものか、甲士郎にはわからない。そしてその疵と事件との関係も。

円香は疵をじっくりと観察している。甲士郎と瀬島もさらにその後ろに立った。

「来見さん、ご覧になって」円香は脇に退いて甲士郎に場所を譲り、「疵の一部に赤黒い染みがあるのがわかりますか」

目を近づけると、背もたれの部分の疵と一緒にこすったような赤黒い染みがある。たしかに血と言われれば血に見える。

「どうだ」

甲士郎は瀬島にも確認させた。

「そうですね、血だと思います。鑑識に確認させれば、はっきりするはずです」

「弘子さん、疵を詳しく調べるので、しばらくこの車をお借りしてよろしいですか」

甲士郎の要求に、弘子はためらいも見せずに、

「結構ですわ。どうぞお調べください」

と言い、部屋の隅に立てかけてあった松葉杖を取って、車付椅子を明け渡した。

甲士郎と瀬島が、車付椅子を押して部屋を出ようとすると、円香は壁の飾り棚に近づいた。棚には人形やこけしや民芸品などが並んでいる。

「あら」

円香は棚の隅にある手毬を手に取った。凝った装飾がされているので高価そうである。円香がついてみるが、ほとんどはずまない。芯がゴムでなく木綿なのだ。

「かなり古いもののようですけど、弘子さんがお使いになったのですの」

「いいえ」弘子は笑みを浮かべ、「それはお祖母さまが童女のころにお使いになったそうです。模様がとてもきれいなので、いただいて飾っておりますの」

「そうでしたか」

円香は棚に戻した手毬にそのまま手を置いて、なにやら考え込んでいる。


鑑識係を呼んで確認させると、疵に付着した染みはほぼ血液で間違いないとわかった。さらに研究所で調べるため、染みの付着した部分を削り取り、ガラス容器に入れて持ち帰った。

甲士郎と円香と瀬島は、円香の部屋へ戻った。

扉を閉めるや否や、先ほどまで弘子犯人説にいちばん懐疑的だった瀬島が、

「あれはきっと室城裕樹を撲殺した時に飛んだ血痕が付着したものですよ。いやあ、人は見かけによりませんな。あの虫も殺さないようなお嬢さんが――」

と興奮の声をあげるのを、甲士郎は制して、

「まだ、殺害時の疵と血痕と決まったわけじゃないし、弘子が寝ている間に車付椅子が持ち出された可能性もある」

「でも、誰がなんでそんなことをするんです。あんなもの持ち出しても邪魔なだけじゃないですか」

それはたしかにそうだ。甲士郎が答えられずにいると、

「弘子さんは犯人ではございません。――あっ、これは霊感じゃありませんからね。疵や血痕が付いていたのは背もたれですよ。弘子さんが車付椅子に座っていたら、決してつかなかった場所です。つまり、あの痕跡が付けられた時、車付椅子には誰も座っていなかったことになります」

との円香の説明に、甲士郎と瀬島は納得したが、しかし、そうすると、誰がなぜ車付椅子を持ち出したのか。

「ひょっとして」瀬島が言った。「車付椅子で室城裕樹の死体を運んだんじゃありませんか。庭で撲殺したあと、二階に担いで上げるのは大変ですし、目撃されたら言い逃れもできません。その点、死体を椅子に座らせておけば、弘子と見誤る、と考えたとしても不思議じゃないでしょう」

なるほどと甲士郎は思った。じっさい車付椅子を目にした女中は、誰が乗っているのか見きわめられなかった。死体の移動法としては悪くないかもしれない。血痕は移動中に付着したとすれば、証拠とも符合する。

しかし、犯人がそうしてまで裕樹の死体を二階に運ぶ理由はなんだったのだろう。あらかじめ車付椅子を用意していたのなら、さいしょから死体を二階に運ぶつもりだったわけだ。それならわざわざ裕樹を庭に誘い出さず、邸内で殺害すればよかったのではないか。

甲士郎の疑問に、瀬島が、

「そうですね、その点は、まだ答えが出てきません」

と認める。

「わたくしはわかった気がします。事件の真相もおおよそ見えて参りました」

円香がなんの気負いもなくそう言ったので、甲士郎と瀬島はあっけに取られた。

なるべく疑うような顔はしないよう気をつけたつもりだが、

「おふたりとも信じていらっしゃらないようですけど、注意深く観察していれば、物事の筋道が見えてきますよ。たとえ霊のお力がなくとも」

円香は珍しく皮肉るような口調で言った。

「事件の真相とは、今回の室城裕樹殺害の真相ですか」

瀬島の問いに、円香は首を横にふる。

「いいえ、上柳貫一郎さんや室城茂樹さん殺害など一連の事件すべての真相です。そして、吉松舞太郎さんの居所も」

甲士郎と瀬島は思わず顔を見合わせる。甲士郎は咳払いをして、

「それでは、お聞かせいただけますか。円香さまのお考えになる事件の真相を」

「そうやって安易にひとにものを尋ねて問題を解決しようとするところが来見さんの悪い癖ですわ。よろしいですか、もう事件は大詰めを迎え、カードはほとんど出そろっているんで

す。

——まだおわかりにならないようですから、ここで簡単に事件を振り返ってみましょう。

まず、一連の事件が起こる前に、公人さんの発病がありました。このことは君枝さん、弘子さん、中里さんだけの秘密とされましたが、情報が一族に洩れた可能性があります。

そしてさいしょの殺人が九鬼梨邸で起こりました。犠牲者となったのは中里春彦さんの長男の稔さんでした。

稔さんの死で謎とされるのは、まず毒殺の方法。そして誰を狙った殺人だったのかという、二点です。

毒入りのグラスはもともと公人さんが自分用に用意したものでした。それを離れの小火騒ぎのあと、稔さんが貰い受けて死に至りました。

とすると、犯人の狙いは公人さんであり、稔さんは巻き添えをくったとも考えられます。

しかし、犯人が公人さんの病気を知っていたのなら、死期の迫っている公人さんをわざわざ毒殺するでしょうか。

犯人は公人さんの病気を知らなかったのか、もしくは病死するまで待てない理由があったのか。または誤って殺したように装って、さいしょから狙いは稔さんだった可能性もあります。

次に起きたのが、わたくしたちも居合わせた晩餐会でおどろきの発覚をした上柳貫一郎さんの殺害です。

貫一郎さんは、晩餐会前夜、芝の倉庫内で八時から十二時の間に殺害されたとされます。この貫一郎さんの死にもいくつか謎があります。

まず、それまで借金苦にあえいでいたのに、死の少し前に、近々、大金が入るあてがあると周囲に漏らしていたこと。これは借金逃れの方便とも考えられますが、大金のかかった危険な仕事を手がけていたとも疑えます。

さてその貫一郎さんは、八時から十二時の間に殺され、首を切断されたと思われます。そして残った死体は、灯油をかけられ焼かれました。深夜十二時ごろだったと保線員が目撃しています。

ここでの謎は、犯人が死体に火をつけながら充分に焼かなかったことです。そのために履物や指紋などの手がかりが残り、すぐに死体が貫一郎さんだと判明しました。

犯人が現場の倉庫を去ったのは、車夫の証言から深夜の一時ごろだとわかっています。発火から一時間の余裕があり、途中で火が消えたことにも気づいたと思われるにもかかわらず、なぜ、犯人はもう一度火をつけ直さなかったのでしょうか。

貫一郎さんについての謎はまだあります。死体を倉庫に残し、首だけを持った犯人は、人力車で九鬼梨邸へ向かいました。もし犯人自身が九鬼梨家の人間ならば、そのまま首を邸内に隠し、九鬼梨家の者でなければ、邸内の共犯者に首を渡したのでしょう。

そしてその晩の食卓に、犯人は貫一郎さんの首が晒されるよう仕組みました。いったい、なぜ、そんな手の込んだことをしたのでしょうか」

よどみなく続く円香の語りは、あたかも弦楽のように耳に心地よく響く。聞き惚(ほ)れていると、いつの間にか円香は口を閉ざし、甲士郎を睨んでいた。

「来見さん、ちゃんと聞いていますか」

「もちろん聞いております」甲士郎は椅子の上で姿勢を正しながら、「それで、犯人はなぜ首を食卓に晒したのでしょうか」

「もう、来見さんったら、ご自分で謎を解くつもり、まったくないようですわね」

「さようなことはございません。ただ、もう少し手がかりをいただきませんと」

「わたくしも来見さんも、同じものを見ているんですよ。よろしいですか、ではもうひとつだけ、ヒントを差し上げますわ。

白峰さんがさかんに吉松舞太郎さんを捜すようにおっしゃっていますけど、これは時間の無駄です。舞太郎さんは犯人ではありません」

「わかりました」甲士郎は指を鳴らした。「白峰が事件に関わっているんですね。やはり、あいつは警察の捜査をかき回そうとしている」

「まったくお門違いです。もういいですわ。申し上げましたように、事件の真相はほぼあきらかになりました。ただ、一部、まだ不明の点があります。そして、その不明点こそが、この事件の中核をなしているのです」

だったらまだ事件の核心には迫っていないではないか、との反論は口にせず、

「では、その中核をなしている不明点についてお教えください。そこに捜査の焦点をあてますので」

と甲士郎が言うと、円香はあきれたような顔で、

「ですから、ずっと申していますでしょう。九鬼梨家の過去に事件の謎が隠れているのです。この謎がわかれば、いっきに核心に迫れますわ」

いつもの堂々めぐりだ。

仮に九鬼梨家にこんな大事件の原因となる秘密が存在したとしても、決して部外者の耳に入らないよう、固く封印されているはずだ。たとえ警察権力をもってしても、こじ開けるのは容易なことではない。

(とすれば)

円香のいう秘密の暴露をあてにしていては、いつまでたっても事件の真相に迫れないことになる。

第十章　醜聞

一

　ところが、夕方になって、黒崎から、阿鬼会の老人から話が聞けそうだと電話が入った。警察が阿鬼会を探っているのを聞きつけ、向こうから連絡をしてきたらしい。

「有力な情報を引き出せそうなのか」

　甲士郎の問いに、

「なんでも九鬼梨一族の重要人物にまつわる秘密を知っているとか」

「たしかな話なんだろうな」

　作り話やいい加減なうわさ話で、捜査を振り回されてはかなわない。

「村岡政五郎（むらおかまさごろう）という老人で、もと五百石取りの中老の家柄で、三年ほど前まで阿鬼会の副幹事だったそうです。今は隠居の身ですが、九鬼梨武文や青江幸之助などとも面識があったといいますから、古い事情に通じていても不思議はありません」

「よし、わかった。私もその村岡老人に会おう。どういう手はずだ」

「今は小田原の倅の世話になっていて、汽車で東京へ向かうので、今晩、八時すぎに本庁に来ることになっています」

電話を切って内容を円香と瀬島に伝えると、

「いよいよ、謎の核心が姿をあらわしますわね」

円香は目を輝かせた。

(どうだろう)

九鬼梨家と近い阿鬼会の元幹部が、一族を巻き込んだ殺人事件につながる醜聞をほんとうに打ち明けるつもりなのか。あまり前のめりにならず、村岡という老人の真意と話の真偽を、慎重に見きわめる必要があるだろう。

ともかく、甲士郎と円香が本庁へ行き、瀬島は邸に残すことにした。連続殺人が止まらず、吉松舞太郎の行方も不明の現状で、九鬼梨邸をあまり手薄にしたくない。

所轄の巡査三名と瀬島配下の捜査員三名が、九鬼梨邸警固の総員である。

「これまでの殺人の手口を見ても、吉松舞太郎は神出鬼没だ。油断するなよ」

甲士郎の言葉に、瀬島は表情を引き締めてうなずいた。

本庁への出発時間が迫り、円香の部屋へ迎えに行くと、外で長い時間待たされた。いつもの加島は姿がなく、美貌のメイドが「少々お待ちください」と申し訳なさそうに頭を下げた。

ようやく部屋に通されると、円香は椅子に腰をかけていて、

「お待たせしました。ちょっと電話をかけていましたの」

「どちらへ」

甲士郎が問うと、

「来見さんのご存じないところですわ。さあ、参りましょう」

と円香は立ち上がった。

邸の玄関口まで出ると、今度は中里春彦から足止めをくらった。

「お待ちください。お急ぎですか」

「本庁へ向かうところですが、多少なら時間はあります。なにか」

甲士郎が質すと、春彦はどこかきまり悪げな顔をして、

「じつはひとつ申し上げてなかったことがありまして……。もしかすると捜査を攪乱してしまったかもしれず、お詫びしなければなりません」

と言って頭を深々と下げた。

「いったい、なんの話です」

「ちょっと前に、民間の探偵を雇いたいと申したことがありましたが……」

「雇ったのですね」

春彦が言いよどんでいるので、甲士郎は察した。

「じつはそうなんです。前に言った探偵社とは別口ですが、昨晩、邸内の敷地を見張らせました」

「なんですと」

甲士郎は絶句した。室城裕樹が殺害された昨晩、警察が把握していない人物が敷地内に立ち入っていたのか。

「その探偵は具体的に、どこに何時から何時までいたのです」

「昨晩の午後十時から、おもに邸の門から庭園を見回っていました」

「それで何時までいたのですか」

「え――、それが朝までの予定だったのですが、警察に捕まりそうになったので、午前一時ごろに退去したと」

「どういうことです」

甲士郎は声を荒らげた。昨晩、不審者を目撃した時間に符合する。あれは吉松ではなく、探偵だったのか。

「あなたはその探偵になにを命じたのです。警察に知られてはまずいことをさせていたのですか」

「いえ、いえ、そうではありません。昨晩から邸内の見張りをさせる予定になっていました。それをお伝えする前に品川へ向かわれたので……。探偵にはまだ正式に警察の許しを得ていないので、見つからないよう見張りをせよと言い含めたのです」

「なぜ、もっと早くそのことを言ってくれなかったのです」

甲士郎は心底腹を立てていた。昨晩、邸内に不審者、つまり吉松舞太郎が潜入した前提で捜査や警固を進めていた。それがすべて覆されることになる。

「思わぬ裕樹の死で、つい言いそびれてしまい……、先ほど捜査員の方から不審者の捜索に全力を挙げているという話を聞いて、これはお伝えしなければいけないと思いました。お報せが遅れて、ほんとうに申し訳ありませんでした」

春彦はそう言って、もう一度、頭を下げた。

謝ってすむ話ではない。捜査妨害と言っても過言ではない不法行為だ。

「そもそも民間探偵を介入させる弊害については、申し上げていたでしょう。なぜ、そのような者を邸内に入れたのです」

甲士郎が難詰すると、

「たしかにうかがいましたが、しかし、いつになっても犯人は捕まらず、事件も終わらずという事態が続いては、われわれとしても自衛の手段を取らないわけにもいかない。それに白峰氏は大手を振って捜査に加わっているじゃありませんか」

春彦は開き直るように言った。

「しかしですね――」

白峰の件と、連続殺人を止められない点を突かれると痛いが、それらと無断で部外者を邸内に入れるのは別の話だ。

さらに苦言を継ごうとするところへ、円香が嘴（くちばし）を入れた。

「まあ、すぎたことはよろしいじゃございません。それよりもその探偵さんから話を聞く必要がありますわ。もしかすると犯人を目撃しているかもしれませんもの。もっと言えば、探偵さんが犯人という可能性だってありますわ」

「でしたら、連絡をして、探偵に邸に来るように命じましょう」

との春彦の申し入れを、甲士郎は拒絶した。

「いえ、住所を教えてください。こちらから捜査員を送ります」

探偵社や探偵自身が悪事に関わっていないか、しっかり調べておく必要はある。また、依頼人からの指示があったとはいえ、こちらを警察と知りながら逃走した探偵は、きっちりと絞っておかねばならない。

甲士郎は、春彦から探偵の連絡先を聞き出すと、瀬島を呼んで事情を伝えた。

「ここから捜査員を送りますか」

「いや、邸内の警固は減らしたくない。本庁から捜査員をやる。これから向かうが、その前に電話で連絡しておいてくれ」

甲士郎は瀬島に命じ、円香とともにカデラックに乗り込んだ。いつも必ず円香の見送りに出てくる加島の姿がない。

円香に質すと、

「ちょっと出ておりますの」

とのこと。加島の行き先については打ち明けるつもりはないようだ。先ほどの長電話の相手は加島だったのかもしれない。

車が走り出すと甲士郎は、

「まったく困ったことです」

とため息をついた。

「あら、なにがです」

「むろん、探偵のことでございます。おそらく昨晩の不審の輩は探偵で間違いありません。そうすると、吉松舞太郎が邸内に忍び込んで犯行におよんだという、われわれの推理の根拠が根本からくずれることになります」

「われわれのではなく、来見さんの推理でしょう。わたくしの推理は、誰が不審者であっても、なんの影響も受けません」

と円香は涼しい顔をしている。

二

黒崎に連れられ華族捜査局室にあらわれた村岡政五郎は七十二歳。その実年齢以上に老けて見えた。

杖をついて歩く姿は覚束(おぼつか)なく、巡査が脇から支えてなんとか立っているという状態。額や首筋には深く皺が刻まれ、頬骨は皮膚を突き破るのではないかと思うほど尖っている。骨と皮ばかりのその姿は、ちょうど公人が亡くなった時の面貌を彷彿とさせた。

ただ深く落ち込んだ眼は爛々(らんらん)と輝き、甲士郎たちを見つめる眼差しは鋭い。

勧められた椅子の背をつかみながら倒れるように腰をかけると、両手を膝の上に置き、頭を下げた。

「村岡政五郎です」

しわがれた声だが、これも意外に力強い。肉体の衰えを気力で補っているかのようだ。あまり時間をかけるのは得策ではなかろう。

さっそく甲士郎は聴取を開始した。

「村岡さん、九鬼梨一族の秘密を知っているそうだが、どうしてそれを警察に打ち明けようと思ったのだね」

関係者が一様に口を閉ざしている中、阿鬼会の元幹部がみずから進んで接触してきた。あやしむのは当然だ。

村岡は唇を固く閉じたまま、しばらくじっと一点を見つめたあと口を開き、

「御家に忌まわしい不幸が続き、ご相続の方々が亡くなられたと聞き、黙っておられなくなったのでございます」

「ということは」甲士郎は言った。「秘密というのは今回の事件に関係することなのだな」

「関係するか否かは、手前のような老いぼれには、とても分別がつきません。ただ古い話だけはよく覚えておりますので、なにかの助けになればと考え参上いたしました」

村岡は緊張をおびた眼差しを向けて言った。余命いくばくもなさそうなこの老人は、なにを語ろうとしているのか。

「では、聞かせてもらおう」

甲士郎はうながした。

「それでは――」村岡は身じろぎもせずに話しはじめた。「これはおよそ三十数年前、南洲翁の乱も昔話になったころの話です。当時、手前は旧藩士数名と会社を立ち上げて、東京で消費が伸びていた牛乳の販売に手を染めました。ところがこれがまったく士族の商法で、商品の安定供給も、販路の拡大も、代金の回収も、ことごとく躓き、行き詰まってしまったのです。兄弟、親戚、友人、知人、ただの顔見知り、と思いつく限りの先へ金策に走りまし

たが、どうにもあがきがつかず、ついに恥を忍んで、旧主のもとへ窮状を訴えに参ったのでございます。

そのころ九鬼梨で家政を取り仕切っていたのが、弁護士の青江幸之助さんと家令の中里春彦さんでした。ふたりは手前どもの苦しい事情をよくよく聞いたのち、事業を整理するよう助言をくださいました。そのうえで残った債務については、九鬼梨家の信用でなるべく軽い負担で長期返済できるよう、銀行に掛け合ってくれることになったのです。

おかげさまでそのごたごたにひと区切りがついたのち、幸之助さんの勧めで、手前は旧藩士の互助会の世話人を務めることになりました。御一新もひと昔となり、旧家臣団の紐帯(ちゆうたい)も緩みはじめたころでしたので、新たに御家を中心に据えた組織を立ち上げようとしていたのです。これがのちの阿鬼会の設立へとつながっていくのでございます。

とまあ、さような具合で、手前は九鬼梨の御家や旧藩士たちの生活や生業(なりわい)の手助け、言ってみれば雑用係のような仕事をはじめることになりました。

役目が役目ですから、ご一族や旧藩士たちの交友関係などにも深く立ち入ったりもいたします。そのため、知りたくもない人の裏の顔や、思わず顔を赤らめてしまうような醜聞を、見たり聞いたりしたことも一度や二度ではございません。

ある時などは、旧家老家のご隠居が、ふたりの息子の嫁双方と――。いえ、これは話が脱線いたしました。

申し上げたい話はただひとつ、今も九鬼梨一族を支える二本の柱、中里家と青江家にまつわる醜聞にございます。

これは手前が阿鬼会の設立のために、旧重臣たちの家々を回り、役職への就任、分担金の出資などをお願いしていたころ、そう、やはりもう三十五年前のことになりますか。

その日、手前は前日の会合の報告に、伯爵家を訪れました。もうそのころはお邸に日常的にうかがっていましたので、案内も請わず、幸之助さんが事務所として使っていた西側一階の部屋へ直接向かいました。たまたま名簿や会則案などのたくさんの書類を風呂敷包みにしてかかえていましたので、はからずも足音を忍ばせるように扉へと近づいたのでございます。

争うような声が聞こえたのは、扉の前まで来た時でした。

『根も葉もないうわさだと思っていたが、まさか……、おまえのような男は、もう顔も見たくない』

厚い扉越しにも、はっきりと怒気を含んだ青江幸之助さんの声が響きます。一方、罵声を浴びている相手は、

『……』

なにやら抗弁する気配だけは伝わってきますが、内容は聞き取れません。

『ともかく、おまえは出入り禁止だ。――いや、中里への謝罪はわしがする。おまえはもう顔を見せるな』

取りつく島もない幸之助さんの言葉はまだ続いています。

手前はひとまず廊下を下がり、階段口の陰に身を潜めました。

すると待つほどもなく扉が開いて、中から追い出されるように、法律学校の学生だった幸之助さんの息子の青江潔さんが出てきました。潔さんは萎れた様子で廊下をこちらへ進んで参ります。

手前はあたかも二階から下りてきたように陰から姿をあらわし、潔さんに挨拶の声をかけましたが、潔さんの耳には入らなかったのか、返事はございませんでした。

室内に入ると、幸之助さんが難しい顔をして座っていましたが、すぐに表情を繕って挨拶の言葉を口にし、手元の書類を広げました。手前もなにも知らぬふりをして、仕事の報告をいたしましたので、盗み聞きは気づかれなかったでしょう。

青江親子の間の言い争いについては、心当たりがありました。

そのころ潔さんと春彦さんの奥さんの和江(かずえ)さんの仲が、取り沙汰されていました。お邸に住まう和江さんのもとをたびたび学生の潔さんが訪ねている姿が目撃されていたのです。

家令の春彦さんは、さまざまな会合で外出する機会が多く、その隙を突いて潔さんと和江さんが不義を働いているとのうわさが、一族や関係者の間でささやかれたのです。さらにほどなく和江さんが身重になったことが、そのうわさに生々しい現実味を与えました。

幸之助さんがあれほど激しく潔さんを叱責したのは、不義密通に関してなにか決定的な証拠をつかんだためでしょう。

手前は自分が耳にしたことを決して口外しませんでしたが、ほかにも証拠や証言があったとみえて、和江さんのお腹の子が青江潔さんの種であることは、出産のころまでには、関係者の間では公然の秘密となっていたのです。

しかし、うわさはうわさとして、生まれた子は中里家の長男として育てられました。今様にいうと『生さぬ仲』である稔さんを、春彦さんは傍目にもわが子のようにかわいがっているように見えました。

たしか稔さんの三歳の誕生日だったかと思います。春彦さん和江さん稔さんの三人が晴れ着姿で撮った記念写真を、何度となく春彦さんは自慢げに手前どもに披露しました。あのうれしそうな春彦さんの姿が偽りだったとは思えません。きっと過去のいきさつは水に流し、稔さんを本当のわが子として育てようとしているのだと、その時の手前は思いました。

その後は十年近く、何事もなく過ぎました。いえ、と申しますより、その数年前から、九鬼梨家ご一族にはお祝い事が続いておりました。御三門の吉松家でのご成婚とご長男舞太郎さんのご誕生に続き、上柳家でもご成婚とご長男貫一郎さんのご誕生、その二年後、室城家でもご成婚とご長男裕樹さんのご誕生。そしてご本家でもご成婚とご長男公人さんのご誕生がありました。それら一連の慶事の掉尾を飾るように青江潔さんと、室城家の長女真知子さんとのご婚約も発表されたのです。

ご一族や関係者が、そんな華やいだ雰囲気に浸っていた、ある日のことでございます。そのころ、邸の敷地内に阿鬼会の会員用の会所を建てようとの話が持ち上がりまして、手前はその場所の選定の下見に、お邸の裏庭のあたりをめぐっていました。

今はもうなくなりましたが、当時は邸内に旧藩時代の建物がいくつか残っておりました。そこも藩士の長屋で使用人部屋として御一新のあとも、しばらく使われましたが、十数年、放置され、廃墟となって朽ちていました。ここを取り壊し、新たに会所を建てたらよいのではないか、そんなことを考えながら通りかかった手前は、物陰から聞こえる声に、足を止めたのでございます。

『それはほんとうに、……間違いではないのか』

春彦さんの声です。あたりを憚るように低く抑えた声音の中に、どこか狼狽の響きがこもっていました。

『ええ、間違いありませんわ』

これは先ごろ青江潔さんと婚約したばかりの室城真知子さんの声。春彦さんとは対照的に、落ち着き払って自信に満ちた雰囲気が伝わってきます。

『それで、どうするつもりだ』

『もちろん、産みますわ』

『もし、知られたら――』

『大丈夫、わたくしとあなたさえ口をふさいでいれば、誰も真実には気づきません』

おどろくべきおふたりの会話の内容に、手前は息も止まる思いでした。その後もおふたりは互いの思いのたけをぶつけ合ったようですが、手前は気づかれぬよう、そっと後ずさりをしながら、その場から離れました。

それから十日ほどのち、青江潔さんと室城真知子さんの婚姻はつつがなく執り行われ、さらに七カ月後、月足らずでご長男の洸さんがお生まれになったのです。

中里稔さんが春彦さんの種ではなく、和江さんと青江潔さんとの不義の子であることは、手前だけでなく、歳のいった関係者なら、知っている者も多いでしょう。

しかし、春彦さんと真知子さんの不倫の果てに青江洸さんが生まれたことを知る者は、当事者のおふたりを除けば、手前しかいないはずです。

なぜ、物堅い春彦さんが、青江潔さんの許嫁（いいなずけ）だった真知子さんと関係を持ったのか。真知子さんは世間知らずの箱入り娘でしたから、春彦さんからの誘惑であったであろうことは想像に難くありません。

ふたりの会話では、どこか真知子さんが優位に立っているようでしたが、それも春彦さんの手のうちで、真知子さんが潔さんのもとで、わが血を引く子を育てさせるための誘導だったとも疑われるのです。

十年以上前の不義の末、他人の子を押し付けられたことへの復讐を、こんな形で果たしたのでしょうか。春彦さんの人となりをよく知る手前には、ちょっと信じがたい話ですが、しかし、ことの成り行きを虚心に見れば、その考えがいちばん腑に落ちます。とまれ、理由はさておき、青江潔さんの血を引く稔さんは中里家、中里春彦さんの血を引く洸さんは青江家、という忌まわしい不義の襷がけが人知れず行われていたことは間違いない事実なのです」

老いの一徹、ここまで淀みなくいっきに語ってきた村岡は、言うべきことはすべて言ったというようにいったん口を閉ざしたあと、椅子の上で荒い息をはずませた。見たところ壮健とはほど遠い老人に、この長広舌はかなり応えただろう。それだけに、村岡の執念のようなものが、強烈に感じられるのである。

(これは……)

正直、予想をこえる意外な話だった。

事実関係の裏を取る必要はあるが、少なくとも中里稔の出生の秘密は、長老たちにあたれば真偽はすぐに判明しよう。青江潔が長らく九鬼梨家の法律顧問に就かなかったことも、春彦との間の確執も、村岡の話を聞いた今では納得がいく。

もし、村岡の話の内容がすべて事実であれば、今回の連続殺人事件の様相が一変する。さいしょに毒殺された中里稔が、春彦の実子ではなく、洸が春彦の血筋だとすれば、九鬼梨一族の相続問題も違う角度から見直さなければならない。

現在、九鬼梨家の唯一の相続権者である上柳宗次郎が万が一、亡くなれば、青江洸が候補者に急浮上するだろう。だがもし、中里稔が存命だったら、その強力な対抗馬になったはずだ。

その可能性を真っ先に排除するため、稔が一連の事件のさいしょに殺されたのではなかろうか。

(つまり)

三十数年前の不義に端を発した中里、青江両家の暗部が事件の背景をなしているならば、いちばんの容疑者は中里春彦になる。

一部の殺人では、春彦のアリバイが成立しているが、そこは共犯の吉松舞太郎の仕業とすれば説明がつく。

家範で定められた相続者がいなくなったあとは、親族会議で相続者が決する。その時、春彦が利害関係がないと思われる青江洸を推せば、会議の面々も賛成に回るだろう。当然、不倫を知らない青江潔も、息子への相続に異存はあるまい。かくして、春彦の野望は完成をみる。

(しかし、それにしても)

あの律儀で忠誠心の塊のようにみえた中里春彦が、その仮面の下に、一族の男子を皆殺しにする殺人鬼の素顔を隠していたとは。

にわかに信じがたい気もするが、これこそが首なしさまと恐れられた阿野安清の一族に受け継がれてきた妄執の正体なのかもしれない。時代は変われど、謀(はか)り殺し合った狂妄の血潮が、現代文明の皮膚の底で脈打っている……。

（ところで）

円香はどう考えているのか。

前々から事件を解く鍵は、九鬼梨一族の過去にあると看破していただけに、村岡の告白にさぞ満足していることだろう。

と思って、顔を向けると、円香はなにやら難しい表情をしている。

「村岡さん、なぜ、あなたは今になって、中里、青江両家の醜聞を打ち明ける気になったのですか」

円香が質すと、村岡は呼吸を整えてまっすぐ前を向き、

「さいしょにも申し上げましたが、九鬼梨家内に忌まわしい事件が続いているためです」

「つまり、今回の事件の原因は、中里、青江両家の過去にあるとお考えなのですね」

村岡は額の皺を深くして、

「それは手前にはなんとも。ともかく、吟味のお役に少しでも立てればと考えて、まかりこしました」

なにか違和感を覚える。

九鬼梨関係者の世話に半生を捧げた村岡が、事件との関係も不明のまま、なぜ一族の大醜聞をみだりに広めるのか。三十数年間、口を閉ざしていた秘密を、頼まれもせぬうちに警察に打ち明けるのは不自然だ。

「村岡さん」円香は相手の目を見すえて、「わたくしの手を握ってくださいな」

「はあ」

村岡は戸惑った顔をしながらも、差し出された手を握り返した。

「あなたは誰かに頼まれて、この話を持ち込んだのですか」

村岡は血相を変え、電気が走ったように身を仰け反らせた。

「とんでもない。手前はただお役に立ちたい一心で、申し立てたんで。誰に頼まれて来たものでもございません」

これは霊感がなくてもわかった。村岡は嘘を言っている。誰かの指示で、醜聞を警察に伝えたのだ。問題はその情報が正しいかどうか。そして誰がなんの目的で伝えたのか。

「わかりました」円香は手を離した。「お話は、とても興味深く拝聴いたしました。事件の捜査にも大いに役立つでしょう。ご苦労さまでした。もうお帰りいただいて結構ですわ」

これからたっぷり取り調べるつもりだった甲士郎は、「ちょっと」と言いかけて、円香のつよい眼差しに口を閉ざした。

村岡が退室すると、円香が口を開く。

「ご不満そうですわね」

「不満ではありませんが、もう少しあの老人をつついてもよかったかとは存じます」

「どうしてかしら」

「おそらく、村岡が出頭したのは、何者かの差し金でしょう。とすれば話も鵜呑みにはできません」

中里稔の件は、長老たちから裏付けが取れても、青江洸の件は、村岡のほかに証人がない話だ。中里春彦と青江真知子は当事者だから、なんと答えようと信用できない。結局、村岡の言った者勝ちになる。

「あら、あのおじいさんが誰の指図で来たのかは、想像がついていますわ。話が嘘か本当かも」

けろりと円香は言った。

「誰の指示です」

「中里さんでしょう」

「中里がなぜ自分の醜聞を暴露させるのですか」

「それが自分にとって都合がいいことだからです」

中里春彦はなにかを企んでいるのか。

「であれば、すぐに九鬼梨邸へ戻った方がよろしいのでは。中里春彦が最後の殺人を仕上げてしまう前に」

　甲士郎は立ち上がった。

　春彦がわが子、青江洸を伯爵家の相続人にするための障害は、いまや上柳宗次郎ひとりだ。

（もしや――）

　村岡を本庁に寄こしたのは、甲士郎たちを九鬼梨邸から引き離し、その間に宗次郎を殺める策略だったのでは。

「来見さん、落ち着いてください。宗次郎さんは大丈夫です」

「しかし、邸内にいては、いつ狙われてもおかしくありません。すぐに宗次郎を邸から引き離しましょう。――黒崎、電話をしてくれ。瀬島に」

「そんなにあわてなくても、宗次郎さんはすでに九鬼梨邸を出ておりますわ」

「どういうことです」思わず甲士郎は声を張りあげ、すぐに口調を改めた。「――あっ、いえ、ご無礼申し上げました。宗次郎は邸内で中里たちの監視下にいるのではないのでしょうか」

「それでは犯人の毒牙にかかる恐れがあるので、加島に用意させた隠れ処に、昨晩から避難させているのです」

　だから甲士郎の心配をよそに、あれほど余裕を持っていたのか。

　しかし、それならそれで、

「どうして、そんな重大なことを隠していたのですか。われわれにまで」

憮然として質す甲士郎に、

「誰も知らずにいるのが、宗次郎さんにとっていちばんの安全ですから。べつに来見さんを信用していないわけじゃございませんのよ。ただし、中里さんにはいちおう、お断りを入れました」

なだめるように円香が言った。

（どういうことだ）

宗次郎の命を脅かすのが春彦だろう。その中里春彦に宗次郎の避難を伝えてどうする？

「いったい――」

甲士郎の問いをさえぎるように電話が鳴った。

黒崎が受話器を取り、怪訝な顔をして、

「局長に、だそうです」

と円香に受話器を渡す。

「はい、あら、――そうですか、それは結構でした、ご苦労さま。――ええ、それはこちらからお伝えしますわ」時々相手の言葉に相づちを打ちながら領いていた円香は受話器を戻すと、「加島からです。宗次郎さんは他家のご養子となることを了承されたそうです。正式の発表はのちになるでしょうが、これでひとまず、宗次郎さんが九鬼梨家を相続することはなくなりました」

　以前より宗次郎は、九鬼梨家の遠縁にあたる子爵家から養子縁組を望まれていたのだという。これを知った加島が円香の許しを得て、両家の間に入り、早急に話を進め、その結果報告が今の電話らしい。

「このことは九鬼梨家も承知しているのですか」

「もちろんですわ。君枝さんも中里さんも、快く了解してくれましたわ」

　円香によれば、現在、宗次郎は、周防院家が東京府内に所有する別邸のひとつに身を寄せている。別邸の近くにアルコール中毒の治療を専門にする医院があり、そこに通院するのだという。入籍前に病気を治しておくことは、円香の発案のようだ。

「催眠療法といって、とっても評判がよろしいのですわよ」

　円香は満面の笑みを浮かべて言う。

　なにやら例のオキシパサーにも通じるいかがわしさを感じるが、それはまあ、どうでもいい。

　問題は甲士郎のあずかり知らないところで、事件にも深く関わる大事が進められていたことだ。

（ひと言でもいい）

　なぜ、相談してくれなかったのだろう。信頼に足らぬ男と見なされたのだろうか。

怒りや、戸惑いより、なにかさびしい気持ちが湧きあがってくる。

「あら、どうされましたの」

打ち沈む甲士郎に、円香が怪訝そうな顔で首をかしげる。

(おそらく)

円香には、甲士郎の屈託は理解してもらえまい。そういう感性は持ち合わせていない御仁なのだ。

(それに)

今はそんな些事(さじ)に拘泥(こうでい)している場合でもない。

上柳宗次郎が九鬼梨家の相続権を失うとすれば、誰が次代の当主となるのか。このことと殺人事件に関わりはあるのか。君枝と春彦も事前に知っていたというが。

この時、ふたたび電話が鳴った。

黒崎が受話器を取った。相手は瀬島らしい。通話をはじめてすぐに黒崎の顔色が変わった。

「邸が火事だそうです」

「なんだと」

甲士郎は黒崎から受話器を奪い、

「どうした、大火なのか」

「――あっ、警部補、いいえ、西側の一室で小火が出ただけで、たいしたことはありません。

すでにほぼ鎮火しています。ただ……」

「ただ、なんだ」

「火事の直前に、君枝と中里春彦が姿を消しまして」

第十一章　舞太郎の逮捕

一

甲士郎と円香は九鬼梨邸へ急ぎ戻った。

車寄せに近づくと、カデラックの窓から、消防装束を身にまとった消防手たちの影がうごめいて見えた。何人かは消防ポンプを載せた荷車を押している。消火作業を終え、撤収するところらしい。

車を降りると、瀬島が駆け寄ってきた。

「すみません。外からの侵入ばかり気にしていて、家人の監視が手薄になりまして」

いったいなにをしていたと、一喝する前に機先を制された。

「……で、どうなっている」

甲士郎が現状を質すと、

「今、捜査員全員を敷地内に展開させ、君枝と春彦を捜しています」

夕食を終えた七時半ごろまで、君枝と春彦がたしかに邸内にいたことは、複数の人間に確認されている。その後、春彦の姿が見えなくなり、八時すぎに君枝が姿を消した。

すぐには失踪と気づかず、邸内で居所を捜していた時に出火があり、その騒動でさらに捜索が遅れたという。

「もうとっくに邸外へ逃れたのではないのか」

「邸の門は見張りがいて、ふたりが出ていないことを確認しています」

春彦ひとりならともかく、君枝が門以外の場所から出たとは考えにくい。たとえ梯子をかけても、邸の高い塀を乗り越えるのは一苦労だろう。

「わかった。捜索を続けろ。火事の原因はわかったか」

「今、消防と一緒に検証しているところです」

甲士郎たちも検証現場に足を運んだ。

先に室城裕樹が吊るされた場所に近い西側の一階の部屋だった。焦げくさい異臭があたりに立ち込めているが、多くのランタンに照らされた室内にさほど焼け跡はない。ただ壁と天井は黒く煤に燻され、ポンプの放水で床は水浸しになっている。

「どうだ、原因はわかりそうか」

顔見知りの鑑識係がいたので声をかけてみた。鑑識係は甲士郎を振り向き、

「ええ、たぶんこれです」

と時計の残骸らしきものを差し出した。

黒焦げになっているが、機械仕かけの部分はほぼ原形をとどめていた。鑑識係によれば、長針が十二をさす位置にくると、長さ十センチほどの金属棒が大きく横に振れる装置が外付けされているという。金属棒の可動範囲に蠟燭(ろうそく)などを立てておけば、時限式の発火装置になる。

「たしかここは空き部屋だったな」

甲士郎は瀬島に確認した。邸内に捜索仮事務所を設置する時、この部屋も候補のひとつだった。広さの関係で除外したことを記憶している。

「ええ、来客用の部屋だったはずです」

ならば、ふだんは人の立ち入りもなかっただろう。家令の春彦なら、誰にも疑われずに仕かけを設置できたに違いない。

甲士郎は時計の残骸を手に取りながら、

「こんな手の込んだことをしたのは、逃亡の時間稼ぎかもしれん」

とすれば、やはり、ふたりはなんらかの方法で邸を抜け出している……。

「それは違いますわ」ここまで沈黙を守っていた円香が言った。「少なくとも君枝さんは邸内のどこかにいるはずです。捜索を続けてください」

との円香の命令だが、捜索から戻ってくる捜査員たちから次々に報告を受けていた瀬島が頭をかきながら、

「どうもおらんようです。建物内も庭のどこにも」

くまなく邸内を調べつくしたと言われ、円香も反論の糸口がないのか、唇をかむ。

邸外の捜索へ舵（かじ）を切るか、迷っていると、

「まだ、捜していない場所があるかと存じます」

背後から声がかかった。

弘子だ。廊下から車付椅子を進めて部屋へ入ってくる。

「おふたりの居場所に心当たりがあるのですか」

甲士郎の問いに、弘子はややためらいの表情を見せつつ、

「お祖母さまたちがそこにいらっしゃるかは存じませんが、邸内の建物の多くに地下室があります。今はもう使われていないので、鍵がかけられ、入口も物でふさがれたりしていますけど」

鍵の管理者は春彦なので、施錠されていることは障害にならない。弘子に地下室の場所を聞くと、本邸のほかに離れの建物と、今は取り壊された別館の跡地にあるはずだという。

「三カ所とも、さっそく調べさせます」

瀬島が捜査員たちに集合をかけ、各地下室の分担を決めた。捜索に向かう捜査員たちの背

を目で追い、

「わたくしたちも一緒に捜しましょう」

円香が甲士郎をうながした。

「どの地下室にします」

甲士郎の問いに、円香は答えずに弘子へ向き直り、

「どうして、あなたはお祖母さまたちが地下室に隠れていると思ったのですか」

と尋ねた。弘子はなぜか狼狽えたように首をふり、

「わたくしは邸内に地下室がありますと申し上げただけです。お祖母さまたちの行き先についてはなにも存じません」

円香はじっと弘子の顔を見つめた。弘子は円香の視線を避けるように目を伏せた。

「来見さん、参りましょう。離れの地下室です」

円香は立ち上がり、早足で部屋を出て行く。甲士郎もただちにあとを追った。

離れは裏庭の深い木立のさらに奥にあり、明かりがないと近づくことさえ難しい。甲士郎は使用人からランタンを受け取り、裏戸の前で追いついた円香の足元を照らした。

「わたくしは」闇の中を進みながら円香が独り言のようにつぶやいた。「間違っていました……」

「なにがです」

「すべてです。――いえ、すべてじゃありません。なにを言っているんですか、来見さん」

「……」

「すみません。混乱してしまって。わたくしは、わたくしには、人に見えないものが見えますけど、人に見えるものが見えないんです。こうなるのは必然でした」

「こうなるとは、どうなるのです」

いつにない取り乱し様の円香。甲士郎は心配になった。

「事件がこれほど急展開することです。宗次郎さんの相続がなくなった段階で、こうなることは予想しなければなりませんでした。わたくしの大失敗です」

と円香は声を沈ませた。

「しかし、どうして離れだと思われたのですか、隠れ場所が」

甲士郎は尋ねた。

「もし隠れるのなら、発見されやすい本館内は避けるでしょう。取り壊された別館の下では雨漏りや小動物などが入り込んでいて、長くはいられない。とすればあとは離れしかありません」

なるほど。落ち込んでいても、混乱していても、推理力は錆(さ)びついていないようだ。

木々がまばらになり、前方に離れの建物の黒影が浮かんで見えた。

すでに開いている入口から足を踏み入れると、長く使われていない建物特有のすえた臭いが漂っている。先に着いた捜査員たちの明かりが奥で揺らめいているのが見えた。

足元に気をつけながら進む。

「この先が地下室になっているようです」

甲士郎たちに気づき、声をかけてきた捜査員が、灯をかざして扉の錠前のあたりを照らした。錠前は単純な構造で、針金で簡単に開けられそうだという。

「よし、開けろ」

甲士郎が命じると、捜査員は針金を鍵穴に入れ、一、二度、回しただけで、器用に開錠した。扉の奥は階段になっている。捜査員が先頭で階段を下り、甲士郎と円香があとに続く。

階段を下りきると、また扉があった。閂(かんぬき)がかかり、その閂に錠前が取りつけられている。

捜査員が振り向くと、甲士郎はうなずいて開錠をうながした。

今度はやや構造が複雑なのか、多少手間取ったが、やがてかちりと音がして開錠され、閂も外された。

捜査員が押し開ける扉の先を、甲士郎が灯で照らす。

恐怖に顔をゆがめ、床に座り込む君枝の姿が浮かび上がった。

二

いったい地下室でなにがあったのか。その答えを知る唯一の証人たる君枝は、救出後、ただちに自室へ運ばれた。今は医者の診察を受けている。

甲士郎と円香は、診察の間に、使用人たちからふたたび事情聴取をした。

七時半ごろ中里が姿を消す前、談話室で君枝とお茶を飲んでいた。さいしょに中里が席を立ち、それから三十分ほどして君枝も談話室を出て姿を消した。ふたりの立ち振る舞いにとくに変わった様子はなかったという。

「やはり、無理やり離れに連れて行かれたわけではなさそうですね」

「診察もそろそろ終わるでしょうから、そのあたりの経緯について直接、君枝さんから話をうかがいましょうよ」

甲士郎は円香とともに邸の階段を上がり、君枝の部屋の扉を叩いた。医者に短時間だけと条件を付けられたものの、なんとか事情聴取の許可が出た。

君枝はベッドに横たわり、やつれた顔で甲士郎たちへ力なく目を向けた。付き添いの看護婦と弘子に退出を求めて、甲士郎と円香はベッドわきの椅子に腰を下ろした。

「大変な目に遭われたようですが、なにがあったのか、すべてお話しください。われわれが邸を出たあと、なぜ、あの地下室へ行ったのですか。中里春彦はどこへ行ったかご存じですか」

甲士郎の矢継ぎ早の問いを、君枝は気だるそうに聞き、目を閉じて、

「離れへ行ったのは、中里から誰にも知られたくない秘密の話があると言われたためです。その前にお茶をいただきましたが、少し味が変だったので飲むのを途中でやめました。もしかすると薬を盛られたのかもしれません。離れに着くと中は真っ暗で、わたくしはすぐに気を失ってしまいました。薬のせいか、殴られたのか、よくわかりません」

医者によれば外傷はないとのことなので、きっと薬のせいだろう。君枝は目を閉じたまま続ける。

「どれくらい時間が経ったのかわかりませんが、わたくしは目を覚まし、やがて、離れの地下室だと気づきました。そしてそこに閉じ込められたことも。地下室は真っ暗だったので、袂に入っていたマッチで火をつけました。すると床の上に――」

君枝が救出されたあとの現場検証で、血痕が付着した金槌やロープが散乱しているのが発見された。

金槌は上柳貫一郎殺害に使用されたもの、ロープは切り口が、室城裕樹を吊るしたものの切り口との類似が認められ、鑑識が現在検証をおこなっている。

地下室は犯行の道具の隠し場所にされていた疑いが濃厚である。

「君枝さんに薬を盛って地下室へ閉じ込めたのは、中里春彦で間違いありませんか」

甲士郎は質した。

状況からして春彦の犯行としか考えられないが、さらに被害者の証言があれば心強い。

しかし、君枝は目も口も閉じたまま答えなかった。

「重代の家臣だった中里の裏切りにお気落としなのはわかりますが、事件解決にとても重要なことなのでお答えください。気を失う前に、犯人の姿を見ていませんか」

かさねて甲士郎が問うと、君枝はかっと見開いた目で睨み、

「中里は家臣ではございません。わが九鬼梨家の一族です。家族も同様の人間です」

激しい口調で抗議した。

それまで力なく横たわっていた老婆の眸に、九鬼梨家の女帝の輝きの片鱗が垣間見えた。

「失礼しました」甲士郎は頭を下げ、「ではその家族の中里春彦の姿を、離れの地下室でご覧になりましたか」

「見てはおりません。先ほども申しましたが、離れに着いてすぐに気を失ってしまいましたので。……ただ」

言いよどむ君枝に、甲士郎は質す。

「ただ、なんですか」

「離れで意識を失う直前、中里の整髪料が香ったような気がしました」

「なるほど」

「それと、声を聞きました」

「中里の声だったのですね」

「おそらく」

君枝は渋々認めた。

「なんと言いました」

「はっきりは覚えていないのですが、『これですべて終わった』と呟いたようでした」

「『これですべて終わった』それはどういう意味だと思いますか」

「聞いた時はわかりませんでした」君枝は力なく首をふり、「でも、床の斧を見た時、相続権者をすべて始末し終え、わたくしに罪を着せようとしたのかと……」

高齢で女の君枝に、首切り殺人の罪を押し付けるのは無理がある。それにもし、罪を着せるつもりだったら、生かしたまま地下室に放置せず、偽装自殺などの細工を施したのではないか。

その点を指摘すると、君枝は小さくうなずき、

「今、冷静に振り返ると、さようでございますね。あなた方に助けられた時、中里が戻って来たかと……。中里がわたくしを手にかけるなどありえないのに、まったく愚かな勘違いでございました」

たとえ幾人もを殺めた殺人鬼だとしても、君枝の中里へ対する信頼は揺るがないとみえる。

ここで円香が口を開いた。

「現在、中里さんの行方がわからなくなっていますけど、行き先に心当たりなどございます？」

「中里は九鬼梨一族を代表する人間です。隠れる気になれば、匿（かくま）う者は日本中にいるでしょう。心当たりを数えあげればきりがございません」

興奮ぎみに声を上ずらせた君枝をみて、医者がここまでと、事情聴取の中断を申し入れた。

甲士郎と円香が廊下に出ると、階段を勢いよく上ってきた瀬島が、そのまま速度を落とさず駆け寄ってきた。

「ついに捕まえました」

勢い込んで瀬島が言う。

「中里か、どこにいた」

「いえ、違います。吉松舞太郎です。今、逮捕現場から電話がありました」

三

甲士郎と円香が急行したのは、下谷区簞笥（たんす）町の質屋「丸福（まるふく）」である。この「丸福」の主人と吉松舞太郎が顔見知りなのは、知能犯係が以前からつかんでいた。ゆえに舞太郎が姿を見せたら、すぐに警察へ連絡する段取りもついていた。

今夜、とうに閉店した十時すぎ、舞太郎があらわれたという。急な資金が必要になったので家宝の壺をあずけたいと、店舗奥の住まいの裏戸を叩いたのである。

質屋の主人は急きょ店を開けると告げ、舞太郎を待たせている間、住込みの小僧を近所の派出所に走らせた。派出所の巡査が本庁に連絡を入れ、捜査員が駆けつけ逮捕に至った。舞太郎は捜査員が到着した時、店主のいれた茶を飲みながら、骨董談義に興じていたらしい。

「しかし、舞太郎だって追われる身と承知していたでしょうに。金が必要なのはわかりますが、質屋に長尻とは、ずいぶん迂闊なまねをしましたね」

下谷へ向かうカデラックの後部座席で甲士郎が首をかしげる。

「そうですわね。でも、来見さん、きっと質屋に着かれたら、もっとおどろくことになると思いますわよ」

隣で円香が含み笑いをする気配があった。

目的の住所近くの大通りの角に来ると、ランタンを持った小僧が道案内に立っていた。ここで車を捨てて小僧のあとに続き、生垣や板塀に囲まれた路地を折れ曲がっていくと、小さな看板がかかった店舗があった。中の明かりが開け放たれた入口から、店先の砂利道にまでもれている。

間口の狭い戸をくぐり、土間のある店から奥へ続く通り庭を進むと、その縁側に後ろ手に縛られた男が座っている。横に立つ捜査員が甲士郎と円香に気づき敬礼すると、座っていた男も振り向いた。

「どうしてここに」

思わず甲士郎が声をあげると、

「やあ、公爵閣下とおそろいでお越しとは恐れ入ります。ようやくこれで謎が解けました」

白峰諒三郎は会心の笑みで応えた。

甲士郎はただちに白峰をカデラックに乗せ、本庁の華族捜査局室に連行した。

「いったい、どういうことか説明してもらいましょう」

白峰が取り調べ用の椅子に座ると同時に、甲士郎は口を開いた。円香はまっすぐお気に入りの椅子へ向かい、足をぶらぶらさせる。

甲士郎は着席せず、白峰の前を威嚇的に歩きながら、

「あなたはずっと吉松舞太郎を装い、捜査の攪乱をしていたのですか」

と詰問する。

「もちろん違いますよ」白峰は心外だとでも言いたげに首をふり、「ぼくはいわば被害者です。そのことを証明するために今夜、あの質屋へ行ったんです」

まったくなんのことだかわからないが、円香は感心したように、

「やっぱり、そうでしたの」

と声をあげた。

白峰は、円香と甲士郎に交互に目をやり、

「どうやら、閣下はすでにご承知のようですね。今回のからくりを」

「ええ、もちろん存じておりますわよ」

ひとり置いてきぼりにされた甲士郎が憮然としていると、白峰は椅子に座りながら足を組み替えて、

「では、来見さんにもわかるようにご説明しましょう。ぼくは今回の事件の当初から、吉松舞太郎の犯行だと主張してきました。しかし、捜索が不充分という点を考慮しても、いっこうに舞太郎が逮捕されないのを不思議にも感じていました。

連続殺人以降にかぎれば、ただ曖昧な目撃情報があるだけ。しかし、まだこの時点ではぼくは真相に気づいていませんでした」

「わたくしはとうに見抜いておりましたわよ」

円香が自慢げに胸を反らすと、白峰は深く頭を下げ、

「恐れ入りました。遅まきながらぼくが疑ったのは、本船町の商店街で目撃情報があった時です。じつは同じころぼくもあの商店街を訪れていました。しかし、仕立屋の場所がよくわ

からず引き返しました。来見さんから情報を聞いた時、ぼくはある企みを疑いましたが、まだ半信半疑でした。確信を得たのは品川の宿で回収された櫛から舞太郎の指紋が検出されたと聞いた時です。

じつはあの櫛はふた月ほど前の事件直前、ぼくが上柳貫一郎にあげたものだったのです。櫛の柄の部分に職人の手で彫りが入っている特別の品です。宿で鑑識係が回収した時、気づきました。

その櫛がどうして舞太郎の手に渡ったのか。貫一郎殺害時に奪ったのでしょうか。しかし、現金かよほど高価なものでもないかぎり、被害者の物品を奪い、保持する犯人はいないでしょう。もし見つかったら、犯罪の証拠と見なされかねません。

では、なぜ櫛が品川の宿で見つかり、そこから舞太郎の指紋が出たのか。

断じて櫛は舞太郎のものではない。おそらく手も触れていない。とすれば、櫛の指紋は舞太郎のものではない。

なれば誰の指紋なのか。ふつうに考えれば、持ち主の貫一郎の指紋です。しかし、警察の調べでは、舞太郎の指紋と断定されている。

ぼくはここであることに思い至りました。もしかすると、警察に保管されている指紋原紙が間違っているのでは。吉松舞太郎名義の原紙に上柳貫一郎の指紋が、上柳貫一郎の原紙に吉松舞太郎の指紋が捺(お)されているのではないかと」

「そんなことがあるはずないでしょう」あまりのばかばかしさに甲士郎は思わず声を荒らげ、白峰の言葉をさえぎった。「どうやったら警察署内でふたりがすり替われるんですか。そもそもふたりの指紋が採られたのは何年も前の話ですよ。その時から今回の計画を練っていたとでも言うんですか」

白峰はまあまあと言うように手をあげて、

「落ち着いてください、閣下の御前です。よろしいですか、指紋原紙がすり替わるために、なにも人間がすり替わる必要はありません。具体的な手口は不明ですが、証拠書類を保管する係を買収するとか、なにかしら方法はあるはずです。

また、そのすり替えが今回の殺人に利用されたとしても、さいしょの目的は別にあったと思います。おそらくあのふたりのことですから、詐欺めいた不正行為の下準備をしていたのではないでしょうか」

「およそありえないですが、百歩譲って仮にそうだったとしても、今回、あなたが吉松舞太郎と誤認され、逮捕に至ったのはどういうわけです」

「ふたりのすり替わりに気づいたぼくは、舞太郎はぼくにも成りすましたり、他人にぼくを舞太郎と誤解させる小細工もしたのではないかと、思考を展開させたのです。

それにはわけがありまして、過去に何度か舞太郎の頼みで人に会ったり、ものを届けたりしたことがあったのです。そのころの舞太郎は、まだ事業がうまくいっていて、ぼくは学問の支援をしてもらう立場から、小用を断ることはできませんでした。しかし、今思い返すと、不自然な状況も多かったように感じられる。そこでぼくはここ数日、かつて舞太郎の伝手で会った人物たちのもとを訪ね回っていたのです。

仕立屋がぼくを舞太郎と取り違えたのは、おそらく舞太郎が侯爵の長男であるぼくに成りすまし、ぼくを舞太郎と思い込ませる細工をしたためでしょう。

同じように『丸福』の主人の目も晦(くら)ませた。『丸福』については具体的な方法もほぼ予想がつきます。あの主人にさいしょにある骨董市で顔を合わせた時、不自然なことがあったからです。その場で舞太郎に紹介されたわけですが、舞太郎はなぜか別の名字で呼ばれ、ぼくは伯爵家の親戚と誤解されているようでした。あえて侯爵家だと訂正もしませんでしたし、舞太郎が別名で呼ばれていることも、その時は気にも留めませんでした。

おそらくは、舞太郎はのちのちその別人を装って贋物(がんぶつ)でも質屋に持ち込むつもりだった。そしてぼくを吉松舞太郎だと『丸福』の主人に思い込ませたのでしょう。これが今回、ぼくが舞太郎と誤解されたからくりです」

この説明の真偽は仕立屋と「丸福」の主人からの事情聴取と照らし合わせれば簡単に判明する。いずれにせよ、白峰諒三郎は舞太郎でなく、事件の犯人でもない。

(それよりも)

指紋がすり替わっている件だ。

甲士郎は指紋に話題を戻した。

「あなたの想像以外、なにか根拠はありますか」

「いずれ証拠が見つかるでしょう。それに指紋のすり替わりで多くの謎が説明できるのは確かです」

白峰の言葉に、甲士郎は反論を試みる。

「しかし、もし舞太郎と貫一郎の指紋が入れ替わっていたら、芝の倉庫で見つかった死体から貫一郎の指紋が出たのはおかしいじゃないですか。そうであれば、首と胴体は別人ということに……」

絶句した甲士郎に、白峰は笑顔でうなずいて、

「そういうことです。櫛の指紋が判明した時、ぼくが間違っていたかもしれないと言ったのを覚えていますか。

ぼくはずっと吉松舞太郎が犯人だと主張していましたが、じつは舞太郎は早い段階で殺されていたんです。生首と首なし胴体で貫一郎ひとりの死体だと錯覚させ、じっさいは貫一郎、舞太郎ふたりの死体だったのです」

貫一郎と舞太郎双方が殺されている——。これまでの推理が根本から崩れる事態だ。

(しかし)

白峰の説を受け入れれば、貫一郎殺害後、吉松舞太郎の行方がつかめなかった説明がつく。

犯人は舞太郎の生存を装い、各所に貫一郎の指紋が付着した遺留物を残していた。

（このことを）

円香はとっくに気づいていたのか。振り向くと円香は、少し小鼻をふくらませ、

「来見さん、証拠なら簡単に見つかりますわ。上柳家にはまだ貫一郎さんの物が残っているはずです。そこから指紋を採取して、指紋原紙と照合すればよろしいじゃありません」

四

上柳邸から借り出した貫一郎の遺品から指紋を採取した結果、警視庁保管の貫一郎の指紋原紙とは一致せず、吉松舞太郎の指紋原紙と一致をみた。報告を受けた甲士郎はただちに華族捜査局室へ瀬島と黒崎を呼んだ。

「これはえらいことになりましたねえ」

鑑識係からの報告書を机上に置き、瀬島が唸り声をあげて腕を組んだ。

「閣下にはお報せしたんですか」

黒崎の問いに、

「ああ」

甲士郎は渋い顔でうなずく。

じっさいは電話に出たのは加島で、円香へ伝言を頼んだのだ。円香からの返答は、やはり加島を通じてのもので、「中里春彦さんの逮捕をがんばってください」だった。

甲士郎の説明を聞き、

「そりゃ、がんばらざるを得ませんな。しかし、まずは全管区への吉松舞太郎捜索手配を取り下げないと。きっと方々から石つぶてが飛んで来るでしょうが」

瀬島は情けなさそうな顔で、はっはっと笑った。黒崎はお気の毒さまというような目を甲士郎に向けた。

いずれどこかの会議室に呼び出され、今回の失態の吊るし上げをくらうだろうが、そんな心配より、

(まずは)

事件のすみやかな解決が最優先だ。

吉松舞太郎が殺され、その死が偽装されていたとすれば、犯行は中里春彦の単独犯の可能性もある。

「これまでの吉松舞太郎捜索の人手をすべて中里の捜索に振り向けましょう」

との黒崎の具申に、甲士郎は浮かない顔で、

「そうしたいのはやまやまだが」

今回の大失態のあとだけに、どれだけ本気の協力が得られるかは未知数だ。

「まあ、われわれが率先して動いて、ほかの捜査員たちを引っ張っていくしかありませんな」

「なにかあてはあるのか」

「まずは中里が雇った探偵を捕まえて絞ってみましょう」

と瀬島は言った。

中里が雇い、室城裕樹殺害の夜、九鬼梨邸内にいた探偵は、住まいの近くの警察署に連行されている。本庁へ移送する手間を省き、甲士郎と瀬島が直接警察署へおもむく。

署内の取調室で背を丸めていた探偵は、絣（かすり）の着物姿の風采の上がらない三十前後の男だった。身長は低く、痩せているが、日焼けしているので肉体労働者のようにも見える。

中里に雇われた経緯を質すと、

「はあ、新聞を見て」

「新聞広告に応募したんだな」

「へい」

中里の面接を受け、十日間、邸の敷地内を見回るよう、依頼されていたという。

邸の建物には近づかず、表門から庭までの警固が任務だった。ところが、わずか一晩仕事をしただけで、もう来なくていいと連絡を受けた。

その一晩とは室城裕樹が首吊りを装い殺された夜である。

探偵は自分になにか落ち度があったのかと、中里に尋ねたが、

「いや、こちらの都合だ。もう見回りの必要がなくなった」

との返事だった。先払いの料金五日分は返金不要だったので、文句をつける筋合いもなく引き下がった。

中里には裕樹殺害時のアリバイがある。探偵が代わりに殺人を請け負ったのではないか。

「冗談じゃありません」探偵は血相を変えた。「建物には近づくこともまかりならんと指示を受けていたのです。どうやって中の人を殺せるんです」

「それはおまえと中里の間のやりとりだ。ほかに聞いた者はいない。証拠にはならん」

「では、いったいどこの世界にたかが一日五円の手間賃で殺人を請け負う人間がありますか」

「五円というのも表向きの料金で、裏でもっともらっているのかもしれん」

甲士郎は追及する。

「でしたら、家でもどこでも、探してみてください。生まれてこの方、三十円以上の金は持ったことも見たこともない。借金はあっても貯金なんぞ、一銭もありませんぜ」

「つまらん自慢をするな」

甲士郎は叱りつけたが、この探偵は事件と無関係だとの心証も持った。瀬島も同感のよう

だ。

探偵といっても本職ではなく、ふだんは日雇いで肉体労働をもっぱらにしているらしい。指示されたとしても、巧妙な偽装殺人をやり遂げられるとは思えない。

（そもそも）

なぜ中里はこんな男を探偵として雇ったのか。以前、もっとちゃんとした探偵社の話をしていたから、あてはあったはずだ。それなのに新聞広告まで出して、素人を雇っている。そして、十日の約束を一日で反故(ほご)にした。

あの夜に計画変更を余儀なくされたなにかがあったのか。

甲士郎はここで行き詰まった。

（やはり）

円香の推理力は事件解決に不可欠のようだ。

自分の無力が腹立たしいが、面子にこだわっている場合ではない。

九鬼梨邸に戻って、円香の部屋の扉を何度となく叩いた。

しかし、そのたびに加島がいかめしい顔をのぞかせ、

「閣下は瞑想(めいそう)中でございます」

「読書をされております」

「しばらく休息を取るとおっしゃっています」

とことごとく門前払いをくらう。

「せめて事件についてのご指示をお願いいたします」

甲士郎が伝言を託けると、加島はしばらくして戻り、

「すでに事件は終わっています。あとは中里春彦を捕まえるだけです、とのことです」

と慇懃な態度で、しかし、冷たい口調で告げた。

中里を逮捕すればいいのはわかっている。手こずっているから相談したいのだ。

切羽詰まった甲士郎は、ついに白峰にまですがった。ちょうど邸にあらわれたところをつかまえて、

「中里の居所について、なにかお考えがあればお聞かせください」

辞を低くして頼んだが、

「そう言われても、中里さんとはとくに付き合いもありませんでしたからねえ。もう犯人はわかっているのですから、あとは警察の力で地図の空白を塗りつぶしていくだけの単純作業じゃありませんか。ぼくの頭脳が出る幕ではありませんよ」

と白峰は迷惑顔。犯罪の謎解きに興味はあっても、犯人逮捕には関心がないのか。

あきらめて本庁へ向かおうと玄関口で俥を待っていると、

「来見さま」

君枝に声をかけられた。

「はい、なにか」

「なにかではございません。中里はまだ見つからないのですか」

「残念ながら、警察も総力をあげて探しているの——」

君枝はみなまで言わせず、

「中里は犯人ではありませんよ。すぐに見つけて警察で保護してください。この事件には九鬼梨家の呪いがかかっています。中里はその犠牲者です」

「いえ、お言葉ですが、すべての証拠が中里春彦の犯行と指し示しています。げんにあなたも薬を盛られて地下室に監禁されたじゃありませんか」

「むしろそれこそが殺人犯でないたしかな証拠じゃありませんか。よろしいですか、なにを目的に殺人を繰り返そうと、最後にあんなことをして逃亡したら台無しでしょう。きっと中里はやむにやまれぬ事情があって、わたくしに薬を盛ったのです」

本庁へ向かう俥に揺られながら、甲士郎は先ほどの君枝の言葉を反芻（はんすう）している。

（たしかに）

中里が犯人に間違いないにせよ、腑に落ちない点は多々ある。

は、やはり君枝が言うように、監禁逃亡事件を起こし、結局みずからの犯行を破綻させてしまったことだ。

中里稔の殺害方法や、室城裕樹殺害時のアリバイもさることながら、いちばん不可解なのは、やはり君枝が言うように、監禁逃亡事件を起こし、結局みずからの犯行を破綻させてしまったことだ。

中里の犯行動機が実子、青江洸への九鬼梨家の家督相続にあるとすれば、自身が犯人とは絶対に知られてはならない。殺人鬼を実父に持つ人物に伯爵家相続が認められるはずがないからだ。

仮に洸が中里の子と表沙汰にならなくても、中里の後ろ盾がなければ、洸に相続権が下る確証もなくなる。そんなあやふやな確率のもとに大量殺人を実行したとは思えない。

だが、円香によれば、事件はすでに終わったという。

(だったら、なぜ)

中里は最後にあのような杜撰な犯行をおこない、逃亡する羽目になったのだろう。

(もしかすると)

謎を解く鍵は、青江洸にあるのかもしれない。

五

青江潔の事務所は麹町の商業地の一角にある。木造だがしゃれた外観の二階屋で、一階には職業紹介所が入り、二階が青江弁護士事務所だ。入口の扉は「青江弁護士事務所」の文字入りの模様ガラスで、外観に劣らずハイカラである。

とつぜんの訪問だったため、先客がいて待たされた。三十分ほどで先客が帰り、案内を受けて甲士郎は、デスクの前に置かれた椅子に腰を下ろし、青江弁護士と向き合った。デスクの上には大量の書類が積まれている。

「お忙しそうでなによりですね」

甲士郎が言うと、青江はため息をつきながら首をふり、

「なんの前触れもなく、いきなり九鬼梨家の重鎮が姿を消したのですから……。今はほかの仕事はすべて断って、対応にあたっていますが、とても間に合いません」

と言う間にも、次の仕事相手が来たようで、表の方から話し声が聞こえる。しばらく待ってもらうことになるだろう。

「その中里春彦のことでおうかがいしました」

甲士郎が切り出すと、

「まあ、当然そうでしょうな。しかし、行方についてなら、まったく心当たりはありませんよ」

「そうですか……、それでは少し質問の趣を変え、あなたと中里との関係をうかがいましょうか」

「私と中里との……」

青江は眉根をよせた。

「ええ、というより、すでに亡くなっている中里和江さんとのご関係についてです」

甲士郎が言うと、

「ああ、そのことですか」

青江はまっすぐに甲士郎の目を見て平然としている。前に円香から中里との不仲を指摘された時のような動揺はなかった。いずれ発覚は避けられない話だと、腹をくっていたのか。

「話を聞かれたのですね。出所は大方、阿鬼会の長老あたりでしょう」

との青江の探りには応ぜず、甲士郎はさらに切り込んだ。

「では、認めるのですか。和江さんとの関係を、中里稔が先生との間にできた不義の子であるということも」

「じつのところ私にもわかりません。ただ、当時、その、身に疚しいというか、心当たりの事実があったのは確かです」

もう三十年以上前の話ですからと、青江は悪びれる様子もなかった。

「では中里稔さんが殺されたと知って、どう思われましたか」

「どうと言われましても」青江は難しい顔をして、「もちろんおどろきましたし、大変なことだと思いましたが、もしお尋ねが、わが子を失った悲しみや怒りという意味でしたら、それはありません。稔君は生まれも育ちも中里家の人間です。血のつながりについては、可能性はありますが、そういう感情をいだいたことは誓ってないです」

あったとしてもこれまで表に出したことはない。それを三十年以上続けてきたとすれば、もう本物の感情となっていると見るべきか。

「では、もう一点、うかがいます」甲士郎は言った。「洸さんが中里と真知子さんの不義の子というウわさがあるのですが」

青江はあっけに取られた顔をした。しばらく無言で甲士郎を見つめて、やがて首をふりながら口を開いた。

「いったいなにをおっしゃるのかと思えば。洸が真知子と中里……、いや、いや、ばかばかしいにもほどがある。そんなわけがあるはずないでしょう、誰がそんなことを言っているのです」

青江のおどろきと戸惑いは演技には見えない。本当に知らなかったのかもしれない。

「では、洸さんは実子ということで間違いないのですね」

「当然です。本当に誰がそんな出まかせを——、いや、それはどうでもいい。洸はまぎれもなく私の子です」

「それを証明できますか」

「なぜ、私が証明しなければならないのです。逆に洸が私の子ではないという証拠を見せてください。それがないのなら、あなたのおっしゃっていることは、私たち家族に対するとてつもない中傷ですぞ」

「詳しくは言えないのですが、ある人物が耳にしているのです。姦通を暗示させるふたりの会話を」

甲士郎は人物をぼかして村岡政五郎から聞きだした話を青江に伝えた。

青江は甲士郎の話を黙って最後まで聞き終えると、

「なるほど、その状況とすれば、やはり阿鬼会の長老が出元ですな、与太話の」

「与太話と言い切れますか。会話も真に迫っていて、信憑性は高いと思いましたが」

余裕を感じさせる青江の態度に、甲士郎は当惑しながら問いかけた。

「よくできた話だと思いますよ。事情を知らない第三者が聞けば、そうかもしれないと思うのも無理はないでしょう。でも、当事者からすれば噴飯ものです。

いいですか、私と真知子はお互いを子供の時から知っていて、恋愛の末に結婚したんです。もし、その長老が盗み聞きしたような事実があったとすれば、必ず私は気づきました。

もう何十年も前のことだから、もっともらしい話をこしらえれば、それらしく聞こえるのでしょうが、まったくありえないことは、当時を知る者だったらわかります。

たとえば月足らずで洸が生まれたのを、なにやら不義の証拠のように語ったようですが、一族の忌日の関係で挙式が遅れただけで、私と真知子は数カ月前から新居を構えて、結婚生活を送っていました。そんな真知子が中里と不義の関係を持つなどありえません。それにあなたも洸をご覧になったと思いますが、私に瓜二つです。間違いなく洸は私の子です」

自信満々の青江の言葉を聞き、甲士郎の確信は揺らいだ。青江潔と洸が瓜二つとは言いすぎだが、親子として見てまったく不自然ではない。たしかに中里よりは青江の顔立ちに近いように感じる。

とすると、村岡政五郎の話はでまかせだったのか。でもなぜ。

「われわれは中里春彦が自身の血筋の洸さんに九鬼梨家を相続させるため、一族の男子たちの抹殺を謀ったと考えていたのですが」

甲士郎が打ち明けると、青江はわけ知り顔にうなずき、

「なるほど、おそらく長老の作り話の出元は中里です。根も葉もない醜聞を言わせて、洸の相続の芽を摘もうとしたのでしょう。阿鬼会の幹部はみな中里の言いなりですから」

「しかし、そうすると中里は誰に九鬼梨家を相続させるために殺しを続けているのかわからなくなる」

甲士郎が疑問を呈すると、青江はあやしむように、

「そもそも中里の殺人の目的が、九鬼梨家の家督相続なのは確かなのですか。前にも申し上げたと思いますが、御三門に資格者が不在となると、相続者を事前に予測するのは困難です。

そんな不確かな確率で、あの中里が殺人を繰り返したとはちょっと思えないのですが」

そこは甲士郎も疑問だったが、

「でも、洸さんだったら、あなたと中里が推すわけですから、かなり確率は上がるのではありませんか」

「いや、もし洸が九鬼梨の家督相続の候補になっても、私は推しませんよ。——もちろん、血縁を疑ってのことじゃありません。洸には手堅く法曹の道を歩んでもらいたいと思っているからです。九鬼梨本家の家督を継ぐことが幸せだとは少しも思いません。そもそも今回、これほどの事件で世間を騒がせた九鬼梨家に伯爵の称号が許されるか、大いに疑問です。ですから、九鬼梨家第一主義の中里が、洸にせよ誰にせよ、家督相続をさせるために家名に泥を塗るような連続殺人をおこなったとは思えないのです」


青江の説くところにも、もっともと頷ける点はある。しかし、状況からして共犯者がいるにせよ、一連の事件の中心人物が中里であるのは動かない。

(問題は)

殺人の動機が宙に浮いてしまったことだ。

中里春彦は、いったいなんのために、自分の人生と自己の根源ともいえる九鬼梨家を崩壊させる危険を冒して、一族男子の抹殺を謀ったのか。

村岡政五郎からもう一度話を聞こうと連絡を取ったところ、同居の息子から死去したことが知らされた。

「死んだ？　殺されたのか」

電話で息子と話した捜査員に、甲士郎は質した。

「いえ、病死です。重い胃潰瘍を患っていたそうで。本人も家族も長くないことを覚悟していたそうです」

とすると、先日の上京は、死を目前にした村岡の遺言だったわけだ。そんな男が虚偽の供述をするとは……。

（充分あり得る）

もし、長年の盟友である中里春彦に頼まれたら、最後の力を振り絞って、ありもしない醜聞を広めるのに躊躇をしないだろう。それが九鬼梨家のためになると信じていればなおさらだ。

死を覚悟している村岡を使って春彦が伝えようとしたのは、先日の青江潔の話からして、春彦と青江真知子の不義であろう。

（そしてそれが）

虚偽となれば、春彦が青江洸に九鬼梨家を継がせるために大量殺人する動機もなくなる。春彦は警察に偽の動機を植え付けようとしたのだ。

（とすると）

今回の一連の事件の本当の動機はいったいなんなのか。

六

事件捜査が膠着する一方で、中里春彦不在の九鬼梨家では、新たな一族の体制が徐々に固まってきた。阿鬼会の重鎮数名が親族会議のメンバーに加わり、九鬼梨家の家督相続に関する会合が幾度となく持たれた。

その会議の主題が、百五十年の歴史を有する九鬼梨家の相続規定の変更にあるのは言をまたない。家範の定める相続権者がことごとく殺され、唯一残った上柳宗次郎は他家の養子となることで相続権を失ったため、新規定の創設は喫緊の課題だった。

一族の中から適任者を、という選択肢もあったが、最終的には家範を大幅に改定し、女子の相続を認める方向で固まった。女子の相続が認められるのなら、当然、相続順位第一位は弘子となる。

この決定を強く望んだのは君枝であり、親族会議の面々もほとんどその意向に逆らわなかったらしい。

また弘子が九鬼梨の家督を相続するにあたり、伯爵の称号は返上することも同時に決定された。爵位の返上には、一族や阿鬼会の中から惜しむ声があがったが、華族制度は授爵を男子にかぎっているので、如何ともしがたかったのである。

いずれ弘子が婿養子をとり、その人物に爵位が授けられる可能性もないとはいえないが、とまれ、伯爵家としての九鬼梨の歴史は、弘子による家督相続でひと区切りがついたのであった。

甲士郎は前もって青江から内々に九鬼梨の家範の改定内容を報された。

（はたして、この決定は）

中里春彦の望みに適うものなのだろうか。

鎌倉以来の名門家の男系を途切れさせ、爵位を失わせることが、大量殺人の目的だったのか。

違う気がする。もしも、現在の九鬼梨家の状況が中里の意にそわないものであれば、また新たな事件が起きるのではないか。

そんな心配をしはじめた矢先、久しぶりに円香から呼び出しがあった。

警視庁へ加島老執事から電話があり、円香が報告を求めているという。

「お昼すぎから活動写真をご覧になるので、それが終わる午後三時ごろにお越しください」

「わかりました」

いまだ円香は九鬼梨邸の一角に居候をしている。同時期に間借りをはじめた甲士郎の部屋と警察の捜索仮事務所は、もうとうに引き払った。

中里稔、上柳貫一郎、室城裕樹と相次いで九鬼梨邸内で起きた殺人事件の現場検証も終わり、警固の巡査などはともかく、局長が居座る必要はまったくない。にもかかわらず、円香は動こうとせず、わがまま放題に九鬼梨邸で寝起きしている。

同じ東京市内にもっと立派な邸を持っているのに、なぜ他人のしかも事件現場となった邸内に住み込んでいるのだろう。君枝たち九鬼梨家の人間はどう思っているのか。


いつものように加島の案内で部屋に通されると、円香はくつろいだ姿で窓際の椅子に座っていた。一見、ふだんと変わらないが、なにか違和感がある。観察の目を配ると、部屋の隅に円香の着替えや道具類が納められたとおぼしき大きめの鞄が、少なくとも十数個、積み上げられている。ようやく腰をあげる気になったらしい。

「いよいよ、ご帰宅でございますか」

「他人事(ひとごと)みたいな口ぶりですけど、それが叶うかどうかは、来見さんたちの頑張りにかかっていますのよ」

「と申されますと」

「すでに事件は終わっています。最後の幕引きをするためには中里さんを捕まえなければなりません。どうなっています」

「鋭意、捜索中ですが……」

と甲士郎は言葉を濁す。

中里の捕縛に苦戦しているのは確かだが、どうしてそれが九鬼梨邸に円香が留まる理由になるのか。甲士郎が疑問を呈すると、

「まだ、事件の真相にお気づきになっていらっしゃらないのですわね」

円香は少しおどろいた顔をした。

甲士郎はなにか恥ずかしいような、面目を失ったような気がして、

「中里が一連の事件の大元締めなのはわかっています。ただ、一部の犯行方法と動機が不明なだけです」

と強がりとも言い訳ともつかない言辞を弄したが、円香はあきれ顔で首をふった。

「やっぱり、来見さんはわかっておられません」

「それならば円香さま、いいかげん、円香さまのお考えになる事件の真相をご披露くださいませんか」

開き直った甲士郎に、円香はにっこりうなずき、手をさし伸べた。

「どうぞ、握ってください。わたくしの霊の力を分けて差し上げますわ。そうすれば来見さんにも見えて来るでしょう」

ふざけているわけでも、馬鹿にしているわけでもないのは理解している、よく理解してい

る。円香は大真面目に甲士郎へ力を授けようとしているのだろう。

（しかし……）

ここで円香の手を握り返してしまえば、なにか自分の大切なものを失ってしまう気がする。

「円香さま、せっかくではございますが――」

甲士郎がかしこまって言いかけたところに、ノックが響き、加島がいかめしい顔で入室した。

「瀬島巡査部長からお電話です。大至急、お知らせすることがあるとのことで」

すぐに電話を回してもらい、甲士郎が受話器を取った。

「中里春彦が見つかりました。帝國ホテルです」

第十二章　告白、そして

一

麴町区内山下町（うちやましたちょう）の帝國ホテルは、木骨煉瓦造り、三階建の洋館である。外観の意匠は隣接するかつての鹿鳴館（ろくめいかん）（今は華族の親睦会の華族会館に払い下げられている）にも通じる重厚な造りだ。明治二十三年（一八九〇）の竣工で、もともと外国人の迎賓施設として建てられたこともあり、現在の宿泊者も多くが外国人であった。

甲士郎もホテル前の道路を毎日のように通っているが、建物内に足を踏み入れたことはない。

「円香さまはお越しになったことはおありですか」

正面玄関前に着けたカデラックを降りて、甲士郎が尋ねると、

「もちろんですわ。渋沢（しぶさわ）さんも大倉（おおくら）さんもお友達です」

渋沢さんとは渋沢栄一（えいいち）、大倉さんは大倉喜八郎（きはちろう）のことらしい。ふたりはともに大富豪の帝國ホテル設立者である。

「……そうでしたか」

愚問だった。

広間で待機していた巡査に、甲士郎と円香は二階に導かれた。

目的の扉前には、見張りの巡査がひとり立っているだけだが、一歩室内に足を踏み入れると、鑑識係や捜査員たちであふれていた。帝國ホテルという場所を憚り、外から目立たないよう配慮しているらしい。

ふた間続きの洋室の奥の部屋に、瀬島の姿があった。

「中里はあそこです」

瀬島が指し示した窓際のベッドに中里春彦は横たわっていた。すでに検視を終え、解剖に附すための大学病院移送を待っているという。

「自殺なのか」

甲士郎の問いに、瀬島はうなずいた。

「中里稔と同じ毒を飲んだようです」

ベッド脇のテーブルに三分の一ほど琥珀色（こはくいろ）の液体の入ったグラスが置かれている。その横に封書がふたつ並んでいた。遺書だろうか。ひとつの封書は君枝宛てで、もうひとつは捜査関係者宛てになっている。

「中は見たか」

甲士郎は封書を手に取った。どちらもかなり分厚い。便箋で十枚かそれ以上あるだろう。封はされていない。

「先ほど鑑識が調べていた時に、横から少しだけ目を通しました。どちらも内容はほぼ一緒で、事件について書かれているようです。すべてを告白したうえでの覚悟の自殺で、まず間違いないと思います」

「しかし……」いろいろ納得がいかないことが多すぎる。「そもそも、こんな本庁から目と鼻の先に潜んでいて、なぜ、今まで見つからなかったんだ」

「完全に盲点になっていました」

瀬島はくやしげに顔をゆがめた。

ホテル側の説明によると、中里は遠縁の子爵の名を騙って、失踪直後から宿泊していた。宿泊中はルームサービスを使い、ほとんど部屋から出なかったという。また、数回手紙をやりとりしていただけで、訪問者もいなかった。

ホテルの宿泊者名簿には実在の子爵の名があり、とくに不審な点もないため、以前、捜索で訪れた捜査員もそれ以上深く調べなかったようだ。ホテル側も名を使われた子爵とは面識がなく、華族然として振る舞う中里を寸分も疑わなかった。

今日の午後、清掃のため従業員が合鍵で入室して異変に気づき、通報を受け駆けつけた巡査が持ち物と遺書から子爵とは別人と見抜き、本庁の刑事課へ報せ、そこから瀬島に連絡が届いたのが、発覚までの流れだった。検視によると死後三時間から四時間経っているらしい。

「部屋に鍵はかかっていたんだな」

室内を見回し、甲士郎は瀬島に質した。

「ええ、窓も閉まっていて、従業員以外の立ち入りもなかったそうです」

「死体に不審な点は？」

「詳しくは解剖を待たねばならないでしょうが、検視では服毒自殺を疑う点はなにも見つかっていません」

瀬島の声を聞きながら、甲士郎はベッドの中里春彦を見下ろした。

最後に苦しんだのだろうか、苦悶の表情を張りつかせたまま、こと切れていた。身体をくの字に折り曲げ、両手でシーツを握っている。血の混じった嘔吐物が枕とシーツに染みを広げている。

九鬼梨一族を屋台骨として長年にわたって誠実に支え続けた重鎮、凶悪な連続殺人鬼、いったいどちらが本当の中里春彦の顔なのか。冷たい骸となった春彦は、ただ虚空を睨んでいる。

甲士郎は死体から瀬島に向きなおり、

「無理やり飲まされた痕跡もないんだな」

「ええ、ご覧のとおり、着衣に乱れはありますが、これは苦しんだ跡でしょう。身体につよくつかまれたり、押さえられたりした痕跡はないようです。グラスの指紋の照合はこれからですが、ひとり分しか出ていません」

グラスの液体から毒が検出され、指紋が春彦のものであれば、まず自殺で間違いないだろう。

（しかし）

こんなあっさりと、犯人の自殺で事件の幕が下りてしまっていいのか。あれほどの惨劇を繰り返した殺人鬼が、なぜ、警察に居所も知られないうちに自裁したのか。

（本当にこれは）

自殺なのだろうか。

割り切れないものを感じて、甲士郎が部屋の中を見回していると、

「間違いございませんわよ」入室してはじめて円香が口を開いた。「中里さんは自殺したのです。理由もその遺書を読めばあきらかになるでしょう。いちおうは」

なにか含みのある言い方が引っかかる。

「そのおっしゃりようは、やはり、この自殺には裏がある、とのお考えにございますね」

甲士郎の言葉に、円香は首をふった。

「いいえ、裏も表もない、ただの自殺です。すべては遺書にあるでしょうから、それを持って早くここから出ましょう」

死体が横たわるベッドから顔をそむけ、円香は遺書を指さした。

(たしかに)

ここで無駄に時間を使うより、まずは遺書の内容を確認することだ。そろそろ円香も限界のようだし、こんなところでまた倒れられては大騒ぎになる。警察の上層部に伝われば責任問題になるかもしれない。

甲士郎は鑑識係に断ってふたつの封書を取りあげた。

「では、本庁に戻って、中身を吟味しましょう」

二

甲士郎は円香とともに本庁舎の華族捜査局室に入ると、テーブルの上にふたつの封書を置いた。さっそく中を検める。

数えると捜査関係者宛てと君枝宛て、どちらにも二十二枚、ペン字でびっしりと書き連ねられた便箋が入っている。癖のない読みやすい文字だ。冒頭に君枝宛ての挨拶が入っているほか、言葉の言い回しを除くと、ほとんど二通の間に相違は見られない。

甲士郎は捜査関係者宛ての便箋を取り上げて、

「ご覧になりますか」

一枚目を差し出すと、円香は首をふり、

「来見さんが読みあげてください。わたくしはここで聞いていますわ」

と、お気に入りの椅子に座って足をぶらぶら。

「それでは――」

甲士郎は咳払いをして便箋を広げた。

「予、中里春彦は、中里稔殺害をはじめとし、九鬼梨一族の男子計五名の殺害の実行犯および共犯者たることをここに告白する。そして以下は、予が一族男子たちを亡き者にした事由およびその方法を詳(つまび)らかにするものである。

予が今回、一連の事件を企図するに至ったきっかけは、主君たる九鬼梨公人伯爵の発病にある。主治医から伯爵に残された時間がごく限られていると告げられた時、予の脳裏にさいしょによぎったのは九鬼梨家の将来に対する危惧であった。

周知のように、九鬼梨家の当主は男系で、宗家に継承者がない場合、御三門より継嗣が選ばれる。しかし、現在、御三門の男子に、清和源氏の名流を継ぐに足る人物はいない。

上柳貫一郎は生来の犯罪者、弟の宗次郎はアルコール中毒者、室城茂樹は俗にまみれた商売人、息子の裕樹は父に輪をかけた軽佻(けいちょう)な遊び人、いずれも現伯爵に見劣りするばかりか、一般人としても首をかしげるような非常識人ばかりである。

相続権者がことごとく不適である一方で、その周辺の一族には伯爵の重責に耐えうる人物がいる。なかんずく予の眼鏡に適う人物として、青江家の長男洸があった。性格、能力ともに名門家の当主として不足ない資質を備えている。

かような適任者があるにもかかわらず、御三門というだけで、まったくその資質がない愚(ぐ)物(ぶつ)を九鬼梨宗家に据えていいのだろうか。

否、断じて否。それが予の答えだ。

予は伯爵家の名誉を辱める汚物を排し、青江洸を九鬼梨宗家の継承者とすることを決意した。そして、それを現実とするための手立てを講じはじめた。

ところが、そうした矢先、意外な人物が予の前にあらわれた。

それは御三門のひとりでありながら、不祥事を起こし、失踪をしていた吉松舞太郎である。

呼び出しを受け銀座(ぎんざ)のカフェーパウリスタへ行ってみると、舞太郎はみすぼらしい恰好で珈琲(コーヒー)をすすっていた。おそらく金の無心だろうとあたりをつけていた予は、あらかじめ封筒に用意していた、わずかな小遣い銭をテーブルに置いた。

ところが、そこで舞太郎はそんな端金(はしたがね)には目もくれず、

『公人さんの病気はかなり重いようですね。来年までもたないかもしれないらしいじゃないですか』

卑しい人間性をそのまま音と形に置き換えたような下卑た口調、顔つきで、そう宣（のたま）ったのだった。

『そんな出鱈目をどこで聞いたのか知らんが、おまえにはなんの関係もない話だ。たとえ後継問題が出てこようと、おまえがその候補にあがることなど金輪際ないぞ』

けんもほろろな対応をするも、舞太郎は少しも応えた様子もなく、

『そうですか、でも、今、ぼくがあちこちで公人さんの病気を言い触らしたら、大変な騒ぎが持ちあがるんじゃありませんか』

と脅しとも取れることを口にした。

たしかに今、伯爵の病を公表されては不都合がある。後継者問題が紛糾するだけでなく、伯爵が興した事業にも悪影響が出よう。伯爵の会社の株は、阿鬼会の主だった者たちも大量に保有していた。

『いったい、なにが目的だ』

予が問うと、舞太郎は上目づかいにこちらの表情をうかがいながら、

『すぐにわかります。数日内にぼくの使いが邸へ顔を出すでしょう』

と謎めいたことを言って舞太郎はカフェーを立ち去ったのだった。去り際に予が用意していた小遣い銭を素早く懐に入れたのは、いかにもこの男らしい卑しさの顕（あらわ）れであると同時に、かなり金に困っている現実もうかがわせた。

それはそれとして、予は洸に家督相続をさせるための計画を着々と進めていた。そのために様々な人を介して毒物をひそかに入手したり、便利に使える者を雇うために新聞広告を打ったりした。

そんなある日、上柳貫一郎が予のもとを訪ねてきた。貫一郎が邸に顔を出すこと自体は珍しくもないが、その時は人目を避けての、夜分の訪問だったので、予にもなにやら予感があった。

はたして貫一郎は予の居室に入ると、

『今夜は他聞をはばかる用件で参りました。すでにことはブタやんからお聞きおよびと存じます』

と切り出したのだ。

伯爵の病は吉松舞太郎から上柳貫一郎へ伝わったらしい。最悪の連携、というのがその時の感想だった。と同時にある着想も予の中に芽吹きはじめていた。いや、正直に言えば、構想はかなり前からあった。

『それで、おまえはなにが望みだ』

予が問うと、貫一郎はにやにやと笑いながら、

『ぼくに公人さんのあとを継がせてください。中里さんが推してくれれば、親族会議の大勢は決まったも同然でしょう』

とずうずうしい要求をぶつけてきた。

どうやら伯爵の病気を知った舞太郎が、みずから相続人になるのはさすがに無理と考え、悪友の貫一郎を誘ったらしい。おそらく襲爵ののちに、舞太郎の復権や経済的援助などの便宜を図ってもらう約束を取り付けたのだろう。

『話にならんな。だいたい相続問題が出てくるのは亡くなったあとだ。伯爵の病気は秘密でもなんでもなくなる。その時にどうしておまえたちの要求を呑まねばならぬ』

『ですからぼくに家督を継がせると一筆書いておいてください。中里さんだけでなく、できれば公人さんも。そうすればぼくも舞太郎も公人さんが亡くなるまでおとなしくしていると誓いますよ』

反吐が出そうであった。愚物ぞろいの御三門の中でも、この貫一郎と舞太郎は飛び切り愚劣な人間であった。どうしても御三門から選ばねばならないとしても、この者たちだけはありえない。そんな思いを知ってか知らずか、貫一郎はにやにや笑いを続けながら、

『それと今、ぼく、ちょっとまずいことになっているんです。当座の資金を用立ててもらえると助かります』

臆面もなく金をせびってきた。

ふだんならたとえどんな弱みを握られていようと、怒鳴りつけてやるところであったが、

『詳しく事情を話してみなさい』

と予はうながした。

脈ありと見たのか、貫一郎はあけすけに自身の窮状を語った。

予想したとおり、貫一郎は無謀な投資をして方々に借金を抱えていた。中にはかなり危ない先からも借り入れをしているようだった。このままだと予が世話をした就職先にも迷惑がおよぶ恐れがあった。

はらわたが煮えくり返る思いだったが、それは色にも出さず、

『資金の件はなんとかできるかもしれない。ただし、条件がある』

と予が言うと、貫一郎は身を乗り出しながらも、用心深く尋ねてきた。

『条件とはなんでしょうか』

『簡単なことではないぞ』予はまずそう釘を刺し、『おまえは伯爵家を継ぐに足る度胸、胆力があることを、自身で証明する必要がある。と同時に、おまえのようなごろつきが伯爵になるのだから、事前によほど身ぎれいにしておかねば、収拾がつかなくなる』

『具体的にどうすればいいんですか』

『まず、吉松舞太郎を始末しておかねばならない』

『ブタやんを始末って……、まさか殺せと言うんですか』

啞然とした顔で問う貫一郎に、予は重々しくうなずき、

『おまえが伯爵になったら、あんな男をそばに居させるわけにはいかんだろ。今回のことも

昔の悪さもみんな知られているんだ。一生、つきまとわれ、骨の髄までしゃぶられるぞ。もしおまえがそんな性根でいるのなら、家督に推すなど論外だ。とっとと家に帰ってひとりで借金返済の算段でもするのだな』

　と脅してやっても、貫一郎はぐずぐずと煮え切らない。

『……でも、ブタやんを殺して、もし捕まったら、伯爵にはなれませんよね』

　あたり前だ。予はこの馬鹿を説得するために、心ならずも励ましの言葉をかけねばならなかった。

『やり方はこちらで考えてやる。おまえは舞太郎を誘い出して、ただ実行すればいい。おまえならやれる。このくらいのことがやれずして、九鬼梨家の屋台骨になろうなどおこがましいぞ』

　と発破をかけると、貫一郎は小狡そうな顔で、

『ぼくにブタやんを始末させて、あとは知らんぷりなんてことはないですよね』

　さんざん人を裏切ってきた男だけに、こういう点にだけは妙に頭が回る。

『心配するな。おまえだけに危ない橋を渡らせはしない。舞太郎を始末する前に、まず、おまえと一緒に稔を始末する』

『えっ、稔さんを』貫一郎はわけがわからないという当惑顔で、『なぜ、稔さんを。稔さんは中里家のかけがえのない……』

『跡取りだと言いたいのか。しかし、おまえもあいつの出生に関するうわさは耳にしていよう』

『ええ、まあ、でも、それだけで』

『むろん、それだけではない。稔は伯爵の会社の役員におさまっているが、そこで不正を働いていたのだ。もし、表沙汰になったら会社の損失だけでなく、九鬼梨一族の汚点になる。下手をするとやつの出生の秘密までも公にされ、九鬼梨家も中里家も恥辱にまみれる。そんなことを許すわけにはいかん』

警察の捜査でも露見したように、稔の不正は事実である。いや、実態はもっと悪質で、九鬼梨の家名を悪用し、方々で不当な利益を懐にしていた。金銭面だけでなく異性関係の不祥事も多々あり、そのもみ消しに予が奔走したことも一再ならずあった。

舞太郎や貫一郎にくらべれば数等ましとは言え、九鬼梨家を支えるべき中里家の次期当主の資格などあろうはずもない。予はひそかに稔の廃嫡を決意していた。しかし、命まで奪おうとは考えていなかった。

たとえ出生に疑問があったにせよ、予はこれまでの三十余年、わが子として稔を大切に育ててきた。

その稔をわが手で葬る。そこに躊躇の心がなければ人間ではあるまい。しかし、予は心を鬼にした、蛇にした。稔もたしかに九鬼梨の邪(よこしま)な性(さが)を受け継いでいる。舞太郎、貫一郎もろとも葬り去らねばならぬ。

九鬼梨一族男子の抹殺の皮切りを稔としたのは、予の不退転の決意のあらわれだ。洸を確実に九鬼梨家の次期当主とするためには、その最大の障害となる稔を排除せねばならない。

これから踏み出す修羅の道への第一歩として、まずは稔を血祭りに上げることで、わが迷いを断ち切ったのだ。

予の覚悟の一端が伝わったのか、貫一郎はおそるおそるといった様子で、

『それでぼくはどうすればいいんでしょうか』

『いいか、よく聞け』

予は貫一郎にわが計画を伝え、やるべき行動を頭に叩き込ませた。

とはいえ、貫一郎にいきなり難しいことをさせても、失敗するのは目に見えている。まず、九鬼梨家で晩餐のテーブルを囲んでいる時に、貫一郎を邸の敷地内に侵入させ、小火を出させた。

この一度目はいわば練習、翌週の出火こそが本番だった。

この本番を前に予は稔に、

『邸内で不審火が出るのはゆゆしきことだ。次にもし同じようなことがあれば、おまえは率先して消火にあたらねばならないぞ』

と申しわたしていた。

このこともあって、二度目の小火の報せを聞いた稔は、すぐに晩餐の席を立ち、離れへ向かったのだ。

この際、予が皆をうながすつもりだったが、君枝さまが率先して稔のあとを追うようおっしゃったので、目論見（もくろみ）よりすみやかに食堂を空にできたのであった。

予たちが離れの小火の消火を確認している間に、貫一郎は食堂に忍び込み、伯爵のグラスにあらかじめ予が与えておいた毒を混入させた。

晩餐中にアルコールをたしなむのは伯爵の以前からの習慣だったが、ご発病後は医師より控えるよう言われていた。それでも毎夜グラスは用意し、時おりは口をつけ、喉を湿らせているようであった。

しかし、この晩餐の前に予は稔を呼んで、伯爵がグラスを口に運ぶようだったら、やめさせるよう命じていた。

『おまえも知ってのように、伯爵の病気はかなり進んでいる。今後、酒は断ってもらわねばならぬ。いつも一緒にいるおまえが気をつけて差しあげろ』

稔は自身の不正により中里家の財産の大半を失ったことに負い目を感じていたようで、予の指示にも素直にうなずいた。

かくして、小火のあと食堂に戻り、稔は伯爵のグラスを手に取り、貰い受けたのであった。

グラスの中身を仰ぎ、しばらくすると稔は苦しみだした。

この時の予の胸を満たした感情、心理を、どう表現したらいいのだろう。

うつけの貫一郎がしっかりと毒物混入をやり遂げた満足感、稔への罪悪感、もうあとには引けないという緊張感、いずれもあって、いずれもなかった。

さまざまな心の色がうねり混ざり合い、予の心は無色透明になっていた。

ただ苦しみ悶（もだ）えて命の炎を燃やし尽くす稔を、予はまっすぐ目を逸らさず見つめ続けていた。

（おまえの死を無駄にはせんぞ）

骸となったわが子にそう誓った予は、すぐに次の殺人の準備に着手した。

ひそかに呼び寄せた貫一郎に、

『よいな、舞太郎の目を瞑（つむ）らせるか、させられないかで、おまえの一生が決まる。しっかりやれ』

『でも、本当にぼくにできるのかなあ』

用意した道具を渡すと、貫一郎は怖気（おじけ）づいたような情けない顔をした。

『いいか、もう一度よく聞け。計画どおりに一つひとつ間違いなくやれば、必ず成功する。稔の時もできたではないか』

予はそう力づけ、手順をこと細かく言い聞かせた。

まず、相続の話がうまく運んでいると伝え、今後のことを話し合う口実で、舞太郎を呼び出す。そこで貫一郎の着衣や履物などを舞太郎に与え、身なりを整えさせる。

『なんでそんなことをするんですか』

予の話の途中で、貫一郎が疑問を呈した。

『万が一、死体の身元が判明した時、今の粗末な恰好だったら九鬼梨家の恥になるだろう。おまえが舞太郎の死装束を飾ってやるのだ』

貫一郎は納得したようだ。

むろん予の狙いはまったく別にあった。

まだ青江幸之助氏が健在で九鬼梨一族を束ねていた今より数年前、苦々しい顔で予にこぼしたことがある。

『まったく、貫一郎の馬鹿にはあきれてものが言えん』

話を聞いてみると、日本橋の三越で靴と帽子を万引きしたのだという。

『それだけならいい。いや、よくないが、あろうことか、あいつ、警察に自分は吉松舞太郎だと名乗りおったんじゃ』

ただの悪ふざけか、履歴に汚点が付くのを避けたかったのか、幸之助氏が駆けつけた警察署の取調室に、貫一郎は吉松舞太郎に成りすまし平然と座っていたらしい。

『それでどうしたんです』

予が問うと、幸之助氏は苦虫を噛み潰したような顔で、

『もう警察は吉松舞太郎で調書を作りあげ、指紋まで採っていた。そのうえで家名に免じて穏便に釈放という流れもできていた。ここでわしがこいつは上柳貫一郎なる同族の別人だと打ち明ければ、すべてをぶち壊し、一族の恥さらしを世に広める恐れもあった』

というわけで、舞太郎を装う貫一郎の嘘に乗り、黙って身柄を引き取ってきた。

いちおう貫一郎は、あとで舞太郎に形ばかりの謝罪をしたようだが、舞太郎は怒るどころかかえって面白がっていたというから、似た者同士、生まれながらの犯罪者気質というべきだろう。

それから一年ほどのちに舞太郎が無銭飲食で捕まった時、あべこべに上柳貫一郎を名乗ったのは当然の成り行きだった。

この手慣れたやり口からみて、これ以外でも似たような成りすましをして、迷惑をかけているのかもしれない。

それはともかく、警察当局には、上柳貫一郎の指紋が吉松舞太郎として、舞太郎の指紋が貫一郎として保管されることとなった。これを知る者は、当人たちのほかには幸之助氏と予だけである。幸之助氏の没後は当事者ふたりと予のみとなった。

家名に泥を塗る愚行を、当時は腹立たしく思ったものだが、今回、一連の犯行を計画するにあたり、この取り違えはまたとない僥倖であると気づいた。

貫一郎が舞太郎と落ち合い、すべて順調に進んでいると信じさせると、予はいよいよ実行に移るよう命じた。

『ここで間違いなくやらねばならないことをあげるぞ』

貫一郎の空っぽの頭の中にも染みわたるよう、繰り返し言い聞かせたのは次の三点だ。

一、舞太郎の油断を誘い殺害したのち、首を切り落とすこと。

二、その首をただちに予のもとへ持参すること。

三、首なしになった胴体はその場に残し、胴体の上部のみを焼くこと。

予想されたことだが、貫一郎は指示の内容に疑問を呈した。

『どうしてブタやんの首を切り落とさねばならないのですか。胴体を焼くのはなぜですか』

ここに計画の成否がかかっている。予はひそかに唾を飲み、慎重に口を開いた。

『これはおまえへの試練だ。おまえも九鬼梨一族の端くれなら、首なし伝説は知っているだろう。名誉ある家の当主になるつもりなら、女子供でもできる毒殺ではなく、武家の作法に則り、舞太郎の首を落としてもってこい。そうすればおまえを漢（おとこ）と認め、全力で支えてやる。

胴体を焼くのは、舞太郎の首もとに黒子があるからだ。あの黒子を手がかりに身元が判明するかもしれない。いや、いずれ死体の身元は判明するだろうが、稔の死や伯爵のご病気で混乱している間は避けたい。一日でも先延ばしするのが望ましい。これも次期当主たるおまえの責務だ』

むろん、貫一郎に告げた理屈は、死体入れ替えの目的を糊塗するための方便だ。

死体を焼かせたのは、黒子もさることながら、首と胴体の断面を突き合わし、検証させないためだった。おそらく指紋の照合で、すぐに貫一郎の死体だと警察は誤認し、それ以上の確認はしないと思ったが、念には念を入れたのだ。

指紋を警察に採られている件は、貫一郎はすっかり忘れたのか、そこまで頭が回らないのか、まったく言及がなかった。

予の本当の目的は、かつて舞太郎が伯爵の元服式で畜生首を晒した手口に因み、今回の殺人も舞太郎の仕業と装うことにあった。

さような予の企みも知らず、貫一郎は言われたとおり、舞太郎を芝の倉庫に呼び出して殺害した。現場となった倉庫は、五年ほど前、投資の対象先として見学したことがあった。しかし、結局、投資は見送ったので、関連を疑われる心配はなかろう。

深夜、予は邸の裏手で貫一郎を迎えた。予たちの落ち合った場所のすぐそばには、掘ったばかりの深い穴があったが、そんなことに気づくはずもなく貫一郎は、

『命じられたように、ちゃんとやりましたよ。ほら、このとおり』

得意げに手に提げた革袋を持ち上げてみせた。

肝心なところで怖気づかぬか心配していたが、まったくの杞憂だった。同年代の親類であり長年の友人でもある男をためらいなく首級にして動揺もないとは、予はおどろくよりあきれる思いだった。良心が生まれながらに欠如しているのだろう。

『よくやった。そこに置いて見せろ』

予は地面に向けてランタンをかざした。

『へへっ、首実検ですね』

貫一郎は革袋の口を開け、取り上げた首を地面に据えた。

舞太郎は面変わりしていたが、当人に間違いなかった。予は仔細な検分を装い、地面に顔を寄せ、

『おい、この疵はなんだ』

と尖った声をあげた。

『えっ、疵って、なんです』

戸惑った様子で貫一郎も屈んで、首級に顔を近づけてきた。

『ここだよく見ろ』

予はランタンを持つ手を首級に近づけながら、もう一方の手で隠し持っていた金槌を振り上げた。明かりに誘われ地面につくばう貫一郎はまったくの無防備だ。予は貫一郎の後頭部

目がけて腕をふった。

　なんとも形容しがたい奇声を発して貫一郎は、予の足元に突っ伏した。ためらうことなく、予は狙いすました一撃をもう一度、二度と貫一郎に見舞った。

　金槌を置き、貫一郎の脈を診て、死亡を確認すると、予は時をおかず、斧を振るい、貫一郎の首を切り落とした。

　髪をつかみ、貫一郎の首を見ると、おどろいたような顔をしている。最期の瞬間まで、なにが起きているのか理解していなかったのだろう。

　貫一郎の首は革袋にしまい、代わりに舞太郎の首と、胴体だけになった貫一郎の死体を、あらかじめ掘っておいた穴に投げ入れた。

　そう、その前に貫一郎の指に血を付けて、紙切れに指紋をつけることも忘れなかった。さらに貫一郎の首を納めた革袋をアルコールで満たし、両方を離れの地下室に隠したのだった」


　まだ便箋に中里春彦の告白は綴られているのだが、甲士郎はいったん朗読を止めた。

（なるほど）

　貫一郎と舞太郎の入れ替わりは、こういう細工だったのか。舞太郎たちが他人の成りすましをやりつけていたのは、先の「丸福」の件などでも証明されている。

また、倉庫の事件で発火と犯人の移動に一時間の差があったのも納得がいく。さいしょから貫一郎は上半身の一部だけを焼くつもりだったのだ。

「意外でしたかしら」

円香が尋ねた。

「円香さまはいつから気づいておられたのですか。貫一郎と舞太郎の入れ替わりを」

「具体的な手口は、白峰さんが身をもってあきらかにした時に気づきましたけど、ご存じのように舞太郎さんの犯行か、さいしょから疑っていましたわ」

「でしたら、そうおっしゃっていただければ……」

思わず愚痴が口をつく。

「あら、何度も申し上げたはずですわ。ヒントも差し上げましたけど、来見さんは気づいてくださいませんでした。それより、先を続けてくださいな」

と円香はまた足をぶらぶら。

甲士郎はため息を飲み込んで、便箋を手に取った。

「貫一郎の首級を晩餐の食卓に晒し、また警察の捜査により芝の倉庫で見つかった死体が貫一郎と誤認されたことで、予はわが計画に自信を深めた。

そこで間をおかず、室城茂樹に接触したのだった。

『あの根岸の話だが、もしかすると受けられるかもしれん』

『本当かね。そりゃ、ありがたい』

茂樹は相好をくずした。

以前より茂樹は根岸の小工場跡の売却を持ちかけていた。動きの悪い物件を本家に押し付けて口銭稼ぎを狙っているのは見え見えだが、そこがかえってこちらには好都合となった。

『今日中に物件を見たいんだが、どうかね』

『ずいぶん急ですな。警察もまだ邸内をうろうろしているこの時期に』

『こんな時だからこそ少しでも邸を離れたいのだ。なに、君の仕事の空き時間で構わん。そう、三十分もかからんだろ。だいたいの立地と周辺の様子がわかればいいのだ』

こうして根岸の工場跡の空き家に茂樹を誘い出して殺害した。

殺害ののち首を切り落としたのは貫一郎の時と同じ。ただこちらの現場には貫一郎の血染め指紋付きの紙切れを残した。

そして首は古い鞄に入れ、門前の塵箱に置いた。

この鞄は、前もって新聞の求人広告で雇っていた男を使い、横浜へ運ばせた。男の年恰好を室城茂樹に寄せたことに深い意味はない。この年配の職業人なら、指示された仕事はしっかりやり遂げるだろうと思っただけだ。

ゆえに、男が茂樹と疑われ、川崎駅で汽車を止められ、首を発見されたのは計算外だった。

もっとも、予の狙いは一刻も早く茂樹の殺害現場に残した貫一郎の指紋を発見させることだったため、この見込み違いはなんら計画に悪影響をおよぼさなかった。

茂樹殺害からほどなくして、伯爵が亡くなられたのは周知のことだ。

二十二歳という若さの無念の死に、予も悲しみに打ちひしがれたが、行動を停滞させるわけにはいかない。むしろ急ぐ必要があった。

法要が終わればすぐに跡目相続の問題が持ちあがる。相続者を洸へとする流れを作るには、御三門の男子はすべて抹殺しておかねばならぬ。

さいわい、こちらの計画どおり貫一郎の指紋を舞太郎のものと誤認した警察は、舞太郎の生存を信じ、その行方を追っていた。

次の殺人の布石として予が謀ったのは、室城裕樹と上柳宗次郎の九鬼梨邸への引っ越しである。

ふたりだけになった相続権者を本家に迎えるというのは名目で、ふたりを囲い込み、逃がさぬための策だ。

ふたりの引っ越しに向けて下準備をおこなうのと同時に、素人探偵を雇い入れ、邸内の警固につかせた。予はこの者を使ったアリバイトリックを計画していた。ゆえにあえて経験のない者を選りすぐったのだ。

しかし、その殺害の準備が整う前に、殺人の絶好の機会が予の前にあらわれた。

品川の宿に舞太郎らしき宿泊者がいたとの情報を警察がつかんだのだ。しかし、言うまでもなく、これは警察の捜査を欺くため、あらかじめ予が仕込んでおいた偽の手がかりである。人を使い、あたかも生首入りに見える壺入りの鞄と貫一郎の指紋付き小物を宿に残させてあった。

一報を受けた捜査責任者は品川へ向かった。手薄になった邸内に、室城裕樹が泊まっている。この好機を天佑神助（てんゆうしんじょ）と言わずしてなんと言おう。

晩餐会がお開きになると、予はいったん邸を離れ、華族会の会合に出席するため、自分で車を運転して麹町へ向かった。

予はその出発に先立ち、裕樹をひそかに呼びよせた。

『このあと、おまえも麹町へ来い。華族会の面々に紹介してやる』

予の言葉に、裕樹は目を輝かせ、

『それは九鬼梨家の次期当主として、仮お披露目をしてくれるということですか』

『そうだ』予は重々しくうなずき、『だが、このことはまだ宗次郎たちには秘密だ。邸の者たちに気づかれないよう、こっそり出てくるんだぞ』

巡査だけでなく探偵も警固についていることを伝え、この者たちに見つからずに敷地外へ出る道筋も教えた。

華族会の会合に出席した予は、中座して、建物の外へ出た。裕樹は予の指定した時間どおりに麴町の会館の前にあらわれた。

『誰にも気づかれなかったか』

『ええ、お教えいただいたように裏から出ましたので大丈夫です』

いつもはへらへらしている裕樹も、伯爵の座を目の前にして、おかしいほど真面目な顔をしている。

予は建物の裏手に回るよう、裕樹をうながした。

『あのう、華族会の方々は中じゃ……』

裕樹は戸惑ったように玄関口へ目を向けた。

『皆にはまだおまえのことは言っていない。裏口からいきなり登場して、おどろかせてやるのだ』

こうして車を停めた裏口へ裕樹を導いて、背後から石で殴りつけ殺害した。

裕樹の死体と凶器の石を車の中にしまい、予は素知らぬ顔で会合に戻った。会合を終えると、予はただちに車を飛ばして邸へと戻った。

そして凶器の石を前庭に捨て、二階へ裕樹の死体を運ぶために、二階のバルコニーから裕樹を吊るしたのだ。

死体はかなり重く、弘子さまの車付椅子を使用せねばならなかった。その時、死体から血が流れ、車付椅子に付着したので、ハンカチでぬぐい落とした。ただ、一部のふき残しが、のちに警察の捜査で発見されたようだ。

こうして予は、裕樹が邸内で殺害されたように装い、みずからのアリバイを確保したのである。

裕樹を葬り、いよいよ残るは上柳宗次郎ひとりのみ。九鬼梨の家範に則る、唯一の相続権者だ。事実上の当主として迎えることに、なんの障害もない。予定どおり宗次郎は九鬼梨邸へ居を移した。

しかし、最後の総仕上げの下準備を進めつつも、予の胸の奥底には計画に着手した時とは、まったく色彩を異にする思いが広がりはじめていた。

その原因のひとつは、やはり罪の意識だろう。確たる決心、理念のもとに進めてきた抹殺計画だが、犯行を繰り返すうちに少しずつ、予の心の弱い領域を蝕んでいったらしい。

もうひとつは、世論のうつろい、それを受けての親族会議の面々の意識の変化を肌で感じたことだった。御三門の男子が数を減らしていく中で、次期当主問題は当然俎上（そじょう）に載せられたが、予がおどろいたことに、親族会議の面々は家範の規定にさほど重きを置いていなかった。それが洸の相続に有利かと言えばそうではない。なんとなれば、親族会議はさらに先進的で、男子に限るとしていた相続者を直系の女子にも広げようとしていたからだ。そこには君枝さまの意向も影響しているらしい。

ただ、これは君枝さまおひとりのお考えだけでなく、新しい世のうねりが華族という旧弊家に変化をうながしているようにも感じられた。なにか眩（まぶ）しいような改革の圧力だ。

一方で予にはこの新たな潮流に抗い、所期の目的を達せねばとの思いも強くあった。

ここで節を曲げてしまえば、今まで予が命を奪った者たちも浮かばれまい。

予はみずからを叱咤し、九鬼梨一族男子全滅の最後の仕上げに取りかかった。

ところが、周防院公爵さまが手を回して上柳宗次郎を別所に移してしまった。さらには公爵家の伝手を使ったのか、たちまちのうちに宗次郎に養子の口を用意したという。

こうなれば宗次郎が九鬼梨家の家督を継ぐ心配はなく、殺害の動機も消失する。

これは喜ぶべきことなのか。それとも公爵さまが予の計画を見抜き、先手を打って宗次郎を安全圏に逃したと疑うべきか。

もし、後者なら捜査の手も間近に迫っていると覚悟せねばならない。

しかし、今はともかく計画を前へ進めるしかない。宗次郎は姿をくらましたが、相続権を失った以上、深追いする必要はなかった。

いまや予の野望を妨げる最大の障害は君枝さまおひとりだった。

そもそも今回の一連の計画で、君枝さまへ危害をおよぼすことは想定していなかった。

しかし、女子の相続を認める家範改定への、君枝さまの関与が深まるにつれ、等閑に附すことができなくなった。親族会議に対する君枝さまの影響力は絶大である。もし君枝さまが首を縦にふらなければ、洸への家督相続は困難となるのは間違いない。

君枝さまを押さえなければ、今までおこなってきた殺人がすべて無駄になる。

そうおのれに言い聞かせ、予は眠り薬を混入させた茶を君枝さまに飲ませ、離れに誘った。計画どおり、君枝さまが離れに姿を見せた時、すでに足元がおぼつかなかった。

やがて眠りに落ちようとする君枝さまを前に、予はつぶやいた。

『これですべて終わった……』

そう、これですべてが終わる。予は君枝さまを殺害し、死体のそばに貫一郎の指紋のついた小物を置く。そうして何食わぬ顔で邸へ戻る。

しかし、君枝さまの首にかけようとした手がどうしても動かぬ。

ここで君枝さまの口を封ぜねば、予の策謀は瓦解し、洸の相続の芽もなくなる。そうわかっていても、予も九鬼梨一族の端くれだ。一族の象徴であり、生涯をかけて仕えてきた主君である君枝さまを害する踏ん切りがどうしてもつかなかった。

地下室でどれほど過ごしただろう。心を行きつ戻りつさせながら、ついに予はすべてをなげうって逃走する決意を固めた。

持ち出せるだけの現金を鞄に詰め、予は帝國ホテルに偽名で投宿した。宿泊中、一度も外へは出なかったが、信の置ける者と連絡を取り、九鬼梨家の状況の把握には努めていた。

連絡者の名は、迷惑がかかるのでここには記さぬが、予は九鬼梨家の相続人が弘子さまに決まったことを知った。

予のおこなった悪行は、結局のところ日の目を見なかった。今はそれでよかったと思っている。

九鬼梨家を継がれる弘子さまには心からの祝福をお送りするとともに、わが手にかかって命を縮めた者たちにも衷心よりお詫び申し上げる。

予の一死をもって残虐非道の罪が償えるとはもとより思っていないが、今、でき得るせめてものこととして、予の悪行のすべてを詳らかにしたうえで、ここに自裁する。

予が最後に含むこの毒は、稔殺害に使った残りである。予の居室の棚奥に隠し置いたものを持ち出したのである。まだ同じ棚奥に残りの毒を小瓶に詰めて置いてあるので、それを照合すれば、予の犯行の証拠となるであろう。

予の肉体と魂は消えるも、九鬼梨一族の栄光は永劫続く。それを予は慰めとして、黄泉の国へと旅立つこととしよう」


このあと日付と署名が記され、中里春彦の手記は終わっていた。

便箋をテーブルに置いた甲士郎は、無念の思いにとらわれていた。

警察は最後の最後まで春彦の手の上で踊らされていた。そして永遠に司法の手の届かぬところへ逃亡させてしまった。洸への家督相続という春彦の野望が潰えたことが、せめてもの慰めか。

「こんな形で事件が幕を閉じるのは残念ですが、ともかく犯人は命を絶ち、真相もあきらかになりました。あとは粛々とこの手記の裏付け捜査をおこないましょう」

　つまり、円香が九鬼梨邸に留まる理由はもはやない、と甲士郎は告げたかったのだが、円香はかすかに首をふり、どこか憐れむような眼差しを返して、

「本当に残念ですわ。来見さんが、そんなことをおっしゃるなんて」

「と申しますと」

「その告白がすべて事実だと、本気で思っていらっしゃるの」

「すべてかどうかはさておき、大筋は正しいのではないでしょうか。これまで不明だった点が、この告白でかなりあきらかになりましたし、これまで判明した事実とも矛盾していません」

「よろしいですわ」円香は言った。「それでしたら、裏付け捜査をおこなってください。どのくらいかかりますかしら」

　どうやら裏付け捜査が終わるまで、九鬼梨邸を動くつもりはないらしい。

「三日で目処をつけます。それまでに中里春彦の告白の裏付けを取りますので、円香さまは九鬼梨邸を引き払うご準備をお願いいたします」

甲士郎が指揮を執り、まずさいしょに手をつけたのは、吉松舞太郎の首と上柳貫一郎の胴体の捜索である。

春彦の手記から邸内のおおよその場所を推定し、鑑識係が一帯をくまなく調べると、比較的最近掘り起こしたらしき柔らかい箇所があった。そこを掘り返すと、吉松舞太郎の首と男性の首なし死体が見つかった。

その場でただちに指紋の採取をおこない、警察に保管されている吉松舞太郎の指紋原紙と照合し、同一であると認定した。すでに判明しているように、舞太郎名義で保管されている指紋原紙は上柳貫一郎のものであるから、首なし死体は貫一郎と断定された。

三

瀬島班は、室城裕樹殺害の夜のアリバイを再捜査した。華族会の出席者に確認すると、たしかに春彦は一度中座し、しばらくして戻ってきたという。中座時間は人によって五分ほどとか十分以上だったとか、まちまちではっきりしなかった。

春彦が移動に使用したT型フォードも鑑識係が調べたが、血痕や毛髪など、裕樹の死体を運んだ証拠は発見されなかった。

車付椅子を使われた弘子への事情聴取には、円香も立ち会った。睡眠中だったので、車付

椅子を持ち出されたことは気づかなかったと、前と同じ供述をすると、

「弘子さん、握ってください」

円香が手を差し伸べた。弘子が言われるまま手を握る。

「中里さんではない別人が車付椅子を持ち出したんじゃございません？」

円香が尋ねた。弘子は表情を硬くして、

「わたくし眠っていましたので、本当になにも存じませんの」

と首をふった。

黒崎班は、品川の旅人宿に吉松舞太郎を装い投宿した男を見つけ出してきた。男は佐原幸吉（さはらこうきち）という左官屋である。九鬼梨邸には仕事で何度も出入りしていて、春彦とは囲碁仲間であったという。

佐原は、甲士郎の尋問に、春彦から頼まれ品川の指定された宿へ行き、渡された荷物を残して立ち去ったとあっさり認めた。春彦からは、ある人物に渡したいものがあるが、顔を合わせると不都合な相手なので、使いをしてほしいと頼まれたという。

「なにか後ろ暗い取引、つまり、犯罪がらみと知って手伝ったわけだな」

甲士郎の追及に、佐原は激しくかぶりをふって、

「いいえ、とんでもない。てっきりレコだとばっかり」

と小指を立ててみせた。

佐原の言い分の真偽はさておき、舞太郎生存の偽装を春彦がおこなっていたと証明されたことが重要だった。

九鬼梨邸と敷地内の捜索により、古い涸れ井戸の中から、貫一郎の首の切断に使用したと思われる斧が発見された。鑑識の結果、中里春彦の血痕にまみれた指紋が検出され、手記の内容を裏打ちしたのだった。

邸内の春彦の居室も徹底的に捜索され、多数の押収物が出た。犯行に直接かかわる物品としては、室城裕樹を吊るすロープを切ったとおぼしいナイフ、上柳貫一郎の指紋付きのパイプや煙草入れなどがあった。パイプや煙草入れは、舞太郎の犯行と偽装するための保管物の余りと思われる。

このように着々と証拠は積み上がったが、春彦の戸棚は分解するまでに調べても、毒薬の小瓶は発見できなかった。

しかし、手記の記載に関する事項の大半は裏付けが取れた。わずか三日の捜査にしては上々の収穫だろう。

約束の朝、甲士郎はこれらの結果を円香に報告した。

「ということで、裏付け捜査はまだ継続しますが、大方、決着はつきましたので、円香さまには――」

「今、読んでいるところです。ちょっと口を閉じていてくださらない」

円香は鼻眼鏡越しに甲士郎を睨む。

「はあ」

甲士郎はかしこまり、椅子に座ったまま、熱心に報告書に目を通す円香を見守った。

三十分ほどして、報告書をテーブルに置いた円香は鼻眼鏡をはずして、

「すべて納得いたしました」

「では、この邸からもお立ち退きを」

「ええ、その前に君枝さんにお別れのご挨拶をいたしましょう。では、お昼すぎにまた」

円香はまた鼻眼鏡をかけ、テーブルから本を取り上げた。

四

午後一時――、甲士郎と円香が階段を下りると、大広間に白峰諒三郎の姿があった。

「お久しぶりでございますわね」

円香が声をかけると、

「しばらく東京を離れ、京都の大学で講義をおこなうので、君枝刀自(とじ)にご挨拶にうかがいました」

「あら、ちょうどわたくしたちも君枝さんにお暇のご挨拶をするので、ご一緒にいかがで

す」

「光栄でございます」

と帽子のひさしに手をやり、円香との間に割り込もうとする白峰に、

「こんなふうに最後に足をねじ込んできた人間が結局犯人だったという小説を読んだ覚えがあります」

甲士郎は嫌味を言う。

「結構しつこい性格ですねえ。もう犯人は自殺して事件は解決したじゃありませんか。粘着質もたいがいにしないと女性に嫌われますよ。そうでございますよね、閣下」

白峰の問いに、円香は「ふふっ」と笑い、

「そうなんですよ、来見さんはこう見えて頑固者ですから、わたくしも苦労しています」

(どっちがだ)

と思いながら、甲士郎は唇を噛んでいる。

大広間横の小部屋に君枝はいた。使用人の姿はなく、ただひとり、大きな安楽椅子に身体を包まれるような姿で窓の外を眺めていた。

「おじゃまします」

甲士郎はひと声かけ、円香、白峰とともに入室した。むせるほど花の香りに満ちている。

室内のいたるところに置かれた花瓶には、すべて百合が活けられていた。

椅子から立ち上がって甲士郎たちを迎えた君枝は、あたりを示すように右腕を回し、

「百合は中里のお気に入りの花でしたの。大っぴらに供養をすることもなりませんので、こうして悼んでおります」

甲士郎は、そうでしたか、とつぶやくように言葉を返し、全員が椅子に腰を下ろすのを見届けて、自分も着座した。

「本日はお邸内での捜査が終了したことをお報せに参りました。今後も多少は捜査員の出入りがあるかと思いますが、離れや、庭の一部にしていた封鎖はすべて解きますので、事件前の生活に戻っていただけるかと思います」

甲士郎の言葉に、君枝は深く腰を折って、

「大変お手数をおかけしました。一族の親しい者たちを大勢失い、もとの生活は望めませんが、これからは残った者たちと弘子を支えて参る所存です」

「一族の重鎮や働き盛りの方たちを失われたのですから、大変でしょうが、きっと九鬼梨家は再興するものと信じております」

捜査が後手に回らなければ助かった命もあったはずなので、甲士郎も本心からそう願う。

「そういうことですので」円香が口を開く。「わたくしも本日をもちましてお暇させていただきますわ。長い間、お世話になりました」

「まあ、さびしくなりますわ。公爵さまにはもっとご逗留いただきとうございました」

半分は社交辞令だろうが、まったくの嘘とも聞こえない。弘子と女ふたりだけの家族になって、心細いのだろうか。

「できればわたくしもそうしたいんですけど、あまり長居をすると、来見さんが上役から叱られるらしいんですの」

と甲士郎のせいにした。

「そういうことでございましたら、わがままも申せません。公爵さまの今後のご活躍をお祈りいたします」

君枝の言葉に、円香は小さく頭を下げ、

「では、最後に事件の真相について、お話しいたしましょう。これでわたくしのこのお邸での仕事はすべて終わります」

「事件の真相？」君枝は眉をひそめ、「それはもうとっくに判明しているのではありませんか」

「いいえ、中里さんの手記は事件の真相の一部を語り、一部を騙っています。――あら、わかりづらい言い方でしたわね」

円香はくりっとした目を甲士郎に向けた。うまいこと言っただろう、とでも言いたげだ。

（なんだこれは、聞いていないぞ）

円香も裏付け捜査の結果に納得したのではなかったのか。

横目で白峰をうかがうと、やはりおどろいた顔をしている。これは気分がいい。

(まあ、なんにせよ)

甲士郎には止められない。君枝と一緒に拝聴するだけだ。

円香は運ばれてきた紅茶に口をつけ、使用人が部屋から下がると、椅子に深く座り直して語りはじめた。

「まず、さいしょに中里さんの手記を読んで、違和感を覚えたのは動機の点でした。手記には、公人さんが病に侵され、九鬼梨家の将来を担う人物が青江洸さんしかいないと考え、相続権を持つ御三門の方たちを排除する決意に至った心情が綴られています。

しかし、中里さんはどこまで本気で洸さんを九鬼梨家の相続人に据えるつもりだったのでしょうか。宗家の相続は親族会議によって決定されます。いくら中里さんが一族の中で特異の地位にあるからといって、その一存で家督が決まるものではありません。

にもかかわらず、次々に殺人を実行する一方で、中里さんが親族会議の面々に洸さんを積極的に推す働きかけをした形跡がないのはなぜでしょう。手記にもなにも記載がありません。相続権者をすべて始末し終えてから、工作をはじめるつもりだったのでしょうか。疑問が残ります。

上柳貫一郎さんと吉松舞太郎さんの入れ替わりトリックを使った殺人方法や、その後、貫一郎さんの指紋を使った偽装工作などは、手記のとおりのことがじっさいにあったのだと思います。

ただ、ここでも疑問に感じるのは、公人さんの病気を口実に、貫一郎さんと舞太郎さんに脅されたと記されていることです。

公人さんの病気は大きな出来事ですが、それを誰よりも早く知ったからといって、宗家の相続権を要求できるのでしょうか。事業や株価に影響があるからといって、この秘密を守るだけで、ふたりは中里さんから、それほどの譲歩を得られると思ったのでしょうか。

そうではなく、わたくしは中里さんが記さなかった、公人さんの病気よりももっと大きな秘密があったと思うのです。それを知ったがゆえに、貫一郎さんと舞太郎さんは、強気に出たのではないでしょうか。

その秘密とはなにかに触れる前に、もう少し事件の疑問点を追ってみましょう。

まず、不審に思われるのが、中里稔さん殺害時の記述です。

晩餐の途中で小火が出て、稔さんが確認しに現場へ行き、それを中里さんが追い、君枝さんたちも一緒に行くことになります。そして誰もいなくなった食堂に忍び込んだ貫一郎さんが、グラスに毒を混入させたとありました。

この殺害方法は全員が食堂からいなくなることを前提に計画されています。

でも、中里さんが現場に向かうことで、全員が席を立つ確証があったでしょうか。弘子さんは車付椅子で移動しなければなりません。明かりの乏しい夜の庭を押して行くのは簡単ではなかったはずです。

それでも結果として食堂は無人になり、貫一郎さんはグラスに毒を混入させました。

これは率先して君枝さんが現場に向かうことを主張したため実現したのでした。中里さんははじめから、君枝さんがどうおっしゃるかご存じだったのでしょうか。

もう一点、わたくしが引っかかったのは、室城裕樹さん殺害の記述です。

中里さんは、アリバイ工作のために事前に素人探偵を雇ったと記しています。また品川の宿に証拠を残す偽装工作をしています。これらの記述に不自然さはありません。

中里さんは緻密に殺人計画を練り、その計画を忠実に実行していたことがわかります。

ところが、じっさいに起きた殺人はまったく異なります。

晩餐会の夜、わたくしたちが品川に向かい、警固が手薄になったのを好機と見て、とっさに華族会の会合場所に裕樹さんを呼び出して、殺害し、その死体を車に乗せて邸に帰り、二階から吊るした経緯がまことしやかに記されています。

しかし、本当にこんなことがあったのでしょうか。

第一の疑問は、裕樹さんが華族会の会場に来るところを目撃される心配はなかったのかという点です。もし、途中の道や、会場のドアマンなどに見られれば、それでアリバイはくずれます。こんな危うい橋を渡るのは中里さんらしくありません。

第二の疑問は、なぜ裕樹さんの死体を二階から吊るしたのかという点です。死体を邸まで運び、凶器の石と一緒に庭に置くだけで、アリバイ工作は成立します。なぜ危険を冒して二階に運んだのでしょう。じっさい、そのために車付椅子を動かしている姿を使用人に目撃されました。

第三の疑問は、死体を運んだとされる車から、その痕跡がまったく検出されなかったことです。もちろん、緻密な中里さんですから、きれいに痕跡を消し去ったとも考えられるのですが、一方でアリバイ工作はずさんで、衝動的ともいえます。

以上の点から、わたくしは、室城裕樹さんは手記と異なる手口で殺されたのではないかと考えました。

では、なぜ中里さんは手記に偽りを記したのでしょう。それはもちろん、裕樹さん殺害の犯人が別にいるからです。それを隠すために、自身がやりもしなかった殺人と、偽装アリバイトリックまで考え出して、手記に残したのです。

裕樹さん殺害が中里さんの犯行でないとしたら、誰が殺したのでしょうか。

殺される少し前から、裕樹さんは頻繁に九鬼梨邸に出入りしていました。相続が有利に運ぶよう自身を売り込むのが主目的だったでしょうが、弘子さんへの好意もあったと思います。殺害された晩餐会の前日も、お邸を訪問し、弘子さんへ恋歌を贈っています。

わたくしが思いますところ、これがあの晩、裕樹さんが殺された直接の原因になったのではないでしょうか。

犯人は裕樹さんが弘子さんに近づくことを喜ばなかった、いえ、それどころか許せなかった。恋歌を贈るという裕樹さんの軽々しい行動を、殺したいほど憎んだのです。

裕樹さん殺害を決意した犯人は、裕樹さんを誘い出すために、弘子さんの手跡をまねて色よい返事を送りました。

晩餐会が終わった深夜、裕樹さんは偽りの手紙を信じて、前庭に向かいます。

犯人は裕樹さんが正確に所定の場所へ立つよう、あらかじめ弘子さんの部屋から車付椅子を持ち出し、あたかもそこに弘子さんがいるように置いたのです。

庭の灯に浮かぶ車付椅子に吸い寄せられ、近づく裕樹さんの頭上に石が直撃しました。二階のバルコニーから犯人が投げ落としたのです。

犯人は裕樹さん殺害後、庭に下りてその場でしばらく茫然としていたのでしょう。犯人は一連の殺人にもかかわっていましたが、自身で殺人を実行したり、首を切断したり、といったいわば汚れ仕事には手を染めていませんでした。その役割はすべて中里さんが担っていたからです。

ようやくわれに返り、犯人が車付椅子を押して玄関先まで戻った時に、華族会の会合から帰った中里さんと鉢合わせしました。事情を飲み込んだ中里さんは、自分があと片づけをするので犯人には自室へ戻るよう言ったのでしょう。

現場には裕樹さんの死体、凶器になった石、車付椅子が残っています。車付椅子の背もたれの一部には血痕も付着していました。

中里さんは血痕をできるかぎりふき取ると、いったん前庭に戻って死体を車付椅子に乗せ、二階に運びました。バルコニーから吊るすためです。

なぜ、中里さんがそのようなことをしたかというと、死体を二階に運び、ロープで吊るす行為が、真犯人には難しかったからです。中里さんは絶対にその犯人を守りたかった。そのために犯人にはなしえない演出をほどこすことで、容疑の網から逃がそうとしたのです。

一連の事件で被害者の首を切断したのも同様の理由です。吉松舞太郎さんの犯行を装う狙いはもちろんあったでしょうが、九鬼梨家の呪いだの伝説だのはこじつけで、犯人を守ることが第一でした。

裕樹さんの首を切らずに吊るしたのは、古井戸に隠した斧を取りに、明かりを灯(とも)して移動するのが危険だと考えたのだと思われます。この点からも裕樹さん殺害が突発的な出来事だったことがわかります。

ともかく中里さんは、もうひとりの犯人に疑いの目が向かないよう、工作をおこないつつ、一連の犯行をかさねてきました。

しかし、警察だって馬鹿ではありません。どこを捜しても吉松舞太郎さんが見つからなければ、いずれその実在に疑いが向けられ、そうすれば指紋と死体の入れ替わりトリックも見破られると、中里さんも覚悟していたでしょう。

　また、犯人が車付椅子のような、計画にない小道具を使ってしまったことで、より真相の発覚が早まると懸念したのかもしれません。

　そこで中里さんは最後の犯行におよぶに至って、犯人を被害者のひとりに仕立てあげることにしたのです。そして自分ひとりがいっさいの罪をかぶって逃亡し、帝國ホテルに隠れました。

　ホテルに籠ってしばらく時を過ごしていたのは、九鬼梨家の状況を見守るためだったと思われます。九鬼梨家を弘子さんが相続することを確認したあと、中里さんは手記を残し、心置きなく自害されたのでしょう」

　円香は語りにひと区切りがついたことを示すように、紅茶を口に運んだ。

　重い沈黙を破ったのは君枝だった。

「公爵さまは、このわたくしが中里の共犯者だったと仰せられているのですね」

「共犯者、というよりも正犯者とでも言うべきかと思いますの。大半の犯行を実行したのはたしかに中里さんですけど、どちらが主でどちらが従かといえば、君枝さんが主だったのではないでしょうか」

　円香はまっすぐに君枝を見すえて言った。君枝も円香から目を逸らさず、正面から見返す。

「なぜ、わたくしが一族の相続権者たちを亡き者とするのでしょう。たしかに弘子はわが血筋です。でも、いくら家督を譲らせたいからといって、どうして相続権者たちを抹殺する暴挙に出るのでしょうか」

当然の疑問だ。

先ほど円香が語った室城裕樹殺害も、それが可能だったというだけで、具体的な証拠は提示していない。これで君枝を殺人犯とするには無理があろう。ましてや連続殺人の黒幕と決めつけるなど飛躍がすぎる。

「わたくしも、さいしょは君枝さんがなぜそこまでするのかわかりませんでした。そこで九鬼梨家の過去へと目を向けました。きっと過去にこそ、九鬼梨家を崩壊させるほどの大きな秘密が隠されていると思ったのです。

九鬼梨家ゆかりの方々から昔話をうかがう中で、中里さんがらみの醜聞がいろいろと出て参りました。これはあえて中里さんが広めたのでしょう。そうすることで疑いの矛先が自身に向かうよう仕向けたのです。

中里稔さんが青江潔さんと中里さんの奥様の間にできた不義の子なのは事実でしょうが、青江洸さんが中里さんの実子だというのは眉唾だと思います。おそらく、自身の犯行動機をもっともらしく装うため、老い先短い阿鬼会の長老を説得し、警察に出向かせて虚偽の供述をさせたのでしょう。

このような煙幕で捜査を攪乱しても、ほころびは意外なところに隠れていました。かつて九鬼梨家に奉公にあがっていた西田トメさんのお話です。

　トメさんは女中奉公でお邸に上がり、武文さんの遊び相手もするようになりました。お札、貝合わせ、お人形、手毬などをされたと、トメさんは懐かしそうに話してくれました。

　これを聞き、わたくしは、病弱の武文さんには、トメさんとの女子遊びがちょうどよかったのだろうと思いつつ、なにか違和感を覚えました。ただ、この時はその違和感の正体には気づきませんでした。

　それがわかったのは弘子さんのお部屋で手毬を見つけた時です。その手毬を弘子さんは、君枝さん、あなたから譲り受けたと教えてくれました。

　その手毬は何種類もの色糸で飾られたかなり凝った作りの高級品でした。使用人だった君枝さんの子供時分の持ち物としては不相応に思えます。

　この時、わたくしは今回の事件の底流にある、悲劇の根源にようやく思い至ったのです。

　武文さんは、その一生をこの九鬼梨邸内にすごし、外部の人とほとんど交わることがないほど病弱でした。ですので、お札、お人形などの女子遊びをしていたのは不思議ではありませんが、手毬はどうでしょうか。

　遊び方にもよりますが、手毬遊びにはそれなりに体力がいります。ましてや今日日のゴム製の毬とは違い、当時は君枝さんの毬のように、力を入れてつかないと、はずませることも困難でした。

もし幼少期の武文さんがそんな手毬遊びのできる身体だったなら、女子遊びでなく、もっと男子らしい遊びもできたのではないでしょうか。九鬼梨家の次期当主にふさわしい教育も授けられたのではないでしょうか。

なのに武文さんにそのような育てられ方をした形跡はありません。そして二十歳になるかならずで一粒種の隆一氏を授かった直後に死去しています。しかし、一生涯、ほとんど邸の外へ出られずにいた健康状態の人間が、お妾を持ち、実子を残すことなどできるのでしょうか。

そして、いつのころからか、前歴の定かでない君枝さんが登場し、九鬼梨邸に上がったとされていますが、当時のことを詳しく語る者はひとりもいません。

幕末から御一新と、日本中、ことに大名家にとっては激変の時代だったことが、秘密を守るうえでは幸いだったのでしょう。

九鬼梨宗家が長年にわたって隠してきた秘密、それは武文さんの出生の秘密、つまり女として生まれたことにありました。

九鬼梨家の定めでは女子に家督の相続権はありません。しかし、武文さんのお父上、武清さんも丈夫でなかったため、第二子を得る望みは薄かった。

そのため武清さんは、第一子の女子を男子と偽って育てたのです。そうすることで直系の血筋を宗家に残そうとしたのでしょう。

この秘密を支えたのは、青江幸之助さんと若き家令の中里春彦さんでした。ふたりが武文さんを外部から遮断し、あくまでも男子の跡取りとして体裁を繕ったのです。

しかし、幼少期、学童期はともかく、大人になっていつまでも世間を欺き通すのは難しくなってきます。じっさい大人の女性となった武文さんは恋に落ちて、妊娠、出産を経験します。生まれたのは、のちの九鬼梨家当主の隆一さん、公人さんと弘子さんのお父上です。

この隆一さんの誕生をもって、武文さんは九鬼梨家の男子としての役割を終えました。そこで本来の姿の女性に戻り、君枝さんとしての人生をはじめたのです。

このころ御三門の方たちはみな高齢で、代替わりもあったので、新たに登場した君枝さんの正体を疑う声も出なかったのでしょう。そしてなにより、中里さんが全力で君枝さんを支援した。

中里春彦さんは隆一さんの実の父親でした。中里さんは隆一さんの父であることも、君枝さんの夫であることも生涯明かさず、家令として陰から九鬼梨家の屋台骨となったのです。

このため、君枝さんは表向き武文さんの妾という立場にありながら、伯爵家二代の生母として祖母として、その一族の頂点をきわめることに誰も異議を唱えなかったのです。隆一さん、公人さんと続いた伯爵家に君臨し、自身の血筋の繁栄もその目で見て、大勢の家族や一族に囲まれ、幸せの日々を送られていた。

でも、そんな幸福はある日、とつぜん終わりを告げました。公人さんのご病気があきらかになったのです。残念なことに公人さんの病は重く、早晩、次の伯爵を立てねばならないことはあきらかでした。

家範に従えば、武清さんから武文さんへと、性別を偽ってまで必死につないできた系統が絶え、伯爵家の称号は御三門のいずれかに渡ってしまいます。

おそらく中里さんは、当初、弘子さんが婿養子を迎え、九鬼梨家に残れるよう、家範の改定を親族会議の面々に働きかけるつもりだったのだと思います。

ところがここで思いもよらない事態が発生します。

行方知れずだった吉松舞太郎さんがあらわれたのです。舞太郎さんは逃亡先の骨董屋の蔵で、武文さんと君枝さんの秘密をほのめかす日記を偶然手に入れた。そしてそれを持ち出して、中里さんを脅しました。

現在、九鬼梨家に君臨する女主人は武文さんの為り変わりで、家令はその事実上の夫であり、伯爵の祖父である。

こんな事実が暴露されれば、一族の間のみならず、広く世間を巻き込んでどんな騒動が起きるか、想像もできません。

そもそも武文さんが女性であったなら、九鬼梨家は継げず、その時点で家督は当時の御三門のどなたかの手に移らねばならなかった。つまり、隆一さんや公人さんの正統性さえくずれる。

そうは言っても、げんに二代にわたって武文さんの系統が続いたのですから、これをいまさらなかったことにもできますまい。でも、その偽計の当事者である君枝さんと中里さんが、家範を都合よく改定せよと訴えて、すんなり受け入れられるでしょうか。

むしろ御三門や親族会議から糾弾され、権力の座から滑り落ちる恐れさえあります。そうなれば、弘子さんの宗家相続など夢のまた夢です。

これが今回の一連の事件の発端でした。

まず、秘密を知り、脅しをかけてくる吉松舞太郎さんと上柳貫一郎さんの口を同時に封じること。さらには弘子さんへの相続を確実にするため、御三門の相続権者たちの排除も決めた。さいしょにふたりの殺害を決めたことで、ほかの犯行への心理的障害も軽減されたのだと思います。

これはもう想像するしかありませんが、一族男子全員の殺害を強く望んだのは、君枝さんだったのではないでしょうか。

それに対し、中里さんがふたつ返事で応じたのか、翻意をうながしたものの説得できず、やむなく従ったのかはわかりませんが、先に述べたように、中里さんが主体となって殺人は実行されました。

そして中里さんはさいしょから、目的を達したあと、ご自身がすべての罪を背負って自殺することを覚悟していたのでしょう。そうすることによって、君枝さんを守り、九鬼梨家の名誉も守られると思ったからです。

これが今回の九鬼梨一族の事件の真相です」

円香はこれですべて語り終えたというように、大きく息をついた。

今まで曖昧模糊としていた謎、あるいは闇の底に埋もれていた事象が、鮮やかな色彩を帯びて立ち上がってきた。その一つひとつが欠落していた隙間にぴったりと埋まり、事件の全体像を完成させた。

円香の語りの内容が、ことごとく事実であろうと、直感的に理解できる。白峰も啞然とした顔をしつつ、口を閉ざしているのは、円香の話が正しいと考えているからだろう。

(しかし……)

証明となれば簡単ではない。吉松舞太郎が入手したと思われる日記は、おそらく春彦が回収して処分したはずだ。

草の根分けて探せば、西田トメのほかにも武文と君枝が同一人物と知る者はみつかるかもしれない。だが、その者が口を割らなければ、君枝が武文だった証明は困難になる。

(つまるところ)

君枝が一笑に付せば、円香の話は、ただの空想物語になってしまう恐れがある。

すべては君枝次第だ。

だが、君枝は挑むような目を円香に向けて、

「公爵さまは、いつからわたくしをあやしいと睨んでいらしたのです」と尋ねた。どうやら、否定するつもりはないらしい。

円香はにっこり微笑んで、

「さいしょにご挨拶した時ですわ。君枝さんのお手に触れた時、とっても強い情念を感じました。人を殺す、しかもはずみではなく、計画的に殺すには、とてつもない熱量を必要とするはずです。それを持っていたのは、一族の中で君枝さんだけでした。君枝さんのそのお力は、いったいどこから出てくるのでしょう」

「怨念、でございましょうか」君枝は言った。「公爵さまがおっしゃったように、わたくしは九鬼梨家当主、武清の長女として生まれました。でも、物心がつくころには、おまえは男だ、武文だと言い聞かされ、ごくまれに家族以外の者と顔を合わせる時も、男子として振る舞うよう、厳しくしつけられました。

生来、わたくしは丈夫な質(たち)で、風邪ひとつ引くこともなく、走り回って遊ぶのが大好きな童女でした。でも、邸の中から出ることは許されず、邸内のごく限られた使用人だけに囲まれ、息をひそめるように暮らしていました。

そんな中で、救いはトメが遊び相手になってくれたことです。男として、病人として、邸に閉じ込められていたわたくしにとって、トメとすごす遊びの間だけでございました。自分が息をしている、生きているという実感を得られたのは。

そんな味気ない生活を送っていたわたくしも、いつしか大人の女へと変わっていきます。それまでずっと学業を見てもらっていた家令の中里に、いつしか恋心をいだくようになったのも、自然な流れでございましょう。

わたくしたちふたりの愛の結晶がこの身体に宿った時、正直、喜びより恐怖感が強くありました。

と申しますのも、許しもなく中里と愛を交わしたことが父に知れたら、どれほど叱られるか、どんな責めを受けるか、と恐れたからでございます。

ところが、案に相違して、父は喜び、わたくしを大いにほめ、いたわってくれたのです。どこからか口の堅い医師を呼び、わたくしの体調も気遣ってくださった。

そうして月が満ち、わたくしは玉のような男の子を出産しました。

『でかしたぞ。本当によくやってくれた』

産着に包まれた隆一に目を細めながら、父はそう言ってわたくしをほめてくださいました。

これまで父がわたくしを見る瞳の底には、いつもどこか冷めて、飽き足らない色が潜んでいました。

でもこの時ばかりは満面の笑みの奥に、心からの喜びといたわりが宿っているのをたしかに見て、わたくしは得も言われぬ幸福感を覚えたのです。

『やはり、中里を近づけたのは正解だったな』

そう続けた父の言葉を聞き、わたくしが中里と情を通じるようになったのは、自然の成り行きではなく、父の差し金だったことをはじめて知りました。

それを知った時の感情はやや複雑でしたが、不満というほどのものではありません。親の薦める相手との婚姻は当然のことですし、なによりわたくしは中里を愛していましたし、中里のわたくしに対する想いも、同等かそれ以上と知っておりましたので、少し型破りな婚姻への道筋をたどっているのだと思って心安んじておりました。

ところが隆一のお披露目が終わるや否や、わたくし、九鬼梨武文の病死が発表され、すぐさま家族葬が営まれ、その存在が永遠に葬り去られたのでございます。

そしてわたくしは武文の妾の君枝として生きることが定められました。九鬼梨宗家の長女として生まれたわたくしが、成人するまでは男として生きることを強いられ、跡継ぎを産むや否や、妾の身分になったのです。

もちろん中里と夫婦になることも許されず、一生を日陰の女として生きるよう、じつの父親から命ぜられたのです。

この時のわたくしの心持ちはほかのなににも譬（たと）えようがありません。

誕生したその日より、わたくしは偽りの人生を送って参りました。それは決して晴れ間のない曇天の人生でした。しかし、それでもわたくしは少なくとも九鬼梨家の人間でした。お坊ちゃまでありお嬢ちゃまでした。

それがこれから晴れて本来の女として、自分の人生を歩めると思った矢先に、九鬼梨家の居候のような、情けない身分に落とされたのです。

わたくしは泣き叫び、父をなじりました。九鬼梨家の長女として、世間に披露してほしいと訴えました。もし、聞き届けてもらえなければ、すべてを世間にぶちまけると、脅迫めいたことまで口走りました。

けれども、父はわたくしをやさしい言葉でなだめつつ、

『おまえの苦しみは、わしの苦しみだ。気持ちは痛いほどわかる。だがな、これはすべて九鬼梨家にわれらの血筋を伝えていくため、余儀ないことなのだ。もし、今、一族の者たちに、おまえの正体が知れれば、隆一への家督相続も認められまい。おまえは隆一が伯爵になれなくてもいいのか』

と迫られては、わたくしもそれ以上の抵抗はできません。我を折り、一生を日陰の人間として生きる道を選ぶしかございませんでした。

ただ、こう申してしまうと、まるで悲劇の主人公のようですが、もちろん、その後の日々の暮らしには、楽しみも喜びもたくさんございました。

隆一の成長、叙爵、貴族院議員選出、結婚、公人と弘子の誕生など、何年過ぎようと、色あせない黄金のような思い出がいっぱい記憶の中に詰まっております。

その一方で父の死、隆一の死など、悲しい出来事もございました。

喜びと悲しみが織りなす生活を、いつもそばにいて支えてくれたのは中里でした。表向きは当主の母、あるいは祖母と、家令という立場でしたが、事実上、わたくしたちは夫婦でした。世の中のふつうの夫婦とは違いますが、大きな秘密を分かち合う、ふつう以上に強く心で結びついた夫婦でした。

それですから、どんな困難も力を合わせて乗り越えようとしたのです。

先ほど公爵さまが申されましたように、公人の病気が重いことがわかったおりも、わたくしと中里は力を合わせてわが血筋を九鬼梨宗家に残そうと誓いました。それはなににもまして固い約束でした。

ですから、穏当に家範を改定する正攻法が、舞太郎と貫一郎の奸計(かんけい)で封じられようとした時、わたくしは決意したのです。

半世紀以上にわたり、わたくしが自身の存在を抹殺して守り続けてきた九鬼梨家を、わが血筋以外の者に絶対に渡したくない。あれほどの思いをして守った九鬼梨の栄誉を、わが子孫に伝えられないのなら、わが人生はなかったも同じです。

わが子の性別を偽り、育て上げた父の執念も、それを守り続け、隆一と親子の名乗りもしなかった中里の努力も、秘密を分かち合い、決して外へ洩らさなかった気の置けない代々の使用人たちの忠誠も、みんな無駄になってしまう。

そんなことは決して許されない。のうのうと暮らしている一族どもに、九鬼梨宗家の箸一膳、塵ひとつ渡してなるものか。殺人はわたくしの使命だと思いました。
他人はそれを妄執と言うかもしれません。でも、わたくしと中里にとっては、あたり前の義務の履行でした。

中里が実行し、わたくしはその手伝いをする役割分担で、一連の事件は進行しました。大筋は、中里の手記と公爵さまのお話のとおりです。

ふたりで描いた殺人計画の道を踏み外したのは、わたくしでございます。

一族の競争者が減って、自身の相続の欲が出たのか、裕樹が足しげく邸に出入りするようになりました。それだけならまだしも、あろうことか弘子に嫌らしい恋歌を贈って寄こしたのです。九鬼梨家の家督のみならず、弘子まで毒牙にかけようとは、断じて許せません。計画ではまだ一週間ほど先だった殺人を、わたくしの独断で前倒しにしたのは、かような次第でございます。

わたくしは弘子の筆遣いをまねて、裕樹の部屋に手紙を差し入れました。今夜、前庭でお会いしたい云々（うんぬん）、という文面です。弘子がこんな破廉恥な文を送るはずがないのは、弘子をちょっとでも知る人間ならわかることですが、色欲に目がくらんだ裕樹はきっとのこのこ出てくるに違いありません。

深夜、わたくしはまず、弘子の車付椅子を持ち出すために、部屋に忍び込みました。この時間、弘子が睡眠薬を飲み、熟睡しているとわかっていましたので、あまり用心もせず、合鍵を使って部屋に入ったのです。

　車付椅子を動かした時、弘子が目を覚ましたことに気づきました。ベッドわきの常夜灯が照らすわたくしの目と、弘子の寝ぼけ眼が交わったのを覚えています。

　わたくしは目を逸らし、息を詰め、そっと車付椅子を押してベッドを離れました。きっと弘子は一夜明ければ、今のことを覚えていまい。そう自分に言い聞かせ、前庭に車付椅子を運びました。

　二階のバルコニーの真下に車付椅子を設置すると、わたくしは邸に戻り、バルコニーに身を潜めました。

　そして定刻、注文どおり、糖蜜に引き寄せられる虫のように、いそいそと車付椅子に近づいた裕樹の頭部を目がけ、石を投げ落としたのです。ゴン、と大きな音とともに、裕樹はその場に倒れました。

　このことを含め、一連の事件すべて、後悔の心はまったくございません。

　ただ、わたくしの独断専行で、中里との計画がくずれ、さらには中里を自死に追いやったことには責任を感じております。公爵さまのお話では、中里はさいしょから死を覚悟していたとのことですが。

　いずれにせよ、わたくしたちのおこないが、公爵さまのご慧眼（けいがん）のもとに、すべてあらわにされた以上、もはや、四の五の見苦しい言い訳は申しますまい。どのような罰も受ける所存でございます」

君枝は背筋を伸ばして、円香と甲士郎を見つめると、小さく頭を下げた。

(これでようやく)

すべての謎が氷解した。と言いたいところだが、甲士郎の中にはなにかもやもやしたものが残っている。

「いや、まことに恐れ入りました」

白峰が感嘆の声をあげた。自尊心の塊のような白峰も素直に円香を称え脱帽してみせたが、

「ぼくには想像もつかなかった見事な解決でございました。しかし、まだなにか……」

最後に言葉を濁す。白峰も違和感を覚えているようだ。

(なんだろう)

未解決だった謎と、君枝の話を反芻する。

中里は手記に毒薬の隠し場所を書き残していた。しかし、棚のどこからも毒薬は見つかっていない。

君枝の話でも毒薬への言及はなかった。では誰が毒薬を入手したのか。

(もしかすると)

中里は、君枝に遺言を残していた。そこに毒薬の在り処についての記載もあった。弘子も遺書には目を通したかもしれない。

（すると弘子が毒薬を――）

弘子は否定していたが、裕樹殺害の夜、車付椅子を持ち出す君枝を目撃していた。とすれば、君枝が殺人犯だと悟ったはずだ。

そうなれば、中里の記した犯行動機がまやかしで、自分に九鬼梨家を継がせるための、君枝と中里の共謀だとの結論を導くことも難しくない。

「円香さま――」

甲士郎はばねのように勢いよく立ち上がった。

「来見さん――」

白峰も同時に立ち上がった。同じ結論に達したようだ。

「どうしました。おふたりとも」

見上げる円香に、

「中里の毒薬が弘子さんの手に渡ったかもしれません。弘子さんは自殺する恐れがあります」

甲士郎が言うと、顔色も変えずに殺人の告白をした君枝が真っ青な顔になり、

「まさか……」

と言ったきり絶句した。

円香は平然とした表情で、甲士郎と君枝を交互に見ている。

(駄目だ)

円香には天才的な推理力があるが、人の心のあやが見えない。今回の事件に、弘子が責任を感じて自殺するかもしれない、という点に思いが巡らないのだ。

「一緒に来てください」

説明する時間がもどかしく、甲士郎は部屋を飛び出し、階段を駆け上がった。すぐ後ろを白峰も追ってくる。

弘子の部屋の扉をノックもせずに押し開ける。

窓際の椅子に弘子は腰を下ろしていた。とつぜん入ってきた甲士郎と白峰におどろいた様子もなく、

「お気づきになったようですね。少し遅かったようですが」

と言って、そばのテーブルを指した。

テーブルには水が三分の一ほど入ったグラスと小瓶があった。中里の残した毒薬の小瓶だろう。すでに弘子は服用したらしい。

甲士郎は廊下に飛び出て人を探し、

「すぐに医者を呼んでくれ。急いで」

目についた使用人に命じた。

部屋に戻ると、円香が弘子のすぐ横の椅子に腰を下ろすところだった。白峰はなすすべも

なく茫然と立ちすくんでいる。

円香は甲士郎を振り返り、

「あわてなくても大丈夫ですわ、来見さん。——こちらは、中里さんの戸棚から持ち出したお薬かしら」

とテーブルの小瓶を指して弘子に尋ねた。

「さようでございます。数錠をまとめて服用したところです」

弘子は答えた。穏やかだが、決然とした表情で口元を引き締める。死を覚悟している顔だ。

しかし、円香は相変わらずのんびりとした口調で、

「弘子さんが飲まれた薬は毒ではありません。昨日、加島が風邪薬と入れ替えましたので」

と言ったので、甲士郎は胸をなでおろし、弘子は愕然とした表情となった。

「わたくしも修業を積み、少しは人の心がわかるようになりましたのよ」

円香は誇るように甲士郎を見た。

「お心づかい、かたじけなく存じますが、公爵さまのお情けは、かえってむごいお仕打ち。わたくしは死にとうございました」

弘子は絞り出すような声で言った。

「あら、どうしてですの」

円香は不思議そうな顔をする。本当に人の心がわかるようになったのだろうか。

「わたくしのために、一族の多くの方々が亡くなられたのです。どうして、わたくしひとりがいい目を見て、生きていけましょう」

「もちろん、生きていけますわ」

円香は手を差し伸べて、弘子の手を握った。弘子は電気が走ったように、身体を震えさせた。

「あなたはなにも悪くないのです。九鬼梨家の歴史は悲劇の連続でした。今回の悲劇もそのひとこまにすぎません。でも、時代は変わります。九鬼梨の歴史上はじめての女当主となった弘子さんが悲劇の連鎖を打ち切るのです」

「わたくしにそんな力があるでしょうか」

「ありますわ」円香はもう一度、弘子の手を握った。「弘子さんの情念はお祖母さまにも負けていません。このお力をよいことに使ってください」

この時、邸の前で大きな音が響いた。カデラックのエンジンが始動したのだ。

円香は立ち上がると甲士郎を振り向いた。

「さあ、帰りますわよ。これで今回のわたくしの仕事はすべて終わりました」

解説

細谷正充
（文芸評論家）

今、大正時代が熱い！　と、いいたくなるほど、大正時代を舞台にした小説や漫画が増大している。金子ユミの「千手學園少年探偵團」シリーズ、白川紺子の「花菱夫妻の退魔帖」シリーズ、白鷺あおいの「大正浪漫　横濱魔女学校」シリーズ、夕木春央の『絞首商會』『サーカスから来た執達吏』『時計泥棒と悪人たち』、青柳碧人の『名探偵の生まれる夜　大正謎百景』、小松エメルの「銀座ともしび探偵社」シリーズ、丸木文華の「カスミとオボロ」シリーズ、さとみ桜の『帝都モノノ怪ガタリ』、清水朔の「奇譚蒐集録」シリーズ、馳月基矢の『帝都の用心棒　血刀数珠丸』、瀬川貴次の「怪談男爵　籠手川晴行」シリーズ……。映画化もされた顎木あくみの人気作「わたしの幸せな結婚」シリーズを始め、大正時代風の世界を舞台にした作品まで含めると、もっと増えることだろう。ミステリー、ファンタジー、ホラーなどジャンルを問わず、とにかく大量の作品が生れているのである。

漫画の方も、吾峠呼世晴の『鬼滅の刃』を筆頭に、多数の作品がある。昔にも、大和和紀の『はいからさんが通る』というヒット作があった。もちろん小説でも昔から、大正時代を舞台にした作品がある。ちょっと書庫を漁ったら、夏堀正元の『憂国少年』や、佐和みずえの「お姫さまは名探偵」シリーズが出てきた。探せばもっと見つかるだろう。昔から現在まで、大正時代に注目した創作者は無数に存在しているのだ。

　ではなぜ、注目されるのか。独自の魅力があるからだ。明治時代は前半に内乱、後半に日清・日露戦争があり、争いが絶えない時代だった。昭和に入ると軍国化が進み、世相が暗くなる。そのふたつの時代に挟まれている大正は、都市を中心にさまざまなモダン文化が花開き、明るく楽しい空気がある。いうまでもなく社会には陰の部分があり、また大正十二年には関東大震災により帝都が灰燼に帰した。けして華やかなだけではないが、それでも〝大正ロマン〟といわれるようになる時代の諸相が、モダン・レトロなロマネスクを感じさせ、創作者の意欲を掻き立てるのだろう。

　大正時代を舞台にした作品が好きなので、つい熱く語ってしまった。そろそろ本書の解説を始めよう。岡田秀文の『首イラズ　華族捜査局長・周防院円香』は、二〇二〇年十月に光文社から書き下ろしで刊行された、大正ミステリーである。周知の事実だが作者は、一九九九年、「見知らぬ侍」で第二十一回小説推理新人賞を受賞してデビューした。さらに二〇〇二年には、『太閤暗殺』で第五回日本ミステリー文学大賞新人賞を受賞。どちらの作品も時代ミステリーである。以後、戦国時代から第二次世界大戦の終戦直後まで、幅広い時代を扱った時代ミステリーを書き続けている（『影ぼうし』という現代ミステリーもある）。その一方で、二〇〇六年の『魔将軍』から歴史小説にも進出。こちらのジャンルでも戦国の有名な合戦を題材にした『賤ケ嶽』など、優れた作品を発表しているのだ。

二刀流で活躍する作者だが、ジャンルにマニアが多いためか、ミステリーの方が話題になりやすい。特に、『伊藤博文邸の怪事件』から始まる「月輪龍太郎」シリーズの第二弾『黒龍荘の惨劇』は、作品全体を覆う大仕掛けが話題になった。本書で、視点人物の来見甲士郎が、

「私も詳しくは知りませんが、明治の昔、ある富豪の事件に民間探偵が介入し、警察の捜査を散々かきまわしたあげく、一家皆殺しという惨劇を招いたことがあったそうです。むろん、その月なんとか氏とは無関係でしょうが、警察ではそれを苦い教訓とし、以来、部外者を捜査に関与させない方針を取っているのです」

といっているのが、『黒龍荘の惨劇』のことである。ただしバイアスのかかった発言なので、本当のことを知りたい人は、是非とも作品を読んでいただきたい（ある理由から、『伊藤博文邸の怪事件』から順番に読むのがベストである）。

このように「月輪龍太郎」シリーズと本書は、地続きの舞台になっている。ただしこちらの作品は、現実とは違う部分があるのだ。それが〝華族捜査局〟である。

維新からおよそ半世紀を経て、華族が関係した犯罪や醜聞が増えてきた。これを憂慮し、内務省に設置されたのが華族捜査局である。局長は周防院円香。男子のみのはずの爵位を、なぜか与えられている公爵だ。しかも美貌の未亡人である。円香の部下になった下っ端警部補の来見甲士郎は、いきなり霊感が強いと言い出す円香に戸惑う。

しかし事件は待ってくれない。九鬼梨伯爵家で、一族の中里稔が毒殺されたのである。鎌倉時代の阿野全成（大河ドラマ『鎌倉殿の13人』で、ご存じの人も多いだろう）を祖とするという九鬼梨家は、中里と名乗っていた戦国期に敵との戦いや内訌により、殺した相手の首級を晒し、首なし殿と呼ばれるようになる。それを耳にした関白秀吉が「よき名に改めるがよかろう」といい、中里から九鬼梨になった。とはいえ〝首〟にまつわる怨みの歴史は、今も九鬼梨家に、暗い影を落としているようだ。

また九鬼梨家には、本家に男子の嫡男がいない場合に養子を迎える御三門――吉松家・上柳家・室城家――がある。さらに御三門に、昔から九鬼梨家に仕える中里家や青江家など三家を加え、阿野六人衆と呼ばれている。

毒殺事件は状況から見て、九鬼梨家当主の公人が狙われたのかもしれない。九鬼梨邸に腰を据えた円香の言動に振り回されながら、調査を進める甲士郎。ところが晩餐の席で、メインディッシュの覆いを取ると、上柳貫一郎の生首が現れた。食堂は阿鼻叫喚となり、円香は失神する。実はその事件の前に、芝で首なし死体が発見されていた。体の半分が焼けていたが、無事だった指から指紋を取り、貫一郎と確定。また、白峰侯爵の長男の諒三郎が九鬼梨邸にやって来る。貫一郎の知り合いで、公人が大学の後輩だという諒三郎は、ロンドン留学時代、スコットランドヤードで先進的な捜査法を学んだと嘯き、行方が分からない一族の吉松舞太郎が犯人だと断定する。

舞太郎と貫一郎は少年時代、とんでもない騒動を起こした。この件については、本書のプロローグで描かれている。九鬼梨一族の呪われた歴史のなせる業なのか。円香や諒三郎に振り回されながら捜査を進める甲士郎だが、さらに一族の者の生首が発見される。公人が病気で数カ月の命であることも分かり、事件の動機が九鬼梨家の相続の可能性も浮上。事件は混迷の度合いを深めていくのだった。

本書の読みどころは、大きく分けてふたつある。ひとつは周防院円香だ。「わたくし、とっても霊感がつよいんですの。とくに手を握ると、その方の事情がいろいろとわかってしまうんですのよ」と、初対面の甲士郎にいう円香。しかし霊感は大外れであり、彼女のお守り役である甲士郎はゲンナリする。公爵だからしかたがないが、一般常識にも欠ける。それなのに、使える権力は絶大。最高級乗用車のカデラックが足代わり。必要と思えば執事に連絡させて列車を止めてしまう。もちろん事件の関係者である、九鬼梨家の人々にも遠慮なし。

思うがままに行動する円香が愉快である。

しかも当てにならないように見えて、すこぶる有能。霊感頼りの行動に、きちんとした意味があったりする。円香の言動に困惑させられたり、時に不埒なことを考えたりした甲士郎だが、しだいに彼女の推理力を認めていく。華やかな円香の名探偵ぶりが堪能できるのである。

もうひとつの読みどころは、複雑怪奇な事件である。まず注目すべきは、首を切断された死体だ。首のない死体だったなら、顔のない死体と同じように、まず人物の入れ替わりを考えるだろう。Aという人物だと思ったら、実はBという人物だったというやつだ。よくあるパターンは、犯人と被害者が入れ替わっていたというものである。その他にも、ミステリーが発展する過程で、いろいろなバリエーションが生れている。

しかし本書のストーリーは、生首が先に出てくることで、誰が殺されたのか、最初からはっきりしている。おまけに指紋という物的証拠もある。ならば、首を切断した理由は何か。円香の推理によって明らかになるトリックに感心した。

だが、最大のサプライズは、その後に控えていた。あまりにも意外な事実が暴かれるのである。おおお、これは凄い！　目まぐるしい展開に夢中になっていたら、予想外の方向から一撃をくらってしまった。作者の術中に嵌り、見事に騙されたのである。

しかもラストまでくると、なぜ華族の女性を探偵役にしたのか、その意味が見えてくる。

なるほど、現代に通じる問題を、作者は提示していたのだ。キャラクター、ストーリー、トリック、テーマが見事に嚙み合った、素晴らしい大正ミステリーなのである。

なお作者は本書の後、時代ミステリーと歴史小説を合体させた『維新の終曲』を上梓している。また最新刊となる『治験島』は、久しぶりとなる現代ミステリーだ。どちらもよい作品だが、できれば本書をシリーズ化してほしいものだ。実は私、出番は少ないがいい味を出している、円香の執事が気に入っているのである。もっと活躍させてほしいのである。円香が公爵になった理由も謎のままだし、こちらも気になる。なによりも華やかな円香と、彼女に振り回される甲士郎に、もう一度会いたいではないか。だから作者と出版社に、シリーズ化を懇願してしまうのである。

この物語は、大正期の華族社会をおもな舞台にしています。本文中に、今日の観点からすると不快・不適切とされる「女中」「看護婦」「未亡人」「妾」「車夫」「小使い」といった性差や職業に関する呼称や、「浮浪者」などの用語が用いられています。しかしながら、物語の根幹に関わる設定と、作品に描かれた時代背景を考慮した上で、これらの表現についても、そのままとしました。差別の助長を意図するものではないことをご理解ください。

（編集部）

二〇二〇年十月　光文社刊

光文社文庫

首イラズ　華族捜査局長・周防院円香

著者　岡田秀文

2023年7月20日　初版1刷発行

発行者　三宅貴久
印刷　新藤慶昌堂
製本　榎本製本

発行所　株式会社　光文社
〒112-8011　東京都文京区音羽1-16-6
電話 (03)5395-8147　編集部
8116　書籍販売部
8125　業務部

落丁本・乱丁本は業務部にご連絡くだされば、お取替えいたします。
ISBN978-4-334-79557-3　Printed in Japan

組版　萩原印刷

光文社文庫最新刊

オムニバス	誉田哲也
妃は船を沈める　新装版	有栖川有栖
ちびねこ亭の思い出ごはん　チューリップ畑の猫と落花生みそ	高橋由太
湯治場のぶたぶた	矢崎存美
ボクハ・ココニ・イマス	梶尾真治
立待岬の鷗が見ていた	平石貴樹
首イラズ　華族捜査局長・周防院円香	岡田秀文